KB116217

공개수배
2

김홍철
장편소설

청어 ^{도서출판}

공개수배 2

김홍철 장편소설

작가의 말

『공개수배』 전편에서는 주인공인 김원우가 어떠한 과정으로 최면술과 유체이탈을 익히게 되었고, 그가 사랑하는 프로파일러 이지혜와의 관계 및 인물관계등을 독자에게 설명하며 썼지만, 『공개수배』 2권에서는 그러한 과정들을 생략하고 곧장 범인을 검거하는 이야기에만 집중하였다. 그러다 보니 전편을 보지 못하고 이 책을 접하는 독자들은 조금 당혹스러울 수도 있다. 갑자기 김원우가 최면술을 사용하고 유체이탈을 통해 범인을 추적하는 내용에서 말이다. 하지만 이야기들이 전부 이어지기에 소설의 흐름을 이해하는데 큰 어려움이 없을 것으로 보인다.

전편에서는 필자가 알고 있는 다양한 사건을 책 한 권에 모두 담지 못했다. 그런 아쉬움을 담아 『공개수배』 2권에서는 개별적인 사건들을 단편 형식으로 쓰게 되었다.

각각의 에피소드는 실화를 모티브로 하였고 소설적으로 각색했다. 각 에피소드마다 경찰이 범인을 검거하기 위해 노력하는 모습을 표현하는데 많은 힘을 기울였다. 『공개수배』 시리즈를 통해 대한민국 경찰의 애환을 최대한 사실적으로 담고 싶었다. 1권에서는 경찰들의 실수를 부각하면서 사실적으로 담았고, 2권에서 범인을 검거하려는 형사들의 열정들을 한층 더 부각하여 글을 썼다.

일각에서는 경찰의 수사 방식이 구체적으로 표현되어 자칫 완전 범죄를 생각하는 범죄자들에게 도움을 주는 것은 아닌가 하는 우려도 있을 것이다. 하지만 이 책에 소개된 내용은 방대한 과학수사 방식의 아주 일부분일 뿐이라는 것을 말씀 드리고 싶다.

전작에서는 공개수배가 될 범인이 등장하였다. 이제 이 악당을 공개
수배하는 일만 남은 셈이다. 악당이 약하면 재미가 없기에 『공개수배』 2
권에서는 범인의 능력치를 월등히 높여놓았다.

주인공은 최면술과 유체이탈이라는 능력을 갖췄고 그를 돕는 프로파
일러까지 곁에 있다. 이 정도 능력이면 그 어떤 범인이라도 부처님의 손
바닥 안처럼 벗어나기 힘들 것이다. 이에 이 두 사람을 상대하기 부족함
이 없도록 악당의 능력을 높였고 그 능력들에 대해서는 2권에서 부분적
으로 설명하였다.

공개수배 될 악당이 앞으로 어떻게 변화하는지 상상하면서 이 작품을
읽으면 재미있을 것이다.

요즘 아동학대 사건을 뉴스로 접할 때마다 안타까움을 많이 느낀다.
주변에서 작은 말 한마디, 작은 관심 한 번만 기울여주면 아무 일도 없
이 지나갈 일들이 너무 큰 사건으로 번지는 경우를 자주 경험했다.

작은 관심이 상대방에게는 큰 배려와 사랑이 될 수 있다. 주변에서 심
각한 아동학대 정황을 발견하게 되면 그들을 위해 112로 즉각 신고해주
기 바란다. 이웃들의 지속적인 관심만이 학대받는 아동들을 구할 수 있
는 길이라는 것을 끝으로 당부 드리고 싶다.

— 흑장미가 흐드러진 유월의 정원에서

차례

프롤로그

작은 방 안이 개인용 방송장비로 채워져 있다. 중앙에는 테이블이 있고, 그 위에 모니터 두 대와 황금색 마이크가 놓여 있다. 야구 모자를 눌러쓴 한 남성이 손가락으로 마이크를 가볍게 치며 테스트한다.

"아! 아! 하나, 둘, 하나, 둘."

마이크를 확인한 야구모자가 한쪽에서 메이크업하는 남성을 보며 말했다.

"형님, 10분 전입니다."

메이크업을 서두르던 남자가 손거울을 내려놓고 말했다.

"방송 실시간으로 나가는지 다시 확인해 봐."

"이상 없습니다."

"오케이."

메이크업을 마친 이기동은 방송 테이블 앞에 앉았다. 방송을 많이 해봤는지 여유가 있어 보였다. 하지만 겉으로 보이는 것과는 달리 떡메가 절구통을 찧듯 가슴은 쿵쾅거린다. 이기동은 이런 속마음을 들키지 않으려고 항상 메이크업을 밝게 했다.

모니터 화면을 보면서 시청자들이 몇 명 들어왔는지 확인하며 침을 꿀꺽 삼켰다.

드디어 방송을 시작하라는 신호가 떨어졌다. 이기동은 이가 보이도록 환하게 웃으며 황금색 마이크를 몸 쪽으로 가까이 당겼다.

"안녕하세요. 저희 〈사건 고발〉을 찾아주신 시청자님들, 정말 감사합니다. 〈사건 고발〉은 매주 금요일 밤 9시에 실시간으로 방송됩니다. 처음 오신 분들은 구독, 알림 설정을 꼭 눌러주세요."

그는 아나운서처럼 잘 말했다고 스스로 칭찬했다.

"방송이 유익하고 재미있으면 좋아요 한 번씩 부탁드립니다. 자, 지난주에 이어서 오늘도 박정민 사건을 파헤쳐 보겠습니다. 연쇄살인마 박정민 편 2부라고 보시면 됩니다. 지난주 방송을 안 보신 분들을 위해 박정민에 대해 간략히 설명해드리고 시작하겠습니다."

이기동은 시청자들의 반응을 살피며 말을 이어갔다.

"키가 165센티미터도 안 되는 박정민이 참 많이도 죽였습니다. 경찰의 공식발표에 의하면 32명을 죽였다고 하는데요. 그건 어디까지나 시신이 발견된 수입니다. 잘 아시는 분들도 계시겠지만 박정민은 잔인하게 여성들을 살해하고, 키우던 아메리칸 핏불테리어의 먹이로 주기도 하였잖습니까. 그러니 대부분의 시신이 온전하지 않았다는 말이죠. 그말은 발견되지 않은 시신이 더 있을 수 있다는 뜻이 됩니다."

화면에는 자극적인 사진들을 영상으로 띄워 시청자들의 흥미를 유발했다. 사나운 핏불테리어의 이빨이 화면을 가득 채운다.

"저는 분명 피해자가 더 있을 수도 있다고 봅니다. 얼마 전에도 한 야산에서 백골 사체가 발견되었다는 뉴스가 나왔는데요. 경찰은 시신이 유기된 지 오래되어서 신원확인이 어렵다고 발표하지 않았습니까. 그런 실종자들이 우리 주변에 꽤 있습니다."

이기동이 채팅창을 보다가 심각한 표정을 지으며 말했다.

"네. DNA로 신원확인을 하면 되지 않느냐고 때깔나무님이 질문하셨는데 저도 그 점이 궁금합니다. 잠시 후 현직에 계신 프로파일러님이 저희 방송에 출연할 예정이니 그분이 오시면 한번 물어보도록 하겠습니다."

모니터에서 실시간으로 시청자들의 질문이 쏟아지고 있다.

"네, 봄이좋냐님. 진짜로 프로파일러님이 출연하십니다. 그것도 질문해보겠습니다. 박정민은 엄마와 단둘이 살았는데 고등학교 2학년이 되던 해에 자신의 모친을 살해합니다. 티비 방송에도 박정민은 자수하려고 경찰서를 방문했는데 경찰들이 그냥 돌려보낸 것으로 나오잖아요."

이기동이 답답한 표정을 지으며 말을 이어갔다.

"물론 유능한 경찰도 있지만 무능한 경찰관들이 참 많은 것 같아요. 그러니 엄마를 죽인 살인마가 찾아왔는데 단순 가출 신고로 접수하고 돌려보내잖습니까. 박정민은 경찰 수사가 형편없다고 생각하고 이때부터 여성들을 죽이기 시작합니다. 주로 젊은 여대생들을 죽였는데 그 이유는 엄마가 싫어서라고 말했죠. 아마도 엄마의 학대로 인해 정신분열이 온 것이 아닌가 싶습니다. 여대생은 곧 엄마다, 뭐 이렇게 생각했을 수도 있겠죠."

말을 많이 해서 목이 타는지 이기동의 손이 작은 생수병으로 향했다. 그는 물을 마시면서도 모니터에 올라오는 실시간 채팅 글을 놓치지 않았다.

"박정민은 참 잔인하게도 여성의 머리를 송곳과 몽둥이로 가격해 죽였어요. 그래서 일부 피해자들의 안면은 골절되고 함몰된 경우가 많았다고 합니다. 어떤 피해 여성들은 박정민 자신이 살던 집에 개 줄을 채워 며칠 동안 장난감처럼 가지고 놀다 죽였다고 하는데 상상만 해도 끔찍하네요. 이런 끔찍한 범행을 저지른 그는……."

한동안 이기동은 연쇄살인마 박정민이 저지른 극악무도한 만행들을 하나하나 열거했다. 그는 사건에 관해 자신의 주관적인 생각을 말하며 시청자들과 소통했다. 그러다 방송 테이블 쪽으로 누군가가 다가오자 자리에서 벌떡 일어났다. 이기동이 활짝 웃으며 인사했다.

"어서 오십시오. 많이 기다렸습니다."

이기동의 옆자리에 단아하게 보이는 여성이 자리에 앉았다. 이기동이 진한 메이크업을 한 것과는 대조적으로 그녀는 간단한 기초화장만 하고 있었다. 하지만 얼굴에서 빛이 났다.

이 여성은 옷차림에 크게 신경을 쓰지 않은 모습이었다. 편안해 보이는 흰색 라운드 티셔츠에 블랙에 가까운 네이비색 재킷을 걸쳤고, 청바지에 흰색 운동화를 신고 있었다. 옷차림은 털털했으나 풍겨져 나오는 지적인 이미지는 감출 수 없었다. 흰색 티셔츠 때문인지 아니면 빛나는 하얀 피부 때문인지 자유분방한 느낌마저 들었다.

"드디어 여러분에게 계속 말씀드렸던 프로파일러님이 출연하셨습니다. 현직에 계신 프로파일러 이지혜 경위님을 모시고 궁금한 점들에 대해 진솔한 이야기를 나누어보도록 하겠습니다. 안녕하세요."

"네. 안녕하세요."

이기동은 그녀와 인사를 하면서 채팅창을 보았다. 아마 방송하면서 생긴 습관일 것이다. 마치 주식 시세를 보는 것처럼. 이지혜도 그의 눈길에 따라 저절로 모니터 쪽으로 고개가 돌아갔다. 비록 인터넷 방송이지만 그녀도 시청자들의 반응이 궁금했다. 채팅 내용의 대부분이 그녀의 외모에 대한 칭찬이었다.

"시청자들이 프로파일러님이 너무 예쁘시다고 난리네요."

"감사합니다."

"저도 깜짝 놀랐습니다. 선입견인지 모르겠지만 심리학을 공부하신 분들은 인상이 강할 것 같은데 선생님은 뭐라고 해야 할까? 눈이 빛나는 게 청순하면서도 지적인 이미지네요. 연예인으로 치면 김태희 씨를 닮았다고 해야 할까요."

이지혜는 무덤덤하게 대답했다.

"감사합니다."

"본인 소개와 함께 현재 근무하고 계신 곳을 말해 주시겠어요?"

"서울청 강력팀에서 중요미제사건을 담당하고 있는 이지혜 경위입니다. 반갑습니다."

"경력이 화려하시던데요. 처음부터 프로파일러로 근무한 것은 아니네요."

"네. 범죄분석요원 특채로 채용되었지만 처음 2년간은 서부경찰서에 있는 지구대에서 근무했어요. 그 뒤 과학수사반원으로 5년간 근무하다가 지금 이곳에 오게 되었습니다."

"지구대에서도 근무하셨군요?"

"네. 거기에서 일할 때가 경찰 생활 중에 가장 즐겁고 행복했던 것 같아요."

"이유가 있나요?"

"경찰 업무를 모를 때라 모든 업무가 재미있었어요. 그리고 신고 출동 나가 다른 사람들을 도울 수 있다는 게 너무나 행복했어요. 이를테면 술에 취해 자는 취객분을 깨워 집으로 모셔다드리거나, 잃어버린 물건을 찾아준다든지 말이죠."

"혹시 지금까지 근무하면서 트라우마 같은 것은 없었나요?"

"너무 많아요. 낮에 감식한 사건 현장의 모습이 집에 돌아와서 자려고 누우면 계속 떠올라요. 피해자의 모습이 선명하게 떠오르죠. 토막살인 같은 경우엔 신체 단면을 보고 범행 도구가 칼인지 톱인지를 추정해야 하기에 자세히 볼 수밖에 없어요. 그 절단면이 집에 와 누워서도 머릿속을 떠나지 않아요."

끔찍한 이야기를 듣고 이기동이 눈살을 찌푸렸다. 하지만 이지혜의 표정은 여전히 무덤덤하다.

"혹시 지금도 기억에 남는 사건이 있나요?"

"과수반으로 근무하다 실수한 사건이 있는데 지금도 그 일은 항상 현장에 나가면 떠올라요."

"무슨 실수를 하셨나요? 정말 궁금하네요."

"과수반에서 막 일을 시작할 때였어요. 초짜지만 의욕은 넘쳐서 사건 현장에서 쭈그리고 앉아 쉬지 않고 지문 채취를 했어요. 서너 시간 작업한 덕에 다리에 쥐가 나서 일어나려고 할 때 휘청했죠. 쥐가 난 다리를 풀며 휴식을 취하고 다시 지문을 채취했는데 그동안 보이지 않던 다섯 개의 지문이 딱 하고 보이지 않겠어요. 저는 너무 기쁘고 흥분해서 소리까지 질렀어요."

"정말로 기뻤나 보군요."

"네. 곧장 지문을 보내고 감정 결과를 기다렸죠. 그런데 감정 결과, 지문의 인적사항이 저라고 하더라고요. 나름 과학수사 요원이라는 자부심이 있었는데 한순간에 무너졌죠. 자기 지문을 떠서 보낸 과학수사 요원이라니, 정말 한심하기 그지없어요. 지금도 그때를 떠올리니 아찔하네요."

"아! 왜 그런 실수를 하신 거죠?"

"사실 전 그때 바닥을 짚은 것을 기억하지 못해요. 쉬려고 장갑을 벗었고, 다리에 쥐가 나면서 순간적으로 바닥을 짚었을 거라고 추정만 할 뿐이에요. 하지만 이 사건을 계기로 늘 현장에서는 겸손한 마음을 가지게 됐어요."

이지혜는 이기동으로부터 방송 출연 제의가 왔을 때 망설였다. 하지만 박정민 사건에 대해 잘못 알려진 사실들을 꼭 이야기해주고 싶었다.

사람들은 모두 경찰이 잘못 수사해서 박정민이 늦게 검거되었다고 생각하고 있었다. 박정민의 이야기만 나오면 경찰이 초동수사를 제대로 하지 않았다고만 떠들었다.

언론에서 경찰의 부정적인 이미지만 크게 부각하니 그럴 수밖에 없는 것 같아 안타까웠다. 이것을 바로잡기 위해 비록 개인 방송이지만 장고

끝에 출연을 수락했다. 〈사건 고발〉은 구독자 수는 적었지만 마니아층이 두터워 보였다. 그녀는 작은 물방울이 바위를 뚫듯이 이 방송을 보고 점점 진실이 드러나기를 바랐다.

이기동이 뭔가 생각 난 듯이 말했다.

"조금 전에 한 시청자께서 백골로 된 사체에서 DNA를 검출해 피해자의 신원을 확인할 수 있는지 물어보셨거든요. 저도 궁금합니다."

이지혜가 바로 대답했다.

"경찰이 DNA를 보관하고 있는 경우에만 가능해요. 전과자들의 DNA를 전부 보관하는 것이 아니라 강력범죄에 해당하는 죄를 지은 사람만 보관해요. 일반인들은 DNA만 있으면 바로 신원파악이 되는 줄로 착각하는 경우가 많습니다. 하지만 우리 경찰은 일반인들의 DNA를 따로 보관하고 있지 않습니다."

"그러면 백골로 된 사체에서 DNA 분석 같은 것은 하지 않겠네요?"

"만일 백골로 된 사체에서 DNA를 얻었다고 하면 근처에 실종신고를 한 가족들이 있는지 조사하여 그들의 DNA와 일치하는지 여부로 신원파악을 할 수는 있어요."

"그런 거군요. 저희는 DNA로 쉽게 신원을 확인할 수 있는 줄 알았습니다."

"아닙니다. 가끔 절도죄를 저지른 사람이 또 다른 범행을 저지르다 실수로 모발이나 혈액을 남기는 경우가 있어요. 하지만 단순 절도자는 DNA를 따로 보관하지 않기 때문에 그냥 혈액형만 파악하고 끝내는 경우가 많습니다. 백골로 된 사체도 마찬가지죠. 강력범죄자들 즉 살인, 강간, 강도, 납치 등을 저지른 사람만 DNA를 수집해서 재범죄를 저지를 때 이를 적극적으로 활용하여 검거합니다."

"또 다른 질문이 들어왔습니다. 왜 화성에는 살인사건이 많이 일어나나요? 이것은 저도 궁금했습니다.”

"화성의 인구수가 80만이 넘어가고 있지만 농촌형인 지역이 많아요. 농촌은 사람들이 거의 안 살아요. 공장만 있지, 실거주하는 주민들이 별로 없습니다. 그러다 보니 밤에는 사람이 다니지 않는 유령도시 비슷한 느낌이죠. 그리고 서울 같은 대도시들이 인근에 있다 보니 여행용 범죄가 일어나는 지역이 된 것이죠. 범인들이 다른 지역에서 범죄를 저지르고 시신을 화성에 유기하다 보니 살인사건이 많이 나는 동네처럼 비추어지게 되었죠.”

"감시용 CCTV를 많이 설치하면 해결되지 않을까요?”

"솔직히 방범용 CCTV를 많이 설치하면 경찰로서는 매우 좋아요. 하지만 설치하는 일은 경찰이 하는 게 아니라 시에서 하는데, 이게 예산이 정해져 있어요. 그런데 사람도 살지 않는 동네에 CCTV를 설치하라고 하면 관련 공무원들이 하겠어요? 사람이 많이 사는 곳에 설치하기도 빠듯한데 말이죠. 경찰이라면 범죄 예방용으로 당연히 설치하려고 하겠지만 시에서는 예산 문제로 설치하지 않아요.”

"말씀을 듣고 보니 이해가 됩니다.”

이기동은 그녀가 방송에 출연할 때 조건을 걸었던 것을 생각했다.

"오늘 나오신 이유는 무엇인가요?”

"박정민을 수사하고 조사한 경찰관으로서 잘못 알려진 부분에 대해 알려야겠다는 생각에 출연하게 됐어요.”

"어떤 부분이 잘못 알려진 것인가요?”

"박정민은······.”

15

Episode Ⅰ
〈하늘궁전 도화교의 비밀〉

1.

고담지구대 사무실에 지구대 경찰관들이 한가롭게 있다.

어느 경찰관은 휴대폰으로 주식 시세를 살펴보고 또 다른 경찰관은 휴대폰 게임을 했다.

텔레비전을 한참 보던 경찰관이 재미가 없는지 자리에서 일어나 채널을 돌렸다. 그가 방송 채널을 계속 바꾸다가 어느 뉴스 방송에 시선이 멈췄다. 영상 속에서는 여성 앵커가 어느 야산을 배경으로 방송을 진행하고 있었다.

[여성으로 보이는 시신의 하반신 일부가 검은 봉지에 담겨 발견되었지만, 피해자의 신원확인이 어려운 것으로 전해지고 있습니다. 이에 경찰은 이 지역에서 실종된 여성이 있는지 조사하는 한편, 시신의 일부를 국립과학수사원에 보내 피해자의 DNA 등을 조사하겠다고 발표했습니다. 시신 일부가 발견된 북한산 등산로는 한때 일시적으로 통행이 제한되었으나……]

이 지구대에서 막내로 보이는 순경이 텔레비전을 보며 말했다.
"오늘은 금요일인데도 조용하네요."
그 말을 듣더니 뉴스를 보던 40대 후반의 경찰관이 화들짝 놀라 말했다.

"정 순경! 그런 말 하면 큰일 나."

이때 지구대 내에 설치된 무전기에서 지령이 떨어진다.

－순345호. 편안한 모텔 앞에서 집단 폭행 사건 발생. 긴급 출동 바람.－

상황근무를 보던 부팀장 김두한이 무전기를 잡고 말했다.

"사건 접수. 잘 알겠다."

그가 사무실에서 휴대폰 게임을 하는 박두만 경사에게 소리쳤다.

"박 경사! 신고 출동 어서 빨리 나가 봐."

배가 많이 나온 박두만이 자리에서 천천히 일어나며 말했다.

"네. 갑니다."

박두만이 밖으로 나와 주차장에 세워진 순찰차 조수석에 탔다.

순찰차에는 이미 김원우가 출동 대기 자세로 앉아 있었다. 그는 키가 크고 어깨가 매우 넓어 믿음직스러워 보였다.

"폭행 신고는 천천히 가야 해. 자기들끼리 싸우고 지쳤을 때 가야지, 너무 빨리 가면 우리가 고생하고 힘 빠져."

김원우가 긴장하며 물었다.

"그래도 빨리 가야 하지 않을까요?"

"김 순경. 빨리 가면 힘만 더 든다니까."

"네."

김원우가 고개를 끄덕이면서도 액셀러레이터를 점점 깊숙이 밟았다. 대답은 천천히 가겠다고 했지만, 행동은 그렇지 않았다.

＊

17

5분 전 유흥가 거리.

자정을 넘어가는 시간에도 많은 취객과 이들을 노리는 호객꾼이 거리에 나와 있다. 코로나로 인하여 불경기라고 뉴스에서 매일 떠들지만, 이곳은 다른 세상 같다. 비틀거리며 걷는 30대 중반의 회사원을 본 두 명의 삐끼가 좋은 먹잇감을 발견한 듯 그에게 다가왔다.

"사장님, 저 믿고 따라와 봐요. 마음에 안 들면 술값 안 받을게요."

"20대 초반 대학생들 그것도 명문대. 가서 학생증 확인해도 돼요."

술 취한 회사원이 손사래를 치며 말했다.

"됐어."

남자가 호객꾼들을 무시하고 걸어가는데 또 다른 업소의 삐끼가 다가와 말을 걸었다.

"사장님, 영계 찾으세요? 고삐리 있는데. 산삼보다 더 몸에 좋은 고삼 있어요."

남자는 짜증이 났는지 소리를 버럭 질렀다.

"됐다고 몇 번을 말해. 꺼져."

호객꾼의 표정이 변하더니 욕설을 하면서 돌아선다.

"씨발! 언제 봤다고 반말이야. 개새끼가."

욕하는 것을 들었는지 회사원이 눈을 부릅뜨고 호객꾼의 목 뒷덜미를 붙잡았다.

"야! 너 뭐라고 했어?"

술을 마시면 용감해질 때가 있다. 지금 회사원이 딱 그런 모습이다. 그는 고리눈을 부라리며 호객꾼의 멱살을 움켜쥐며 말했다.

"이 새끼야! 뭐라고 했냐고?"

"커컥. 이거 켁. 놔. 놓으라고."

주변에 있던 삐끼들이 두 사람을 아니 취객을 둘러쌌다. 이럴 때 이들은 유대감을 형성하는지 용감해진 취객을 둘러싸고 각자 살벌하게 육두 문자를 써가며 욕설을 내뱉었다.

"씨발. 저 새끼가 뒈지려고."

"죽으려고 환장하네. 죽이고 암매장시켜 버릴까?"

"도끼로 이마를 찍어버려. 도망 못 가게 붙잡고 있어봐. 내가 차에서 손도끼 좀 가지고 올랑게."

"쫄았네. 때리지도 못하는 병신이 깝치기는."

겁을 집어먹은 회사원이 주춤거리며 호객꾼의 멱살을 놓았다. 회사원은 휴대폰을 꺼내 어딘가로 다급하게 전화를 걸었다.

"112죠. 제가 지금 다구리로 맞고 있어요. 빨리 오세요. 다구리로 맞았거든요. 어디냐면요?"

회사원이 주변을 두리번거리며 말했다.

"여기가 어디냐면 편안한 모텔 앞이요. 여기 깡패 새끼들이 한 열 명 있으니까, 경찰관들 많이 오셔요. 아, 빨리 오라고요. 사람 죽으면 올래? 뭘 자꾸 물어봐. 빨리…….

찬란한 네온 간판 아래 검은색 양복을 입은 50대 남성이 쭈그리고 앉아 이들의 다투는 모습을 바라보고 있다. 남자는 회사원과 호객꾼들의 다툼을 구경하면서 알지 못하는 소리를 계속 중얼거렸다.

"김정은 씨발놈. 개새끼. 상놈 시키. 김정은 씨발놈. 개새끼. 상놈 시키. 김정은…….

그는 양복 주머니에서 신문지로 둘둘 말은 무언가를 꺼내었다.

날 길이가 30㎝ 정도 되는 회칼.

그는 날이 시퍼런 회칼을 들고 자리에서 일어나 회사원과 호객꾼들에게 다가갔다.

"김정은 씨발놈. 개새끼……. 김정은 상놈 시키…….

이 모습에 호객꾼들이 놀라 물러났다. 취해 있던 회사원도 회칼을 보고 정신이 번쩍 들었다. 그 역시 호객꾼과 같이 뒤섞여 다급하게 뒷걸음질을 쳤다. 마치 어제의 적이 오늘의 친구가 된 것처럼.

"김정은 씨발놈. 개새끼. 핵폭탄 쏘지도 않고. 김정은 개새끼. 씨발 새끼."

멀리서 신고를 받고 출동한 경찰의 사이렌 소리가 들렸다.

애앵-애앵-사이렌 소리가 점점 가까워지더니 어느새 순찰차가 회칼을 든 남성의 앞에 멈췄다.

경찰관 한 명이 천천히 차에서 내렸다. 뚱뚱하고 배가 많이 나온 박두만 경사가 눈살을 찌푸리며 소리쳤다.

"어이! 당신 미쳤어? 칼 내려놔."

몇몇 행인들이 경찰관이 출동하자 구경하기 위해 다가왔다. 놀라 물러섰던 호객꾼들도 모여들었다. 그들 중 한 명이 이 광경을 놓치지 않으려고 휴대폰을 꺼내어 동영상을 촬영했다.

"이거 완전 유튜브 각인데."

이를 본 또 다른 호객꾼도 경쟁하듯 휴대폰을 꺼내며 말했다.

"와! 경찰 오니까 저 새끼 쫄았네."

그의 말과 다르게 칼을 들고 있던 남자의 표정에 변화가 없었다. 남자는 여전히 이상한 소리를 중얼거리며 경찰관에게 천천히 걸어갔다. 박두만이 다시 소리쳤다.

"칼 내려. 칼 내리라고."

그러자 칼을 든 남성이 박두만에게 사납게 달려들었다. 칼을 어깨 높이로 들고서 금방이라도 그를 내리 찌를 기세다. 박두만은 놀랐는지 꼴사납게 뒤로 벌러덩 넘어지고 말았다.

"김정은 개새끼. 씨발 새끼. 돼지 새끼. 죽어."

넘어진 박두만의 얼굴이 하얗게 변하고 공포로 가득했다. 칼을 든 남성은 망설임 없이 그의 얼굴에 칼을 꽂으려고 했다. 박두만이 다급하게 두 손으로 얼굴을 가렸다. 이 모든 게 순식간이었다.

바로 이때 고막을 찢을 것 같은 총소리가 연속적으로 두 번 울렸다.

탕, 탕!

주위에 주차된 차들이 총소리로 인하여 시끄럽게 경보음을 울렸다. 구경하던 몇몇 사람들이 총소리에 놀라 길거리에 주저앉았다.

"어머! 깜짝이야."

"아씨. 뭐야?"

"진짜 총소리 같은데. 맞나?"

경찰차에서 내린 키가 크고 체구가 건장한 경찰관의 손에 권총이 들려 있다. 그는 박두만이 위급한 상황을 맞이하자 다급하게 허리에 차고 있던 권총을 꺼내어 격발하였다.

아슬아슬한 위기의 순간이 지나갔다. 그가 들고 있던 38구경 권총의 총구에서 흰 연기가 피어올랐다. 한 발은 공포탄이고, 한 발은 남자가 들고 있던 칼을 맞춰서 날려버렸다. 칼을 들고 있던 남자의 손이 찢어졌는지 피가 팔 아래로 뚝뚝 떨어졌다.

박두만이 자리에서 일어나 인상을 구기며 말했다.

"오매! 식겁했네. 어이, 김 순경. 이 새끼 수갑 채워. 이런 새끼는 오랫동안 콩밥을 먹여야 해."

털이 풍성한 귀여운 포메라니안처럼 생긴 김원우가 멍하니 서 있었다. 그는 자신이 쏜 총소리에 놀란 표정을 짓고 있었다. 그의 그런 표정만 아니었다면 서부영화 속에서 악당을 물리친 보안관처럼 멋지게 보였을지 모른다.

2.

서부경찰서 청문감사관실.

김원우의 눈에는 이곳이 관공서 같지 않았다. 평범한 회사원들이 다니는 직장 같았다. 사무용품과 사무기기 그리고 사무실을 꾸미고 있는 실내장식들 가운데 어느 것 하나 경찰을 연상시키는 게 없었다.

고급 정장을 입은 감찰관 임민재 경위가 컴퓨터 앞에 놓인 키보드를 연신 두드리며 앞에 앉은 김원우를 날카롭게 째려보았다.

"성명?"

김원우가 굵고 낮은 바리톤 음색으로 대답했다.

"김원우입니다."

임민재는 김원우의 목소리가 묘한 매력이 있다고 생각했다.

"뭐하러 힘들게 경찰을 해? 차라리 성우나 가수를 하지."

"네?"

"생년월일은."

"1995년 4월 2일입니다."

김원우는 앞에 앉은 감찰관의 번쩍이는 양복에 신경이 쓰였다. 비싸 보였다. 감찰관은 꾸미기를 좋아하는 사람처럼 보였다. 얼굴에도 기초화장품이 티 나게 칠해져 있었다. 외모에 신경을 많이 쓰는 모양이다.

"경찰 경력은?"

"7개월 정도 됐습니다."

감찰관은 계속 하대하는 말투와 위압적인 분위기로 김원우에게 심리적 압박감을 주려고 했다. 하지만 김원우는 그의 고급스러운 옷차림과 화장한 얼굴에 더 많은 부담을 느끼고 있었다.

"현재 소속과 계급."

"고담지구대 1팀 순경입니다."

"올해 인권교육은 받았어?"

"아직 받지 못했습니다."

"사이버교육에서 피해예방 및 피의자 인권보호 4시간짜리 이수해야 한다고 공문 내려간 거 안 봤어?"

"죄송합니다. 시간이 없어서 못 봤습니다."

"맨날 수사한다고 헛짓거리하며 돌아다니더니 그런 중요한 교육도 안 듣고 왜 그래?"

"죄송합니다."

김원우는 죄송하다고 말했지만, 마음속으로는 뭐가 죄송한지 못 느끼고 있었다. 그깟 교육을 받는다고 딱히 달라질 게 뭐 있겠는가. 아까운 시간만 허비할 뿐이다. 경찰은 나쁜 짓 하는 사람 혼내고 착한 사람을 도와주면 그만 아니겠는가.

임민재는 자신의 앞에서 조사받는 김원우가 계속 죄송하다고 말하자, 자신의 특기를 발휘하고 싶어졌다. 쓰고 있던 안경을 벗고 양미간을 좁혔다.

일명 눈빛 신공.

내가 너의 옷을 벗기는 것쯤은 어렵지 않다는 눈빛으로 김원우를 쪼아보았다. 따가운 시선을 느낀 김원우가 고개를 들었다.

김원우는 임민재가 무섭게 노려보자 기분이 불쾌했다. 하지만 죄지은 사람처럼 고개를 숙였다.

이 모습에 임민재는 짜릿한 쾌감을 느꼈다. 이 타이밍에서 웃으면 안 되는데 자꾸 웃음이 나오려고 하자 헛기침을 뱉었다.

"풋……. 흠흠. 이번에 총기를 사용했는데 총기 사용 규칙 알아?"

"아는데 말로 표현하기가 어렵네요."

"경고 3회. 그리고 경고 후 공포탄. 사격할 때 대퇴부 아래로 겨냥하고 발포. 맞아 안 맞아?"

"맞습니다."

"그런데 너는 곧장 어디를 쐈어?"

"피의자 손에 들고 있던 칼이요."

"만일 빗나가서 얼굴이나 맞아 봐. 어떻게 될 것 같아?"

잠시 그런 일을 상상하자 김원우의 얼굴이 일그러졌다. 등에서 식은 땀이 났다. 그는 고개를 흔들며 말했다.

"죄송합니다."

"피의자 가족들이 이 문제를 인권위원회에 제소했어. 앞으로 자네 때문에 우리 경찰서가 조금 시끄러워질 것 같아. 알겠어?"

"죄송합니다."

"지난번 순찰차 사고 건은 내가 좋게 마무리했는데. 이번 건은 영 징계를 피하기 어려워."

임민재는 별거 아니라는 것은 알지만 그래도 보여주기용으로 징계를 줄 생각이다.

김원우는 전에도 한 번 이곳에서 조사받은 적이 있기에 임민재의 속내를 잘 알고 있었다. 지난번처럼 감찰관에게 최면을 걸까? 잠깐 고민을 했다. 상대가 원하지 않는 최면은 항상 마음에 걸렸다.

하지만 지금 최면을 걸지 않으면 아마도 한참을 시달릴 것이다. 지난번 순찰차 사고 건으로 미루어 짐작해볼 때 밤낮 시달릴 게 분명했다.

생각을 정한 김원우가 고개를 들고 기도하듯이 나직하게 말했다.

"감찰관님, 제 말을 들어보세요. 제 말을 들으면 기분이 따뜻해지고 편안해집니다. 편안합니다. 천천히 눈을 감습니다. 제가 하나, 둘, 셋을 외치면 눈을 감습니다. 눈을 감고 들으면 더욱 편안합니다. 하나, 둘, 셋!"

김원우가 엄지와 중지를 튕기자 '딱' 하는 소리가 실내에 울려 퍼졌다. 그와 동시에 감찰관이 두 눈을 스르륵 감았다.

*

김원우는 청문감사관실을 나와 곧장 경찰서 정문으로 향했다. 의경이 그를 알아보고 거수경례를 했다.

"아주 콩을 볶네. 콩을 볶아. 정말 현장에 대해서 하나도 모르면서."

경찰서 밖으로 나오니 감찰관 앞에서는 하지 못했던 말들이 쏟아져 나왔다.

"뭐? 인권위에 제소? 참나! 개나 소나 인권위에 제소한대. 경찰관은 인권이 없나."

평소 온화한 성격을 지닌 그였지만 한 시간 넘게 시달림을 받자 화가 났다. 경찰이라는 직업이 보람 있기는 하지만 이럴 때는 정말이지 진이 빠진다. 시달림을 받으니 자괴감마저 들었다.

신고 현장은 항상 돌발적인 변수가 많아 예측하기 힘들다. 술 취한 사람, 정신병자들은 상식을 벗어나는 행동을 종종 할 때가 있다. 이번 사건의 피의자도 조현병 환자로 일면식도 없는 사람을 죽이려고 하지 않았는가!

그래도 총을 쏜 것은 지금 생각해도 아찔하고 잘못된 행동이다. 잘못해서 칼이 아닌 다른 곳에 맞았더라면 상상하기도 싫은 일들이 벌어졌을 것이다. 좋지 않은 결과를 생각하자 다시 등에서 식은땀이 나오려고 했다.

좀 더 빨리 순찰차에서 내려 조현병에 걸린 남성을 완력으로 제압했어야 했다. 평소에 이런 일을 대비해서 운동을 열심히 하지 않았는가.

기분이 우울해지니 낯빛도 어두워졌다.

김원우가 축 처진 어깨로 힘없이 걸어가자 그런 그의 앞을 남녀 한 쌍이 가로막았다. 30대로 보이는 남성이 그에게 말을 걸었다.

"저, 죄송한데 휴대폰 좀 잠깐 빌려주실 수 있을까요? 급하게 전화를 해야 하는데 배터리가 다 돼서."

김원우가 아무 생각 없이 휴대폰을 빌려주었다. 그러자 그 옆에 있던 20대 초반의 피부가 까만 여성이 말했다.

"저, 안 좋은 일 있으세요?"

김원우는 '뭐지?' 하면서 기분이 싸늘한 느낌이 들었다.

"아니요."

"표정이 안 좋으세요. 저희가 도움을 드릴 수 있어요."

두 사람은 온화한 표정으로 자신들이 표현할 수 있는 최대한 부드러운 어투로 말했다. 김원우는 당황스러웠다. 빨리 이들을 피해야겠다는 생각만 들었다.

3.

"아니요. 괜찮습니다."

젊은 여성은 행색이 초라하고 얼굴에 생기가 없어 보였다. 큰 점들이 얼굴에 수없이 있어 가난한 느낌이 드는 외모였다. 하지만 김원우를 설득하려고 쉴 새 없이 재잘거렸다.

"저희는 관상을 공부하는 사람들입니다. 선생님의 얼굴 관상이 너무 좋으신데 지금 안 좋은 일을 겪고 있으신 것 같아요. 그리고 영이 강해 보이시는데 지금 탁한 기운이 막고 있어요. 그 탁한 기운을 벗어나게 잠시 도움이 되는 말을 해드리려는데. 잠시만 시간 좀 내주시면 안 될까요? 도움이 될 겁니다. 괜찮으세요?"

이게 말로만 듣던 '도를 아십니까?'라는 것을 알았다. 얼마나 자신을 우습게 보았으면 이런 사람들이 다가왔을까. 김원우는 순간 매우 불쾌한 기분이 들었다.

"저는 괜찮습니다. 그냥 갈게요."

남자가 집요하게 그의 앞을 막았다.

"선생님 표정에 근심과 걱정이 가득합니다. 잠시 저희 이야기를 들어보시고, 도움이 되지 않는다고 생각되면 그냥 가십시오. 저희는 나쁜 사람들이 아닙니다. 조금 이야기를 하다 보면 아실 거예요."

김원우는 '됐어요'라고 말하고 싶었지만, 그마저도 귀찮았다. 조사받느라 피곤했는데 또 이들에게까지 시달리기 싫었다.

김원우는 그들을 무시하고 옆으로 몸을 비켜 걸었다. 이렇게 사람을 대놓고 무시하기는 처음이라 조금 미안한 마음도 들었다.

그들을 지나치자 그의 등 뒤에서 여성의 한숨 소리가 들렸다. 마치 땅이 꺼지기라도 하는 것처럼.

"아휴."

그녀의 탄식 소리에 동정심이 들어서일까? 김원우가 발걸음을 멈추었다. 그리고 그들을 향해 천천히 돌아섰다. 그들은 김원우를 포기하고 반대 방향으로 걸어가고 있었다.

김원우는 뭔가에 끌리듯이 저만치 걸어가는 두 남녀의 뒤를 쫓아갔다. 그들은 바로 뒤에 김원우가 있는 줄 모르고 대화를 나누며 걸었다.

"요즘 신입 신자들이 들어오지 않아 큰일인데."

"실적을 못 채우면 벌금을 물게 되는데 어떡하죠?"

"벌금도 벌금이지만 포덕 활동이 되지 않아 큰일이야."

"저는 벌금만 물지 않았으면 좋겠어요. 저희가 열심히 포덕 활동을 하잖아요. 그런데도 벌금을 내는 건 좀 아닌 거 같아요."

30대 남자의 이름은 박종철로 사이비 종교에서 십 년 넘게 활동하여 수임선감 지위를 얻고 있었다. 그와 함께 활동하는 20대 여성 이선희는 이제 막 포섭되어 아직 직책이 없었다.

이들의 직책은 아래부터 선무, 선감, 방면선무, 수임선감으로 나누어져 있었다. 남자는 선감으로 부르고 여자는 선무라 불렀다. 수임선감 박종철은 이선희처럼 벌금을 내지 않는다. 오히려 활동비와 수당을 받았다. 방면선무는 포교 활동을 하지 않고 교주의 시중과 교의 살림을 맡았다.

박종철은 한 명이라도 더 포섭하여 수당을 챙길 목적으로, 이선희는 벌금을 물지 않으려고 열심히 발품을 팔고 있었다.

김원우는 앞에 걸어가는 여성이 벌금을 걱정하는 것이 안쓰러웠다. 아프리카 난민처럼 빈약한 그녀의 몸을 보니 더욱 딱해 보였다. 무슨 이유로 저런 사이비 종교에 있는지 모르겠지만 구해주고 싶었다.

만일 광신도처럼 깊이 빠져 있다면 최면을 걸어 나오도록 하면 될 것 같았다. 문제는 그녀와 단둘이 있어야 최면을 걸 수 있다. 그 기회를 만들어야 한다.

"저기요."

두 사람이 돌아섰다. 피부가 까맣고 몸이 삐쩍 마른 이선희가 그를 보자 반색했다.

"네!"

"잠깐이면 되나요?"

이선희는 조금 전까지 벌금 걱정으로 우울했는데 그를 다시 보자 기쁨을 감추지 못했다.

"그럼요. 시간을 많이 뺏지 않을 거예요."

수임선감 박종철의 흐릿한 눈이 간만에 빛을 내었다. 그는 마른 침을 꿀꺽 삼키며 말했다.

"젊으신 분이 정말 착하게 보이네요. 아마 효자이신 것 같군요."

벌금을 내지 않을 희망이 보이자 이선희 역시 배운 대로 적극적으로 나섰다.

"복이 많아 보이세요. 몸 안에 밝은 기운을 가득 담고 있으세요. 그런데 몸이 안 좋아 보이는데 혹시 건강이 안 좋으세요?"

김원우는 두 사람으로부터 번갈아가며 칭찬을 들으니 기분이 좋아졌다. 그들의 말이 전부 틀린 것 같지는 않다는 생각마저 들었다. 그는 이런 속내를 드러내지 않고 담담하게 말했다.

"감사합니다. 딱히 건강이 안 좋은 것은 없는데 요즘 걱정거리가 있어서 그렇게 보였나 봐요."

박종철이 비굴하게 웃으며 말했다.

"길에서 이러지 말고 어디 가까운 커피숍이나 아니면 패스트푸드점으로 가시죠. 저희가 식사를 못 해서 간단히 요기하면서 이야기를 나누고 싶습니다. 괜찮겠습니까?"

"네. 괜찮습니다."

셋은 가까운 패스트푸드점으로 걸어갔다. 매장 안으로 들어가자 사이비 교인인 두 사람은 자연스럽게 이야기를 하며 의자에 앉았다. 그런데 그들은 서로 이야기만 할 뿐 메뉴를 보거나 선택하지 않았다. 할 수 없이 그들에게 김원우가 물어보았다.

"뭐 드실 건가요?"

박종철이 반색을 하면서 기다렸다는 듯이 말했다.

"저희 것까지 사주신다면 염치없지만 저는 불고기버거 세트를 먹겠습니다."

이선희는 부끄러운지 고개를 숙이며 말했다.

"저도 같은 것으로."

김원우가 그녀의 행색을 보니 아침부터 지금까지 제대로 먹은 것도 없어 보였다. 그녀를 보며 부드럽게 말했다.

"제가 살 테니까 부담 갖지 말고 드세요."

이선희가 머뭇거리다 모기처럼 작은 소리로 말했다.

"감사합니다."

김원우가 계산대로 가서 세트 메뉴 3개를 시키고 돌아보니 두 사람이 보이지 않았다. 이들은 어느새 손님들이 없는 2층 구석진 곳으로 자리를 옮겨 앉아 있었다.

박종철은 이곳에 들어오니 신이 났는지 계속 말을 했다.

"선생님, 성함이 어떻게 되시나요. 저는 박종철이고, 이쪽은 이선희라고 합니다."

이름을 알려주고픈 마음은 없었지만, 목적이 있어 접근한 것이라 알려주었다.

"김원우입니다."

박종철은 본격적으로 작업을 하기 시작했다.

"김 선생님. 집에 몸이 안 좋으신 분이 있죠? 조상님 중 한 분께서 서운해 하셔서 그러는 거예요. 관심을 안 가진다고."

"네?"

"조상님께 약간의 공을 들이면 다 좋아지실 겁니다."

"네."

김원우는 그가 하는 말에 관심이 없었지만, 대답은 꼬박꼬박했다.

"공을 들이는 방법은 간단합니다."

"네."

"제사를 지내시면 됩니다. 쉽죠?"

"네."

"제사음식을 준비하고 차리시려면 번거롭잖아요. 그래서 말인데요. 약간의 성의 표시만 해주시면 저희가 상을 차리고 준비해드릴 수 있습니다."

"네."

김원우는 이선희의 얼굴을 계속 주시했다. 그녀는 박종철의 말에 호응하지 않았지만 그렇다고 싫어하는 표정도 아니었다.

주문한 음식이 다 되었는지 테이블 위에 올려진 호출 벨이 진동했다.

부웅 부웅.

패스트푸드점에 들어와 적극적으로 변한 박종철이 일어나 말했다.

"제가 가지고 오겠습니다."

박종철이 자리에서 일어나 멀어지자 재빨리 김원우가 이선희에게 말했다.

"저기요. 기분 나쁘게 듣지 마시고 제 말을 들어보세요. 나이도 저와 비슷한 것 같은데 이런 사이비 같은 종교에 왜 계세요? 뭐든지 할 수 있는 나이인데, 누구에게나 떳떳하게 말할 수 있는 일을 하세요. 제가 도와드릴 수 있어요."

그녀의 눈이 약간 촉촉하게 젖는 게 보였다. 김원우는 최면을 걸지 않아도 설득할 수 있겠다는 생각이 들었다.

"당신은 충분히 깨닫고 있어요. 그 자리가 당신이 있어야 할 곳이 아닌 것을."

그녀의 입술 사이로 탄식이 나왔다.

"아."

"얼마든지 사람은 변할 수가 있어요. 미래를 생각하세요. 그 자리에

31

계시면 당신은 변화가 없는 삶을 계속 살게 될 거예요. 한번 생각해보세요. 지금 행복한지를. 행복하신가요?"

그녀의 동공이 좌우로 흔들리는 게 보였다.

"사랑하는 가족들을 생각하셔야죠."

가족이라는 단어에 그녀의 얼굴이 일그러졌다. 김원우는 아차 싶었다. 아마도 가족 구성원들과 사이가 좋지 않은 모양이다. 아니면 가족이 없거나.

4.

최면을 걸지 않으려고 했는데 어쩔 수 없다. 김원우가 부드럽게 말했다.

"이선희 씨. 제 말을 귀담아들어 보세요. 제 목소리에 귀를 기울여주세요. 제 목소리에 귀를 기울이시면 마음이 안정되고 편안해집니다. 마음이 편안해집니다. 점점 마음이 편안해집니다. 긴장을 푸시고 몸에 힘을 빼세요. 제가 하나, 둘, 셋을 외치면 당신은 천천히 눈을 감고 제 말에 푹 빠져듭니다. 점점 귀를 기울입니다. 하나, 둘, 셋."

'딱' 하는 소리와 함께 그녀가 두 눈을 감았다.

"이선희 씨는 앞으로 지금 계신 사이비 종교에서 나오게 될 것입니다. 그 종교를 멀리하게 될 것입니다. 그곳은 본인에게 도움이 안 되고 위험하다는 사실을 알게 됩니다. 그곳에 있는 사람들은 좋은 사람도 있지만 나쁜 사람들이 더 많습니다. 그러니 그곳에서 하루빨리 나오셔야 합니다. 앞으로 그 종교에 빠지지 않고 독서와 운동을 하며 평범한 일상으로 돌아갑니다. 심신을 안정시킵니다. 좋은 책을 많이 읽고, 산책 같은 운동을 자주 합니다."

2층 계단에서 박종철의 걸음 소리가 들렸다. 최면 시간이 짧았지만 어쩔 수 없다.

"이제 눈을 뜨세요. 하나, 둘, 셋."

'딱' 하는 소리와 함께 이선희가 눈을 떴다. 그녀는 김원우에게 무슨 말을 하고픈 표정을 지었다. 그리고 테이블 위에 올려진 두 손을 꽉 움켜쥐며 말했다.

"저."

그녀가 무슨 말을 하려다 입을 다물었다. 박종철이 가까이 다가왔기 때문이다. 박종철이 테이블 위로 주문한 음식을 올렸다.

"감사히 잘 먹겠습니다."

김원우가 떨떠름한 표정으로 대답했다.

"네."

박종철은 햄버거를 게걸스럽게 먹었다. 그는 마치 먹방 BJ처럼 음식을 입안에 쓸어 넣었다. 맛을 느끼기도 전에 입에서 위로 음식이 넘어갔다. 그에게 음식이란 배를 채우는 용도일 뿐이다. 박종철은 자신의 감자튀김이 눈 녹듯이 사라지자 자연스럽게 김원우의 감자튀김 쪽으로 손을 뻗었다.

이 모습을 지켜보던 이선희가 못마땅한 표정을 지으며 자리에서 일어나 말했다.

"저 화장실 좀 다녀올게요."

김원우는 그녀가 일어나자 박종철과 단둘이 있기 싫었다. 더구나 박종철이 다시 제사 이야기를 꺼내니 더욱 같이 있기 싫었다.

"저희가 공부를 하는 곳이. 쩝쩝. 있는데. 거기서. 쩝쩝. 제사 같은 것을 쉽게 할 수 있도록 도와줘요. 대신에 약간의 성의를 표시하여야 합니다."

"저도 화장실 좀 다녀오겠습니다."

33

"네. 그러세요."

화장실로 걸어가니 이선희가 셀프 바 위에서 다급하게 메모하는 모습이 보였다. 김원우도 그녀 옆에 서서 재빨리 자신의 연락처를 적었다.

이선희는 자신이 작성한 메모지를 들고 김원우를 빤히 쳐다보았다. 김원우는 분명 그것을 자신에게 주기 위해 적었다는 것을 알 수 있었다. 그런데 그녀가 선뜻 그 메모지를 자신에게 건네지 못하고 망설이는 게 느껴졌다. 김원우는 망설이는 그녀의 손에 자신의 연락처가 적힌 메모지를 건넸다.

"연락 주세요. 제가 도울게요. 저는 경찰관이에요."

이선희의 동공이 빠르게 흔들리더니 안심하는 표정으로 말했다.

"정말이요?"

"네."

"아! 그럼."

그녀가 주위를 살피며 방금 적은 메모지를 김원우에게 건네고 말했다.

"이 주소지를 조사해주세요. 그곳은 너무 무섭고 위험한 곳 같아요. 지금까지 왜 그런 곳에 제가 있었는지 의문이지만 너무 위험해요."

그녀의 손이 심하게 떨리고 있었다. 김원우는 그녀가 건네는 메모지를 통해 그녀가 몸을 떠는 것을 느꼈다.

"이곳이 왜 위험하다는 것인가요?"

그녀가 박종철이 오는지를 살펴보면서 다급하게 말했다.

"그곳에서 두 사람이 사라졌는데 분명 안 좋은 일을 당하신 것 같아요. 갑자기 실종됐는데 그 누구도 이유를 몰라요. 제 느낌상 아니 분명 해코지를 당했을 거예요. 저는 지금부터 그곳에 가지 않도록 할게요."

김원우는 이선희가 하는 말이 처음에는 무슨 말인지 이해가 잘 되지 않았다.

"제가 그곳을 조사해서 두 사람을 찾아보도록 하죠. 그분들의 성함을 알 수 있을까요?"

"메모지를 살펴보세요."

김원우가 메모지를 펼쳐보자, 그녀가 작은 소리로 속삭이듯이 말했다.

"저는 그곳에 가지 않겠어요. 당신의 말을 들으니 제가 잘못된 길을 가고 있다는 사실을 알게 됐어요. 고마워요. 하지만 거기에 적혀 있는 두 분은 어찌 된 영문인지 연락이 안 돼요. 갑자기 말이죠. 경찰이시니까 한번 조사해주세요."

무슨 말인지 대충 알 것 같았다. 그녀와 가까운 지인이 그곳에서 안 좋은 일을 겪은 것 같다.

"잘 알겠습니다. 제가 그곳을 조사하여 두 분을 찾아드리겠습니다."

김원우는 화장실로 들어가 이선희가 건넨 메모지를 다시 살펴보았다.

[강북구 한천로 XX번길 456. 하늘궁전 도화교]
[강성호 이미진 실종]

김원우가 메모지를 바지 주머니에 넣고 자리로 돌아오니 두 사람이 자연스럽게 이야기를 나누고 있다. 박종철은 이선희의 눅눅해진 감자튀김뿐 아니라 그녀의 햄버거까지 먹는 중이었다. 박종철이 웃으며 말했다.

"아까 하던 이야기를 계속하겠습니다. 지금 김 선생님 또는 가족 중에 누군가 건강이 안 좋으신 분이 있으시죠? 아니면 괴로운 일이 있거나. 이런 모든 일이 전부 조상님들께 성의 표시를 하지 않아서 그런 겁니다. 저희와 함께 가져서 정성스럽게 조상님께 제사를 지내시면 다 좋아집니다."

"네. 잘 알겠습니다."

김원우는 박종철을 따라가기로 했다. 유체이탈을 하기 위해서는 시각적으로 정보 확인이 필요하다. 아직은 상상력이 경험의 한계를 완전히 넘지 못했다. 그래도 연쇄살인범 박정민을 검거한 후부터 유체이탈 능력이 부쩍 향상되었다.

유체이탈하기 위한 준비 과정과 원하는 목적지로 영혼이 부유하는 시간이 단축되었기 때문이다. 그리고 유체이탈을 통해 시각적으로 보는 것만 가능했던 것이, 희미하지만 소리까지 들을 수 있게 되었다.

문득 유체이탈을 통해 살인범을 검거하면 유체이탈의 능력이 올라가는 것은 아닐까 하는 생각이 들었다. 박정민 이후 살인범을 검거하지 못해 이를 확인할 수 없었지만 막연하게 그런 생각이 자꾸 들었다.

박종철은 낚싯줄에 호구라는 대어가 걸린 것 같아 기분이 너무 좋았다. 그의 옆에 있던 이선희가 자리에서 일어나 말했다.

"선감님, 저는 몸이 안 좋아서 일찍 들어가 보겠습니다."

박종철은 눈살을 찌푸렸다. 지금은 먹잇감이 눈앞에 있어 화도 못 내고 마지못해 고개를 끄덕였다. 하지만 이 일은 절대로 그냥 넘기지 않을 생각이다. 교육을 담당하는 교육 주임에게 말해 훈육관에서 일주일 정도 단체생활을 하도록 만들어야겠다.

이선희가 그의 눈치도 보지 않고 일어나서 나가자 박종철은 더욱 인상이 구겨졌다. 그녀가 평소와 조금 달라졌다는 생각이 들었지만, 외부인에게 분열된 모습을 보이면 안 되니 참았다. 가끔 여자 때문에 졸졸 따라오는 호구들이 있다. 지금 눈앞에 앉아 있는 호구도 혹시 그런지 몰라 마음이 급해졌다.

"그럼 저와 함께 나가시죠. 제사는 빨리 올리시는 게 좋아요."

"알겠습니다."

박종철은 김원우의 말에 안도의 한숨을 내쉬었다.

두 사람은 자리에서 일어나 지하철역으로 향했다. 지하철 안에서도 박종철은 쉴 새 없이 떠들었다. 정말 물에 빠지면 입만 뜰 것처럼. 그리고 이선희가 적어준 주소지에 도착하게 되었다.

*

그곳은 7층으로 된 건물이었다. 건물 외부에는 간판이 없었지만, 내부에는 '하늘궁전'이라는 대형 플래카드가 걸려 있었다.

건물 안으로 들어가자 내부에서 은은하게 생선 썩는 냄새가 났다. 다른 사람들은 이 냄새를 느끼지 못하는지 편안하게 활동하고 있었다. 하지만 김원우는 눈살을 찌푸리고 손으로 코를 막으며 박종철의 안내를 받았다.

건물 1층은 신도들을 위한 식당과 소회의실이 있었다. 건물 2층은 여러 개의 강당이 있었는데 예배드리는 장소 같았다. 박종철은 2층까지 김원우를 안내했다. 김원우는 이곳을 눈에 각인시키고자 화장실에 가겠다고 말하고 위층으로 올라가 보았다.

3층과 4층은 숙소처럼 보였다. 5층부터는 무엇을 하는지 알 수가 없었다. 하지만 위층으로 올라갈수록 생선 썩는 비릿한 냄새가 더욱 진해졌다. 일전에 연쇄살인마 박정민의 집에서 맡았던 바로 그 냄새가 이곳에서도 풍기고 있었다.

위층은 간부들만 출입이 허용되는 것처럼 보였다. 5층으로 통하는 계단 앞에 씨름선수처럼 덩치가 좋은 두 사람이 의자에 앉아 출입을 통제하고 있었다. 5층 위로는 무언가 안 좋은 게 있다는 것만 느껴졌다.

박종철이 4층에서 헤매는 김원우를 발견하고 다시 2층으로 안내했다.

"안 보이시길래 나와봤습니다."

"화장실을 찾다가 올라왔습니다."

"처음 오셔서 그러실 겁니다. 2층에도 화장실이 두 군데 있습니다. 제가 안내해드리죠."

2층 어느 방에는 20여 명의 젊은 남녀들이 서너 명씩 짝을 이루어 경전을 공부하고 있었다. 이들은 알아듣기 힘든 주문을 외우고 있었다.

"도도 무무 적적……."

집중해 그들의 말을 들어보았다.

"도도 무무 적적 화화 감응하옵소서."

김원우가 궁금증을 참지 못하고 박종철에게 물어보았다.

"저분들이 하는 말은 무엇입니까?"

"저것은 우리 상제님께서 만든 건강과 복을 기원하는 주문입니다."

김원우가 이들을 다시 살펴보니 모두 눈동자가 탁해 보였다. 몇몇은 머리를 빡빡 밀었는데 머리를 둔기로 맞았는지 꿰맨 자국도 보였다. 그 모습을 보자 약간 무서웠다.

박종철은 김원우를 대기실로 안내하고 어디론가 사라졌다. 김원우가 대기실에 앉아 책장에 꽂힌 경전들을 살펴보고 있자, 한복을 곱게 차려입은 젊은 여성이 다가왔다.

"박 선감님으로부터 이야기를 전해 들었습니다. 김 선생님. 제사를 준비하려고 그러는데 얼마짜리로 맞춰드릴까요?"

"얼마라니요?"

"선생님의 형편에 맞게 저희가 상을 차려드리려고 합니다. 물론 정성이 많이 들어갈수록 조상님의 덕을 크게 볼 수가 있습니다. 고시에 번번이 낙방하던 분이 계셨는데 이곳에서 제사를 올리시고 그다음 해에 사법고시에 패스하셨죠. 제사에 공을 많이 들였으니 당연한 결과죠. 소원 성취할 일들이 많으시면 조금 무리해서 제사를 지내는 게 좋습니다."

"그래도 대충 가격대를 알려주세요."

한복을 입은 여성이 김원우를 위아래로 살펴보았다. 아마 그의 경제력을 살펴보는 것 같았다. 대충 견적을 파악한 그녀가 말했다.

"백만 원 정도 하시면 될 것 같습니다."

김원우는 속으로 놀랐다. 이런 날강도들이 있나. 아프고 괴로운 사람들을 속여서 또다시 고초를 겪게 만들다니. 그는 이런 속내를 들키지 않게 담담하게 말했다.

"지금 돈이 없어서 그러는데 나가서 돈 좀 찾아오겠습니다."

"계좌이체 하셔도 되는데요."

"제가 지금 은행 보안카드가 없어서 계좌이체가 안 되거든요."

"알겠습니다. 일단 연락처와 주민번호를 남겨주세요. 저희가 제사를 지낼 준비를 해야 돼서요."

김원우는 그녀에게 엉터리 번호를 남겨주고 그곳을 벗어났다. 건물 밖으로 나오자 편안하게 숨을 내뱉었다. 불쾌한 냄새 때문에 호흡하는 게 불편했기 때문이다. 김원우는 건물을 올려다보며 원하는 정보를 머릿속에 각인시키고 빠른 걸음으로 그곳을 벗어났다.

＊

김원우는 퇴근 후 명상을 통해 정신력을 키워왔다. 명상은 사람의 정신력을 키우는 데 큰 도움이 된다. 명상을 하면 잡생각이 사라지고 자신을 잘 이해할 수 있게 된다.

하지만 김원우가 하는 명상은 또 다른 기능이 있다. 바로 유체이탈이다. 물질계에 머무르고 있는 그의 영혼을 심령의 세계인 아스트랄계로 내보내는 일은 그에게는 어렵지 않은 일 중 하나다.

영혼을 육체에서 천천히 분리했다. 늘 보던 사물을 다른 시각으로 바라보기만 하면 된다. 영혼이 허공에 떠서 명상에 잠겨 있는 육체를 내려다보았다.

서서히 그의 영혼이 원룸을 나와 그가 사는 동네 주위를 돌다 공중으로 솟구쳐 도화교를 향했다. 그곳에서 무슨 일이 일어나고 있는지 살펴볼 생각이다.

이선희가 말한 강성호, 이미진을 찾아보자. 그들은 어디에 있는 걸까?

하늘궁전이라는 건물 1층으로 들어갔다. 1층에 굳게 닫혀 있는 방이 보였다. 그 안이 궁금했던 터라 안으로 들어가 보았다. 진짜보다 더 진짜처럼 생긴 모형으로 된 제사음식들이 가득 쌓여 있었다.

제사상도 크기가 다양했다. 상마다 백화점 상품처럼 가격이 표시되어 있었다. 십만 원, 삼십만 원, 오십만 원, 백만 원……. 아마도 제사를 지낸다고 하며 이 모형 음식을 이용해서 순진한 사람들을 계속 우려먹는 것 같다.

2층에서는 신도들이 모여 경전을 공부하고 있었다. 3층과 4층은 예상대로 숙소로 이용되고 있었다. 아마도 사이비 단체가 이곳으로 이사 오기 전에 모텔로 쓰던 건물인 것 같다. 3층과 4층의 방들은 여전히 모텔방처럼 꾸며져 있었다. 씻고 잠만 자는 방의 모습이다. 아마도 요리는 1층에서 하거나 공동으로 차려 먹는 것 같다.

여기까지는 별로 이상한 것이 없다. 5층을 살펴보기 위해 계단 쪽으로 나왔다. 계단 입구에서 경비를 서는 나이가 어려 보이는 남성들이 보였다. 얼마나 구린 게 많으면 저런 덩치들을 배치해 놓은 것일까?

5층도 모텔처럼 통로를 따라 방들이 즐비하게 있었다. 다른 점이 있다면 마치 교도소를 연상시키듯이 통로 중간마다 철창문들이 설치되어 있다는 점이다.

5층 입구에 있는 방으로 들어가자 중학교 의무실 느낌이 났다. 간이 침대와 간단한 구급약품들이 보였고 크레졸 냄새가 나는 것 같았다.

5층 끝방으로 들어가 보았다. 쇠창살로 칸막이를 하여 방을 세 개로 나누었는데 진짜 감옥 같이 만들어 놓았다. 하지만 사람은 없었다. 방음 벽처럼 벽이 두터워 보였다.

왜 이런 감방을 만들어 놓은 것일까? 천천히 빈 감방을 살펴보았다. 누군가 이곳에 갇혀 있던 흔적이 보였다. 벽 아래에 낙서처럼 써진 글이 보였다.

[나처럼 이곳에 갇힐 사람들에게 조금이나마 도움이 되고자 이 글을 남긴다. 내 이름은 강성호다. 재수 없게 지금은 감옥 같은 곳에 갇혀 있다.]

김원우는 강성호라는 이름을 본 순간 낯설지 않은 이름이라고 생각했지만, 누군지 얼른 생각이 나지 않았다.

[돈 욕심을 너무 부려 이곳에 갇히게 되었다. 돈을 쉽게 벌 수 있다는 말에 혹해서 이 미친 종교에 들어와 일했다. 그런데 지금은 이게 무슨 꼴인가. 한창 잘나가던 내가 지금 이게 무슨. 후회한다. 젠장!]

[2평 정도 되는 공간에 내가 갇혀 있다. 사람이 자유롭게 움직일 수 있다는 게 얼마나 행복한지를 이곳에 갇혀 있으며 깨닫고 있다. 내 아내 미진이는 어떻게 되었을까.]

맞다. 강성호. 이미진! 그런데 이게 무슨 일인가? 이선희가 말한 강성호가 이곳에 갇혀 있었다니.

[조금만 걸을 수 있다면. 아니다. 햇볕이 들어오는 창문이라도 있으면. 아니 바깥 공기만 마셔도 원이 없을 것 같다. 아니다. 맛있는 음식을 먹게 해주는 것을 감사하게 생각하자. 뭐가 감사해? 제기랄. 이것도 감사할 일이냐. 나 자신에게 욕이 나온다.]

육두문자가 가득 적혀 있어 강성호의 분노를 느낄 수 있었다.

[나는 원체 낙천적이고 예의 바른 사람이다. 그렇지만 이렇게 꼼짝없이 갇혀 있으니 계속 부정적인 생각만 떠오른다. 욕도 잘 안 하는데 입에서 욕이 자꾸 배설된다. 개새끼들에게 힘이 있을 때마다 욕설을 내뱉고 숨을 쉬고 있다.]

강성호는 글씨를 매우 반듯하게 써서 욕설이지만 기분 나쁘게 읽히지 않았다. 오히려 그의 글씨체가 부러웠다.

[하지만 그대는 나처럼 이러지 말기 바란다. 스트레스를 받으면 몸이 더 상할 뿐이다. 몸을 최상의 상태로 유지해야 기회가 생겼을 때 탈출할 수 있을 것이다. 그러기 위해서 정신건강에 해로운 생각은 하지 말자. 심호흡을 깊게 하면 흥분이 가라앉는다. 혹시 나처럼 열 받는다면 심호흡을 추천한다. 열 받는 것이 조금 가라앉을 것이다. 그리고 항상 긍정적인 생각을 가져라. 부정적인 생각을 가지면 건강에 해로우니 말이다.]

문득 그가 건강 관련 책을 쓰면 성공했을 것 같다는 생각이 들었다. 그런데 강성호는 왜 이곳에 갇혀 있었던 거야?

[달마대사가 동굴 속에서 벽을 보고 앉아서 9년 동안 참선을 했다고 한다. 일부러 험한 곳을 찾아가 사서 고생도 하는데 좋게 생각하자. 그리고 얼마나 다행인가. 내 키가 178센티라 다행이다. 조금만 더 컸으면 다리를 구부리고 누워야 하지 않겠는가. 이렇게 다리를 쭉 뻗고 있는 것도 얼마나 다행인가. 다리도 마음대로 펴지 못한다면 그 얼마나 불편했겠는가. 이렇게 좋은 생각만 하자. 누워 있는 것도 감사하게 생각하자. 또 좋은 건 하루에 두 번 식사가 들어온다.]

밥을 주었던 것을 보면 금방 풀어주었을 것 같은 생각도 들었다. 아무리 사이비교지만 설마 죽이기라도 했을까?

[정확한 시간을 알 수 없다. 하지만 올드보이 영화처럼 만두가 들어온다. 그런데 제기랄! 이런 생각 하면 안 되는데 진짜 만두가 맛있다. 어디에서 배달 오는지 진짜 맛있다. 단무지가 두 개밖에 없는 게 약간 흠이다. 만두가 맛있다고 생각하는 것을 보면 아직 정신을 못 차리고 있는 것 같다. 아니면 작은 희망을 품고 있는지도 모르겠다.]

만두가 맛있다는 글에 웃음이 나왔다. 그의 글에서 여유가 느껴졌다.

[나는 지금 이곳에 있는 이유를 잘 알고 있다. 당신도 알고 있을 것이다. 죽이지 않고 가두어둔 이유는 몸 안의 장기를 꺼내기 위해서다. 코로나로 인해서 중국과 동남아로 이동하기 힘들어졌다.]

김원우는 여기까지 읽다가 깜짝 놀랐다. 영혼이 아니었으면 그의 동공이 커졌을지도 모른다. 그는 고개를 설레설레 흔들었다. 지구대 순경이 처리하기에는 사이즈가 너무 크다. 그는 한 사람이 생각났다.

'불독!'

한번 물면 놓지 않는 불독처럼, 사건을 한번 파헤치면 끝장을 보고 만다고 해서 붙은 별명.

5.

[중국뿐 아니라 동남아로 넘어가기가 매우 어려워졌다. 중국은 사형수들의 장기를 끄집어내어 싼값에 판다. 동남아에서는 가난한 자들이 빚을 갚기 위해 자연스럽게 장기를 판다. 그 싼값에 넘어오던 물건들이 사라져버려 장기 값이 급등했다. 수요자들은 넘쳐나고 공급자는 줄어들고 있다. 그러니 대체재로 쓰기 위해 내가 이곳에 있는 것이다.]

갑자기 한여름에서 겨울로 변한 것처럼 기분이 오싹해졌다.

[싼값에 장기를 수입하던 대형병원이 새로운 활로를 모색했다. 방면선감 김충효. 그 개새끼가 했던 말이 떠오른다. 사람을 살려야 되니까. 그러니 죽어줘. 장기들을 빼주고 죽어줘. 이게 말이여 막걸리여.]

김충효! 이런 악인도 세상에 존재하다니 놀랍다.

[나는 언제 수술대로 끌려가 몸이 분해될까? 나의 아내 미진이는 어떻게 되었을까? 그녀가 무사하면 다행일 텐데…… 왜 네임펜은 남겨둔 것일까? 덕분에 이렇게 글을 남길 수 있기는 하지만. 왜일까?]

김원우는 글을 남긴 강성호가 이곳에 없다는 생각을 하자 영혼이지만 눈살을 찌푸렸다. 아마도 그의 몸은 끔찍한 일을 겪었을 것이다. 상상하자 영혼이지만 오싹해졌다.

[나는 사업에 실패하여 실의에 찬 모습으로 거리를 걷고 있었다. 그때 이들이 접근하여 조상의 덕을 보기 위해 제사를 지내면 모든 일이 잘 풀린다는 말에 혹해서 제사를 지내게 되었다. 그런데 제사를 지내고 나서 정말로 일이 잘 풀렸다. 나는 고마운 마음에 스스로 다시 이곳으로 왔다. 그리고 이들이 믿는 상제의 강연을 듣게 되었다. 상제는 어떤 주소를 말하고 모두 그곳으로 가라고 소리쳤다. 강연이 끝나고 모두 버스를 타고 그가 말한 곳으로 갔다. 거기는 강원도 어느 폐광이었는데 그 안에서 금괴가 가득 담긴 상자를 발견했다. 이때부터 나는 그에게 빠져 그가 다시 금이 있는 지역을 말해주기를 바라며 이곳을 다니게 되었다.]

아! 이렇게 사기를 당했구나. 교주는 아마 미리 금괴를 그곳에 숨겨두었을 것이다. 그리고 사람들을 현혹하기 위해 자신이 예언가인 것처럼 금괴 위치를 말했을 게 분명하다.

[자꾸 헌금을 강요하고 전 재산을 헌납하게 했다. 나는 바칠 돈이 없자 내 아내와 딸을 상제에게 모두 헌납해야 했다. 돈이 없는 여자는 몸을 그에게 바쳤고, 못생긴 여자들은 그와 간부들의 시중을 들었다. 이 사실을 알게 된 나는 점점 의심이 생겼다. 아내도 만날 수 없어 답답하던 중에 이곳에서 실종자가 여러 명 발생했다는 것을 알게 된 것이다. 경찰에 신고할까 고민을 하던 중에 먼저 선수를 빼앗기고 말았다.]

김원우는 가족 모두를 헌납했다는 글에서 사이비 종교의 무서움을 느꼈다.

[성악설과 성선설이 있다. 나는 이런 말도 안 되는 종교에 빠져 전 재산을 갖다 바치는 순진한 인간들을 보면 성선설이 맞는 것 같다. 교주가 신이라고 믿는 자들은 천성이 착한 사람들이다. 그런데 점차 교주의 말을 듣고 악인으로 변해가는 것 같다.]

일리 있는 말이다.

[나는 이곳에서 정보를 더 얻기 위해 한 신도에게 내 생각을 말해버렸다. 그것이 미련한 짓이라는 것을 이곳에 갇히고 깨달았다. 바보같이. 혹시 당신도 이곳에 갇혀 있다면 나처럼 교인에게 배신당하지 않았나 싶다. 아니라면 이곳에서는 누구도 믿지 말아야 한다. 그 누구도…….]

아마 이곳을 경찰에 신고하려고 증거를 모으다 다른 신도에게 배신당한 것 같다. 대충 이곳이 어떤 곳인지 글을 읽고 충분히 알게 되었다.

[내 사랑 미진과 두 딸 진아, 진옥을 봤으면. 아쉽다. 아쉬워.]

글은 거기까지가 끝이었다. 더 남긴 글이 없는지 살펴보았지만 없었다. 강성호는 뭐가 아쉽다는 것일까? 이곳에 감금된 게 아쉽다는 것일까 아니면 가족들을 보지 못해서 아쉽다는 것일까?
김원우는 강성호가 어떻게 되었는지 궁금했다. 아직 그가 살아 있을 것만 같다는 생각이 들었다. 하지만 그는 몰랐다. 감금되었던 강성호는 이곳에서 스스로 목숨을 끊었다는 사실과 실제로 장기 밀매가 이루어지지는 않았다는 것을.

도화교에서는 장기 밀매를 하지 않았다. 하려고 시도는 해보았지만 불법 행위에 선뜻 나서는 병원이 없었다. 충성스러운 신도가 자발적으로 몸에서 장기를 꺼내 팔려고 한 적은 있었다.

이 신도는 터미널 공중화장실에 붙은 스티커를 보고 브로커에게 연락했다. 브로커는 먼저 장기가 건강한지 알아야 한다며 그에게 검사비 200만 원을 요구했다.

신도는 간신히 200만 원을 만들어 브로커에게 전달했지만, 그 후 브로커로부터 연락을 받지 못했다. 이렇게 보이스피싱과 같은 사기를 당했지만, 경찰에 신고도 하지 못했다. 불법적인 일을 하려고 했기에 신고는 꿈도 꾸지 못했다.

이 사실을 도화교 간부들은 알고 있었다. 그래서 장기 밀매를 하지 않았다. 하지만 브로커들을 병원에 보내서 대형병원 의사들을 포섭하려고 시도는 했다.

그러던 와중에 선임선감 중 한 명인 김충효가 감금된 강성호에게 겁을 주기 위해 쓸데없는 소리를 했다.

"당신의 몸에서 신장을 적출할 거예요. 아직 구매자가 나오지 않아 살려주는 것이니 조용히 입 다물고 있어요."

도화교에서 사람을 감금시키는 이유는 단 하나다. 사람을 곧장 죽이면 경찰 조사에서 다 들통이 나기에 이렇게 감금하고 여러 증거를 인멸할 시간을 벌기 위해서다. 하지만 김충효는 강성호에게 겁을 주고 싶어 계속 장기 적출 이야기만 했다.

"사람은 살려야 되지 않겠어요. 그러니 죽어줘요. 여럿 살리고 죽어주세요. 장님에게는 눈을, 콩팥이 안 좋은 이에게는 신장을 나누어 주세요."

이 말을 고이 믿은 강성호는 하루하루 불안에 떨다 결국 스스로 목숨을 끊었다. 그가 너무 빨리 죽어버려 도화교에서는 많이 당황했다. 보통 가족과 친지들에게 해외로 나가는 것처럼 꾸미는 등 치밀하게 증거 인멸할 시간을 벌어야 하는데 그럴 시간을 갖지 못했기 때문이다.

이 사실을 모르는 김원우는 다른 방을 살펴보기 위해 이동했다. 맞은편 감옥 같은 방 두 곳에 두 사람이 갇혀 있었다. 한 사람은 남자고 또 한 사람은 여자였다. 남자는 끊임없이 소리를 질렀는데 무슨 말인지 알 수가 없었다. 유체이탈의 단점이지만 점차 나아질 거라는 생각이 들었다. 지금 이렇게 후각이 조금 가능한 것처럼. 하지만 불완전하다. 좋은 냄새는 맡을 수 없고 썩은 내만 맡는 게 불완전하게 느껴진다. 이곳에서 머리가 아플 정도로 기분 나쁜 냄새만 맡았다.

김원우는 감금된 남자의 입 모양에 집중했다. 도대체 무슨 말을 하는지 대충이라도 알기 위해서 집중했다.

남자는 침까지 뱉으며 욕설을 하고 있었다. 입에 담기에도 상스러운 욕설이 쏟아지고 있었다. 들리지 않아도 그의 인상과 입 모양으로 충분히 알 수 있었다. 숨진 강성호도 아마 저랬을까?

6층으로 올라가니 펜트하우스처럼 꾸민 고급스러운 실내가 나왔다. 마치 백화점 1층에 들어선 듯한 느낌이 들었다. 중앙에 대형 샹들리에가 7층 천장에 매달려 6층과 7층을 동시에 밝게 비추고 있었다.

바닥은 흰 대리석으로 깔려 있었고 중간 중간에 천연가죽으로 만든 소파가 놓여 있었다.

어느 방으로 들어가자 아름다운 젊은 여성들이 속옷만 입고 걸어 다니고 있었다. 어떤 여성은 부끄럽지도 않은지 나체 상태로 간식을 먹고 있었다. 김원우는 마치 여탕을 몰래 훔쳐보는 기분이 들었다.

그 와중에도 눈부시게 아름다운 여성이 눈에 꽂혔다. 그녀는 몸매도 훌륭했지만, 얼굴은 정말 연예인처럼 아름다웠다. 그녀는 치마가 짧은 개량된 흰색 한복을 입고 있었다.

망사처럼 속이 훤히 비치는 한복을 입은 그녀는 중앙에 설치된 계단 쪽에 있었다. 그녀는 7층으로 매우 천천히 걸어 올라가고 있었다. 계단을 밟자 그녀의 표정이 점점 어두워졌다.

김원우는 그녀보다 먼저 7층으로 올라갔다. 7층에서 본 광경은 너무 충격적이었다. 마치 포르노 촬영장 같았다. 대형 침대에 키가 작고 70대로 보이는 한 노인이 알몸으로 누워 있었는데, 속옷만 입은 두 명의 여성이 그의 발과 종아리를 연신 주무르고 있었다. 그리고 이렇게 마사지하는 모습을 스무 명 정도 되는 남녀가 무릎을 꿇고 영화를 보듯이 지켜보고 있었다.

흰색 한복을 입은 모델 같은 여성이 침실 가까이 다가오자 노인이 주문을 거는 듯한 말을 했다. 그러자 흰색 한복을 입은 그녀가 노인에게 다가가 키스를 했다. 그 모습에 김원우는 눈살을 찌푸리며 자신의 원룸에서 천천히 눈을 떴다.

*

대충 '하늘궁전 도화교'가 어떤 곳인지 파악했다. 하지만 증거가 충분하지 않다는 생각이 들었다.

강성호가 남긴 글과 현재 감금된 두 사람. 이 정도면 충분하지 않을까? 장기 밀매라든지 납치와 감금, 살인에 대한 증거들을 확보하면 좋았겠지만, 이 정도면 입건하는 데는 충분할 것이다.

누가 납치하고 누가 장기 매매를 하는지 구체적으로 알면 좋을 텐데.

왠지 불안했지만, 불독이라면 나머지 퍼즐을 해결하지 않을까?

지난번 키스 사건 이후로 조금 서먹서먹하다. 나름 해결하려고 노력했지만 뜻대로 되지 않았다. 용서를 구하는 문자 메시지도 보내봤지만 형식적인 답장만 돌아왔다. 어쩌면 이 사건은 그녀와의 관계를 회복할 기회인지 모르겠다.

김원우는 떨리는 마음을 감추고 그녀에게 전화를 걸었다. 휴대폰에서 신호음이 울리자 그의 심장이 긴장감으로 쫄깃해졌다. 한참 후에 그녀가 졸린 듯한 목소리로 전화를 받았다.

"응. 어쩐 일이야?"

그녀의 목소리는 아나운서처럼 지적이고 아름다웠다.

"저, 선배님. 중요한 사건을 알게 되어서 연락드렸어요."

"중요한 사건?"

일 중독자인 그녀가 관심을 보였다.

"네. 제가 사이비 종교, 그 뭐지? 도를 아십니까 하는 종교 있잖아요. 거기에 잠시 잠입했거든요."

"거기 왜 들어갔는데?"

"한 신도가 지인이 실종되었다고 조사해 달라고 부탁하잖아요. 그래서 제가 조금 알아보았는데 정말 이 종교단체가 말도 안 되는 일을 저지르고 있더라고요."

"그게 뭔데?"

"장기 밀매와 납치 살인이요."

그녀가 놀라 빠르게 반문했다.

"진짜?"

"네."

"거기가 어디인데?"

"하늘궁전 도화교라는 종교단체요. 이곳에서 신도 몇 명이 살해당하고 장기 밀매 당한 것 같아요. 실종자 한 명의 이름은 강성호인데 나이는 잘 모르겠고요. 한번 조사해보세요. 실종자 중에 강성호가 있는지."

"음."

"그리고 거기에서 살해된 사람이 또 있는데 이름은 이미진이에요."

"좋아. 거기 커피숍으로 7시까지 와. 퇴근하고 바로 갈 테니까."

당연히 그녀에게서 그런 말이 나올 줄 알았다.

"네. 선배님."

전화를 끊고 김원우는 방긋 웃었다. 오랜만에 그녀를 만난다는 생각에 설레기 시작했다. 끔찍한 일들을 목격해서 가슴이 답답하고 우울했는데 지금은 얼굴에 미소가 가득하다.

시계를 보니 오후 5시다. 남은 2시간을 최대한 멋지게 꾸밀 생각이다. 그녀와 그토록 바라던 재회 아닌가. 이날을 위해 미리 입을 옷을 사두길 정말 잘한 것 같다.

6.

아담하고 조용한 동네 커피숍에 김원우가 먼저 와 이지혜를 기다리고 있다. 김원우는 그녀가 좋아하는 초콜릿 라떼를 미리 시켜놓고 주위를 둘러보았다. 커피숍 내부는 여전히 일본 만화 여자 캐릭터로 도배되어 있었다. 에반게리온을 좋아해서인지 자꾸 그쪽 포스터에 눈길이 갔다.

이곳은 만화방인지 커피숍인지 알 수 없는 분위기다. 아마도 만화 동호회 모임 회장이 커피숍을 차린 것 같다. 그러니 손님의 취향을 무시하고 이렇게 만들었겠지.

화사한 여자 캐릭터의 사진과 반대로 커피숍 내부는 어두웠다. 그와 그녀가 이곳을 자주 찾는 이유는 손님이 없어 조용하다는 것과 초콜릿 라떼가 맛있어서다.

오늘은 오타쿠 같은 사장은 보이지 않고 매우 어려 보이는 여자 아르바이트생만 있었다. 장사도 안 되는데 아르바이트생을 써도 되나 하는 쓸데없는 걱정을 하고 있을 때 커피숍 출입문이 열렸다.

167㎝의 키에 50㎏도 안 되는 날씬한 이지혜가 커피숍 안으로 들어왔다. 그녀가 들어서자 어두운 커피숍 분위기가 밝게 바뀌었다. 그녀의 모습에서 에반게리온 여주인공 레이가 연상되었다. 그가 레이를 좋아해서인지 모르겠다.

"정말이었네."

이지혜는 김원우와 통화를 마치고 곧장 이 사이비교에 대해서 알아보았다. 서울에서 실종된 인물 중에 강성호라는 인물이 있는지도 미리 조사하고 온 모양이다.

"정말로 실종자 중에 강성호라는 인물이 있어. 1개월 전에 실종자의 휴대폰 위치가 강원도 강릉에서 확인됐어. 실종 팀이 강릉만 일주일 넘게 수색하다가 포기했대. 하지만 실종자의 가족들은 포기하지 않고 지금도 강원도 일대를 돌고 있다더라고."

"교주를 조사해보셨나요?"

"교주가 최해월인데 이름만으로는 알기 어려워. 최소한 생년월일 정도는 알아야 신원조회가 가능하거든."

"제가 아는 건 거기까지가 전부예요."

포르노를 보았다는 말은 하지 않았다. 그 부분에 관해서는 설명하기가 너무나 민망했다. 불독이 남자였다면 설명했을지도 모르겠지만. 그녀가 알았다는 듯이 고개를 끄덕이며 말했다.

"그런데 너 그 사실들을 어떻게 알아냈어? 신기하다."

김원우가 잠시 망설이다 대답했다.

"그게. 음. 다시 유체이탈이 되고 있거든요."

"몸에 근육이 붙은 뒤로는 잘 안 된다면서?"

"연쇄살인마 박정민을 검거한 후부터 다시 능력이 나타나더라고요."

"그래?"

"5층을 수색하게 되면 복도 끝 방에 실종된 강성호 씨가 남긴 글이 있을 거예요."

서울지방경찰청 강력계 경위 이지혜의 눈이 반짝였다. 그녀는 2010년 초반 미제사건을 수사하고 있었다. 늘 그렇지만 미제사건들은 해운대에서 바늘을 찾는 기분이다.

강력계는 그녀에게 새로운 모험이었다. 이곳에서 거칠고 흉악한 피의자들을 상대하며 그녀의 인상이 차가운 이미지로 변하고 있었다. 이 사실을 그녀와 김원우는 몰랐다. 김원우는 단순히 그녀가 시크해졌다고만 느꼈다.

이지혜는 나름 성실하다고 자부했지만, 강력계는 성실함만으로 근무하기에는 업무 강도가 너무 셌다. 왜 지방청 강력계에서 여자 경찰을 받지 않으려고 했는지 며칠 근무하면서 알 수 있었다.

핏불을 검거하지 않았더라면 아마도 강력계에서 그녀를 받아주지 않았을 것이다. 김원우는 그녀의 눈빛을 보면서 느꼈다. 그녀가 전보다 더 형사다워진 사실을. 부드러운 카리스마도 느껴졌다. 그녀가 도화교를 조사하면 그곳은 탈곡기에 들어간 벼처럼 탈탈 털릴 것이다. 그래서 별명이 불독 아닌가.

이지혜는 자신의 힐링 수프인 초콜릿 라떼를 마시며 앞으로의 수사계획을 생각해보았다. 그런 그녀를 김원우가 사랑스러워 미치겠다는 눈빛으로 물끄러미 바라보았다.

그녀의 가늘고 흰 손. 그녀의 투명한 흰 손을 계속 보고 있으니 참을 수가 없었다. 김원우가 용기를 내어 그녀의 손을 부드럽게 잡았다. 그의 가슴이 쿵쾅거렸다. 용기 내어 손을 잡기는 했지만, 그녀가 손을 빼면 어쩌나 두렵기도 했다.

드라마에서는 이럴 때 멋진 대사를 날리던데. 손을 잡는 순간 머리가 하얗게 돼버렸는지 아무 생각도 떠오르지 않았다.

"지난번에는 죄송했어요. 다시는 그러지 않을게요."

멋진 대사는 아니더라도 조금 어른스러운 말을 해야 했다. 김원우는 자신이 초등학생처럼 말하고 있다는 사실을 깨달았지만 이미 뱉어버린 말을 주워 담을 수는 없다. 그의 머릿속에서 누군가가 '바보!'라고 외치는 게 들렸다.

그녀의 손은 약간 차가웠다. 그와 반대로 김원우의 손은 따뜻하여 서로 체온을 느끼기 좋았다. 하지만 김원우는 부드러운 그녀의 손을 놓았다. 솔직히 그녀가 먼저 손을 뺄까 두려워 손을 거두었다. 그녀가 이해할 수 없다는 표정으로 물었다.

"무슨 말이야?"

"허락 없이 키스한 거요."

이지혜가 부끄러운지 고개를 돌리며 말했다. 술에 취해 먼저 실수한 것은 그녀였기에 가볍게 그의 말을 흘렸다.

"지금 한가하게 있을 수가 없네. 다시 사무실로 돌아가야겠어."

"퇴근하지 않았어요? 조금 더 있으면 안 돼요? 계속 일 얘기만 했잖아요."

"실종된 분들의 가족들을 생각해 봐."

그 말에 김원우는 어쩔 수 없이 고개를 끄덕였다. 그래도 아쉬운지 그녀의 손을 다시 붙잡았다. 이번에도 그녀는 손을 빼거나 뿌리치지 않았다. 김원우는 그녀가 무슨 생각을 하는지 알고 싶었다.

자신을 어떻게 생각하는지 너무나 궁금했다. 이렇게 손을 빼지 않는 것을 보면 싫지 않기 때문이라고 믿고 싶었다. 생각이 거기에 이르자 자신감을 가지고 부드럽게 그녀의 손등을 쓰다듬었다. 부담을 느낀 그녀가 손을 천천히 빼며 확인하듯이 물었다.

"정말 납치와 살인이 그곳에서 이루어지고 있는 게 확실한 거야?"

김원우가 말없이 고개를 끄덕였다. 이지혜는 그런 그를 보며 생각했다. 한 번도 그의 말이 틀린 적이 없었다. 최면? 유체이탈? 환청? 믿기 힘든 이야기지만 모두 사실이었다. 거기까지 생각한 그녀가 자리에서 벌떡 일어나며 말했다.

"이 일 끝나면 같이 등산이나 갈까?"

김원우의 표정이 환해졌다. 울던 어린아이가 좋아하는 장난감을 받고 웃는 모습이다. 너무 신났는지 그도 벌떡 일어서서 대답했다.

"네. 선배."

이지혜가 '픗' 하고 웃으며 커피숍을 천천히 나갔다. 김원우는 그녀가 보이지 않을 때까지 그대로 서 있었다. 그녀가 돌아보면 손을 흔들 생각이었다. 아니 엄지와 검지를 교차해서 작은 하트 모양을 표시할 생각이다. 이런 생각을 하면서 돌부처처럼 서 있었다.

그의 유일한 약점을 찾는다면 아마도 이지혜일 것이다. 그는 그녀에게 너무 깊숙이 빠져 헤어나질 못하고 있었다. 그는 지금도 그날을 후회하고 있었다.

박정민을 검거한 직후 그녀와 만취되도록 술을 마시던 그 날.

가벼운 스킨십으로 만족했어야 했는데 너무 서둘러서 일을 망쳐버렸다. 그때는 이성이 제대로 작동되지 않았다. 다시 그런 기회가 온다면 절대로 급하게 서두르지 않을 생각이다. 절대로.

7.

서울구치소 작은 독방.

박정민이 눈을 지그시 감고 앉아 있다. 작은 뚱보가 마치 명상을 하는 듯 보였다. 그는 한 달 전보다 15kg 이상 쪄서 전혀 다른 사람처럼 변해 있었다. 그를 아는 사람이라면 지금 모습을 보고 깜짝 놀랄 것이다.

두터워진 턱살 때문에 그의 목이 보이지 않았다. 배는 알코올 중독자처럼 볼록하니 죄수복 사이로 튀어나와 있었다. 수감되면 다들 살이 빠지는데 박정민은 이곳이 편안한지 살만 쪘다.

그의 가슴 내부에서 외계인의 따뜻하고 자상한 음성이 울려 퍼졌다.

'착한 나의 추종자! 너의 염려와 근심을 모두 나에게 맡기고 새로운 세상을 만들어라. 언제까지 나태하게 이곳에서 안주할 생각이야. 나갈 준비를 하라. 너를 이곳에서 나가게 해주겠다.'

박정민이 고개를 설레설레 흔들며 중얼거렸다.

"이곳은 콘크리트 벽으로 둘러싸여 나갈 수가 없어요."

'나갈 수 있다. 신념을 가져라.'

"어떻게 나갈 수 있다는 말인가요. 더는 저를 바보로 만들지 말아요."

'나갈 수 있다. 신념만 있으면 뭐든지 가능하다. 이까짓 벽은 문제가 아니야.'

"아니야. 아니야!"

화가 나는지 박정민은 두툼해진 손을 움켜쥐고 벽을 힘껏 쳤다. '텅' 하는 소리와 함께 주먹의 돌출된 부분이 찢어지면서 피가 흘러내렸다.

그러자 그의 가슴 안에서 더욱 선명하게 기계적인 음성이 울려 퍼졌다.

'착한 나의 심복! 두려워하지 마. 너는 선택받은 사람이야. 너를 이곳에 보낸 자들에게 복수할 기회를 주겠다. 나를 믿고 따르라. 너는 선택받은 자. 자격이……'

허공을 향해 그가 소리쳤다.

"그만. 이제 그만 내 몸 안에서 나가라고!"

'세상에는 네 엄마와 같은 년들이 그대로 남아 있어. 그년들을 그대로 남겨둘 것이야?'

박정민은 고개를 숙이고 두 손으로 머리를 감싸며 울부짖는 소리를 내었다.

"우우욱. 우우으. 안 돼!"

표독스러운 엄마의 잔상과 함께 학대받던 어린 시절의 기억이 떠올랐다. 살을 뚫고 있는 쇠꼬챙이, 눈앞에서 '철컥' 소리를 내던 커다란 재단용 가위, 피부를 지지던 뜨거운 젓가락, 숨도 못 쉬게 답답했던 가방 속, 너무나 추웠던 겨울밤의 기억과 창자가 찢어지는 배고픔에 순간들이 머릿속을 헤집고 다녔다.

'선택받은 네가 나서서 막아야 한다. 세상을 구해줘. 이 작은 세상을 구해줘.'

박정민이 결심한 모습으로 중얼거렸다.

"방법을 알려주세요. 나갈 방법을 알려주세요. 여기서 나가고 싶어요."

'강해지는 법을 알려주마. 강해지고 강해지는 방법. 너는 그 누구보다 강한 인간이다. 이것은 하나의 시련이다. 이곳은 우주가 너에게 보낸 시험이다. 이 시련을 극복하고 강해지거라. 너는 곧 머리에 향기로운 화관을 쓰고, 목에는 눈부시게 화려한 목걸이를 걸치게 될 것이니라.'

8.

사무실로 돌아온 이지혜는 평소 친분이 있는 정보과 정승권 형사에게 전화를 했다. 정보과라면 이 종교에 대해서 잘 알 것이다. 정승권은 정보과에서만 십 년 이상 근무한 정보통이다.

"오! 지혜. 오랜만이야."

"선배님, 잘 지내시죠?"

"나야 잘 지내지. 요즘은 코로나 때문에 한가해져서 너무 좋아."

정승권의 목소리에서 여유가 느껴졌다. 평소라면 바쁠 시기인데 여유롭다니, 조금 부럽다. 집회나 시위가 일어나면 제일 바쁜 곳이 정보과와 경비과다. 그런데 요즘 코로나로 인하여 집회와 시위가 없으니 한가할 수밖에.

"저 선배님. 뭣 좀 물어보려고요."

"뭐."

"도화교라고 아세요?"

"아! 그 사이비 종교단체? 잘 알지. 납치 등으로 신고가 많이 들어오는 곳이야. 실종자 가족들이 수사를 제대로 하지 않는다고 관할 경찰서에 방문해 항의도 하고 그 앞에서 집회도 열려서 잘 알아."

"그곳에 대해서 좀 알려주세요."

"음. 뭔가가 있나 보네. 좋아. 내가 아는 것을 말해주지. 거기는 처음에 증산 계열의 종교였어. 은평구에 지역 본부장으로 최해월이라는 사람이 임명되면서 조금씩 교단과 틀어졌지. 그러다가 2015년부터 최해월 본인이 강성상제(姜聖上帝)라고 말하면서 새로운 종파를 만들었어. 한마디로 말해서 이때부터 사이비가 된 거야."

정승권은 마치 선생님처럼 사이비교에 대해 설명했다.

"처음에는 건물 등기문제로 교단과 마찰이 심했는데, 최해월이 신도들을 동원해 폭력을 행사하자 나중에는 종단에서도 어떻게 손을 쓰지 못하게 됐어. 최해월은 이때부터 도화교라는 사이비교를 만들어서 신도들을 포섭하면서 세를 확장해. 근데 자네도 알고 있는지 모르겠지만 이때부터 자주 폭행, 감금, 납치 등으로 112 신고가 들어오나 봐. 모두 혐의를 입증하지 못하고 있어서 관내 형사들이 속이 탈 정도로 애를 먹나 봐."

"아주 조폭이네요."

"맞아. 완전 양아치들이야. 말도 안 통하고 막무가내지. 게다가 그들의 뒤를 봐주는 대형 로펌도 끼어 있어서 범죄 혐의를 입증하기가 상당히 어려워. 우리나라처럼 민주적인 국가는 없을 거야. 그런 사이비 종교가 전도를 해도 법적으로 어떻게 할 수 없는 것을 보면 말이야."

"그러게 말이에요. 선배님."

"뭘 좀 파보려고 하는 거 같은데 내가 충고 하나 할게. 어설프게 건드릴 거면 아예 시작도 하지 마. 네가 생각하는 것보다 사이비 신앙에 빠진 광신도들은 무서워. 무슨 짓을 저지를지 모르니까. 교주가 한마디 하면 시너를 몸에 뿌리고 분신을 시도하는 신도도 있어. 한마디로 표현하자면 그곳은 조현병 환자들과 정신병자들이 집단으로 모여 있는 곳이야. 알겠지?"

"네 선배님. 충고 감사합니다. 저, 혹시 최해월에 대해서 더 아는 것이 있나요?"

무언가를 하는지 볼펜이 떨어지는 소리가 그녀의 귀에 들렸다.

"최해월은 원래 불교 신자였어. 대한불교 진각종에서 수행하던 스님이었는데, 어느 날 일본에 유학을 가서는 일본 불교인 진언종을 접하게 되었지. 일본 불교는 다양성을 인정하고 학문적인 성향이 강해."

부스럭거리는 소리가 들리는 것을 보니 아마도 서류를 정리하면서 통화하는 모양이다.

"최해월은 이때 불교에 대한 잡다한 지식을 쌓고 1990년대에 한국으로 돌아왔어. 이때부터 자기만의 독특한 종단을 생각했던 것 같아. 어떤 계기인지는 모르겠지만 천도교와 같은 증산 계열의 종교에 들어가게 되었지. 그리고 10년이 지나 지금의 도화교를 만들게 된 거고. 내가 아는 건 여기까지야."

"감사합니다. 선배님. 큰 도움이 되었습니다."

"도움이 되었다니 다행이야. 그리고 언제든지 연락해. 핏불을 잡은 우리의 영웅 불독."

연쇄살인마 박정민의 별명이 '핏불'이다. 그를 조사하던 형사가 개 같은 새끼라고 욕하며 지은 별명이다. 박정민이 키우던 반려견이 아메리칸 핏불테리어였는데 개밥으로 피해자들의 시신을 먹여서 그런지 별명이 잘 어울렸다.

박정민은 형사까지 살해했다. 그래서 동료를 살해한 범인을 검거한 이지혜를 경찰 조직 내에서 높이 평가하고 있었다. 잔혹한 살인마 핏불을 김원우가 검거했지만, 자세한 내용을 모르는 수사관들 사이에서는 이지혜가 검거한 것으로 소문이 돌았다. 그리고 경찰관들 사이에서 '불독이 핏불을 이겼다.'라며 그녀를 칭송했다.

정보관 정승권 역시 그녀를 높이 평가하고 있었다. 모래알 같은 경찰 조직에서 동료애를 처음으로 느끼게 해주었기 때문이다.

*

이지혜는 도화교에 대한 대략적인 정보를 얻었다. 김원우의 수사 첩보가 있지만, 손으로 만질 수 있는 구체적인 증거는 없다. 그녀는 그를 믿지만 다른 수사관들은 전혀 믿지 않을 것이다. 그곳을 수색하여 증거를 찾아야 한다. 하지만 영장 없이 수색할 수는 없다.

영장을 발부받기 위해서는 시간이 너무 오래 걸린다. 사건을 접수하고 형사법 정보시스템에 입력하고 영장을 신청하자면 시간이 너무 지체된다. 그러나 이 과정을 생략하고 유체이탈하여 감금된 사람들을 보았다고 보고할 수는 없는 노릇이다. 누구도 믿지 않을 것이다. 이리저리 거짓말을 써가며 믿을 수 있게 수사보고서를 작성한다.

그렇지만 그게 끝이 아니다. 운 좋게 수사서류를 검찰에 넘기면 검사가 승인하고 법원으로 넘어간다. 그리고 판사가 영장을 발부해서 검찰에 넘기면 경찰관이 영장을 가지러 또 검찰청에 가야 한다. 이렇게 오가는 데만 최소 이틀은 걸릴 것이다.

김원우의 말이 사실이라면 감금된 두 사람이 이틀 안에 끔찍한 일을 겪을 수도 있다. 한시가 급하고 촉박하다. 최대한 빨리 작업할 방법이 없을까?

그녀의 펜이 팽이처럼 그녀의 작은 손 위에서 팽그르르 돌고 또 돌았다. 그녀는 눈을 지그시 감고 깊은 장고에 들어갔다.

지방청 강력계는 첩보를 수집하고 기획 수사하는 부서다. 경찰서처럼 지역 관할을 따지지 않고 광범위하게 수사한다.

이곳에는 자신처럼 미제사건을 수사하는 수사관도 있지만, 대부분이 기획 수사를 하고 있다. 경찰의 힘만으로는 정보를 얻기 어려워 경력이 있는 형사들은 정보원들을 두고 첩보를 수집하는 경우가 많이 있다.

정보원들로부터 많은 첩보가 들어온다. 정보원들은 조폭이나 사업가 또는 고급 공무원인 경우도 있었다. 이들은 자신의 사리사욕을 채우기 위해 경찰관을 돕는 척한다. 첩보로 위장하여 교묘하게 형사들을 이용한다.

형사들 역시 만만치 않아 수사 첩보가 들어왔다고 막무가내로 수사하지는 않는다. 잘못된 정보들을 가려내기 위해 내사를 한다. 내사 중 부족한 부분을 보완하기 위해 회의도 자주 열린다. 수사관의 독단을 막고 실수를 줄이기 위해서 자유롭게 수사 회의가 진행된다.

수사 회의는 장단점이 있다. 장점은 누가 일을 열심히 하는지 알 수 있다는 점이다. 단점은 잦은 회의로 인해 편안하게 쉴 수가 없다는 것이다.

이지혜는 이런 회의를 통해 누가 유능하고 똑똑한지 파악할 수 있게 되었다. 이곳에서 그녀가 인정한 수사관은 변희주 경위였다.

그는 그녀의 파트너이기도 하다. 변희주 경위의 별명은 FBI다. 그는 관찰력과 판단력이 뛰어나 FBI라는 별명을 가지고 있었다. 그리고 실제로 미국 콴티코 FBI 기지 연수원에서 4주간 참관 훈련을 받고 오기도 했다.

변희주도 이지혜와 마찬가지로 살인범을 검거하여 경위로 특진했고 그로 인해 이 부서로 오게 되었다. 변희주가 해결한 사건은 금은방 여주인 살인사건이다.

여주인과 남편은 사이가 좋지 않았다. 거기다 남편은 사업 실패로 인해 돈이 궁한 상태였다. 중년의 부부는 별거까지 하는 중이었다. 그래서 모두가 여주인의 남편을 의심했다.

답을 정해놓고 수사가 진행되었다. 하지만 FBI 선배는 달랐다. 모두가 여주인의 남편을 의심할 때 그는 일주일간 금은방에 찾아온 모든 손님을 용의자로 보았다. 그리고 용의자 한 명을 집요하게 파고들었다. 피의자는 한 번 CCTV를 힐끗 쳐다보았을 뿐이었지만 변희주의 눈에는 일반적인 손님이 취하는 동작으로 보이지 않았다. 그런 의심으로부터 시작된 수사가 점차 확대되었다.

변희주는 피의자의 주거지를 파악하기 위해 CCTV 동선을 파고들어 아파트 위치까지 파악했다. 그리고 수시로 그 아파트 단지를 방문했다.

거기에서 아파트 경비원을 만나 피의자에 관해 물어보았다. 그러자 사건 당일에 피의자가 아파트 경비원에게 공중화장실 위치를 물어보았다는 말을 듣게 되었다.

변희주는 그 말을 듣는 순간 촉이 왔다. 집에서 용변을 보아도 되는데 굳이 아파트 내에 있는 공중화장실을 이용하려고 한 이유가 무엇일까? 바로 피해자를 살해한 증거를 지우고 집으로 가려는 행동이 아니었을까?

그의 생각은 정확했다. 하지만 처음부터 증거가 발견되지는 않았다. 변희주의 부탁으로 여러 번의 화장실 감식이 있었다. 증거가 나오지 않아 과학수사반원들은 일찍 포기했지만, 변희주는 끝까지 포기하지 않았다. 그가 공중화장실을 6번이나 방문하여 조사한 끝에 결국 금은방 여주인의 혈흔을 발견했다. 그리고 오랜 잠복 끝에 아파트 지하 주차장에서 범인을 검거했다.

이처럼 그는 관찰력과 판단력이 뛰어났다. 이지혜는 그에게 도화교에 관해 의논하기로 마음먹었다.

"선배님."

FBI가 날카로운 눈을 번쩍이며 대답했다.

"응. 불독!"

이지혜는 그에게 도화교에 대해 설명하고, 그녀의 고민을 말했다.

"영장 없이 그곳을 수사할 방법이 없을까요?"

FBI가 심각하게 이야기를 듣고 한마디 했다.

"정말로 그곳을 수색하면 유죄를 입증할 증거를 백 퍼센트 찾을 수 있어?"

이지혜는 김원우를 백 퍼센트를 믿고 있었다.

"네. 선배님."

FBI는 고3 수험생을 걱정하는 엄마처럼 어두운 표정으로 말했다.

"영장 없이 수색은 가능해. 하지만 증거가 나오지 않는다면 문제가 심각해질 수 있어. 그걸 감당할 수 있겠어?"

다시 한번 그녀는 김원우를 생각했다. 그의 말을 믿을 수 있는지 곰곰이 생각했다. 몇 번의 사건을 해결하면서 눈으로 보고도 믿기 힘든 일들도 있었지만, 모두 사실이었다. 이지혜가 강하게 고개를 끄덕였다.

"감당할 수 있습니다."

"그러면 말이야. 현행범으로 몰아서 수색하자."

"현행범이요?"

"그래. 범죄를 실행 중이거나 실행 직후인 자는 누구든지 영장 없이 잡아들일 수 있고 현장에서 압수 수색도 가능한 거 몰라?"

이지혜가 이해했는지 미소를 지었다.

"112 신고를 받고 출동한 것처럼 해서 그곳에 들어가자. 그리고 문제가 보이면 바로 현행범으로 체포하자."

"좋은 생각이에요."

"그렇지. 그런데 이 일은 팀장님 제치고 해야 가능한 일이야."

"팀장님 모르게요."

"응. 팀장님이 알면 분명 원칙적인 이야기만 할 거야. 급하다면서? 현행범 체포해서 수색한다는 말은 하지 말고, 첩보가 있어서 수사한다고 둘러서 말해야지."

두 사람이 지금 그곳에 감금되어 있다. 시간을 끌면 위험하다. 이지혜가 고개를 끄덕였다.

"알겠어요."

이지혜는 팀장이 앉아 있는 곳으로 고개를 돌려 보았다. 팀장 성격상 꼬치꼬치 물어보고 원칙적인 이야기만 할 게 뻔하다. 간단하게 첩보 수집하고 확인한다고 둘러대는 게 나을 것 같다.

역시 FBI 선배다.

9.

도화교 건물 앞에 조폭 같은 남성들 12명이 도열해 있다. 그들은 1980년대 말 홍콩 누아르 〈영웅본색〉에 나오는 조직 폭력배들처럼 검은색 양복을 단체로 맞춰 입고 서 있었다. 모두 10대 후반에서 20대 초반으로 매우 어려 보였다. 그들은 몇 분간 미동도 하지 않고 허리를 꼿꼿이 세운 채 누군가를 기다리고 있었다.

이들 근방에 차 내부를 볼 수 없도록 짙게 선팅된 차가 주차되어 있다. 모두 이 차를 보았지만, 다행스럽게도 신경을 쓰지 않는 모습이다.

차 운전석 의자가 120도 각도로 넘겨져 있다. 이 의자에 반쯤 누운 채로 경찰복을 입은 남자가 그들을 지켜보고 있었다. 잠복근무하는 남자는 서울청 강력계 최기영 형사였다. 경찰차가 아닌 일반 승용차에서 경찰복을 입고 있으니 어딘지 모르게 부자연스러워 보였다. 그가 혀를 찼다.

"새끼들이 지랄하고 서 있네. 오래 서 있다가 무릎이 다 나갈 것인데."

최기영은 자신이 쓸데없는 걱정을 한다고 생각하면서도 감시의 끈을 놓치지 않았다.

이때 갑자기 덩치들이 껄껄 웃으며 대화를 나누었다. 무슨 이야기를 나누는지 궁금해진 최기영은 음성증폭기를 귀에 착용하고 차창 문을 살짝 열었다. 작은 마이크의 방향을 그들에게 맞추고 대화에 귀를 기울였다.

"여자 화장실 2번 카메라 잘 나오더라."

"아침에 2번 카메라에 누가 똥을 싸서 이제 안 보여."

"뭐? 어떤 년이 그랬대?"

"얼굴이 잘 안 보여서 모르겠어. 오늘 아침에 갑자기 들어와서 치마 내리자마자 곧바로 설사를 수아악 하고 쏟더라고. 내가 지금까지 본 것 중에서 제일 더러웠어. 빨리 '전화위복' 되어야 할 텐데."

최기영은 갑자기 사자성어가 나오자 의아했다. 여기서 그런 단어가 왜 나오지. 혹시 암호인가?

"엊그제 밥값은 했어?"

"몽둥이찜질 좀 해줬어. 조용히 경전 공부할 거야."

"말 안 듣는 새끼들은 몽둥이가 약이야."

"박 선감님은 애들을 너무 살살 다뤄."

"그래도 일 처리가 깔끔하다고 상제님께 귀염을 받고 있잖아. 하하."

"나도 병력사 일을 잘해서 상제님께 사랑받을 거야. 새옹지마처럼."

"너도 나처럼 사랑받으려면 김 선감님 말씀을 잘 따르라고. 강원도에 갈 때는 시키는 대로 잘 해. 시체는 잘 묻어. 지난번처럼……."

대충 이야기를 들어보니 이들은 사이비교에서 안 좋은 일을 도맡아 한다는 사실을 어렴풋이 알게 되었다. 마지막에 시체라는 단어가 나왔 는데 두 사람이 귓속말로 하여 잘 들리지 않았다.

"칫! 나도 애인 있어."

"야. 그러지 말고 이번에 새로 들어온 신입 신도 김성미 괜찮더라. 걔 를 한 번 꼬셔서 어떻게 해봐."

"그러다 상제님 아시면 골로 간다. 여성 신도 몸에 손대면 알지?"

"쉿! 오신다."

덩치들이 모두 긴장하는 표정으로 허리를 일직선으로 세웠다. 그들 앞 으로 롤스로이스 차량이 천천히 다가왔다. 차에서 60대 후반으로 보이는 작은 체구의 남성이 내렸다. 그러자 뱃살이 뒤룩뒤룩 쪄서 허리가 접히 지 않을 것 같던 덩치들이 90도로 몸을 접고 남성에게 인사를 했다.

잠복근무하던 최기영은 차에서 내린 남성을 확인하고 또 확인했다. 분명 교주 최해월이 롤스로이스를 타고 다닌다고 했다. 그런데 신원조회에서 본 사진에서 교주는 대머리였는데 지금 내린 남성은 검은 머리가 무성하여 무척 젊어 보여 다른 사람 같았다. 같은 사람인지 보고 또 보고 확인한 그는 급히 무전을 쳤다.

"강 하나, 강 둘, 강 셋, 여기 강 다섯."

—여기 강 하나.

—여기 강 둘.

—여기 강 셋.

무전기에서 각기 다른 목소리가 연속으로 들렸다. 마지막 무전까지 확인한 그가 말했다.

"너구리 도착."

—오케이.

이지혜는 FBI 선배의 계획대로 112로 납치 신고를 했다. 곧 도화교 건물 앞으로 빠르게 순찰차 세 대가 도착하여 일렬로 주차했다. 특이하게도 형사승합차까지 와서 순찰차 맨 끝에 멈춰 섰다.

순찰차의 문이 열리고 경찰 근무복이 매우 잘 어울리는 이지혜가 차에서 내려 건물을 올려다보았다. 다른 순찰차에서도 지구대 순찰 요원으로 위장한 광역수사대 형사들이 하나둘 내렸다.

이들은 이곳에 오기 전에 관할 지구대에 들러 도화교에 문제가 발생하여 112 신고가 들어오면 출동하지 말아 달라고 미리 협조를 구해두었다. 관할 지구대장은 이것을 가끔 있는 야외훈련연습(FTX)의 일종으로 알고 허락했다. 이지혜는 관할 지구대장 역시 원칙주의자에 고지식하다는 사실을 사전에 알고 있어 자세한 수사 사항은 말하지 않았다. 그래서 납치 의심 112 신고가 떨어졌지만 관할 순찰차는 출동하지 않았다. 나중에라도 이 사실을 지구대장이 알게 되면 까무러치겠지만 그녀는 거칠 것 없이 작전을 밀어붙였다.

자연스럽게 신고 받고 출동한 모습으로 강력계 형사들이 건물 안으로 들어가려고 하자, 도화교의 덩치들이 이들을 가로막았다. 덩치 하나가 약간 어눌한 목소리로 물었다.

"무슨 일이죠?"

형사 한 명이 능청스럽게 대답했다.

"납치 의심 신고가 들어와 조사하러 나왔습니다."

덩치가 웃으며 말했다.

"푸하하. 납치라니요. 요즘 세상에 납치하는 바보들도 있나요? 경찰관님, 누가 이런 벌건 대낮에 무슨 납치를 합니까?"

"일단 들어가 확인해보겠습니다."

"안 됩니다."

덩치가 두툼하게 살이 찐 돼지 족발 같은 손으로 형사의 가슴을 툭 치며 막았다. 능청스럽게 말하던 형사의 눈빛이 변했다.

"지금 뭐 하세요?"

덩치가 그의 눈빛에 당황했다. 항상 지구대 경찰관들만 상대하여 경찰관들을 물컹물컹 만만하게 보았다. 그런데 지금 그 앞에서 노려보는 경찰의 눈빛은 매서웠다. 하지만 덩치는 자신의 체구와 일행들을 믿고 큰소리를 쳤다.

"들어가려면 영장을 가져오든가 씨발. 경찰관이면 뭐. 뭐 어쩌라고?"

깐죽거리는 그를 보며 형사가 어금니를 꽉 깨물었다. 그리고 두 눈을 동그랗게 뜨고 나직하면서 힘있게 말했다.

"씨발? 방금 씨발이라고 말씀하셨죠. 정당한 공무를 방해하겠다는 말인가요? 지금 이딴 식으로요?"

덩치가 경찰 근무복을 입은 형사의 살벌한 눈빛과 거친 말투에 당황했다.

"아니 그게 아니라."

그가 더듬거리며 대답하자 뒤에 있던 패거리 중 한 명이 나서서 말했다.

"영수! 비켜 봐. 경찰관이면 뭐 업무 방해해도 되나. 여긴 아무나 들어오는 곳이 아니라니까."

그렇게 말하고 영수 앞에 서 있는 형사를 쳐다보았는데 경찰관의 눈빛이 너무 살벌했다. 그는 눈을 오래 못 마주치고 바로 꼬리를 내리며 말했다.

"누가 납치당했는지 말해보세요. 만일 그 사람이 여기 있다면 저희가 찾아서 여기로 데리고 나올 테니까요. 그럼 됐죠?"

또 다른 형사가 그들을 막는 패거리 앞으로 수갑을 꺼내 흔들며 말했다.

"지금부터 비키지 않으면 바로 공무집행방해로 입건하겠습니다. 비켜주세요."

영수뿐 아니라 모두가 같은 생각을 했다.

'뭐지? 이 경찰관들 왜 이렇게 무섭게 나오는 거야.'

당장 체포할 것 같은 눈빛과 분위기에 덩치들이 주춤거리며 뒤로 물러서자, 건물 내부에서 나이 든 누군가가 소리쳤다.

"신성한 건물에서 무슨 짓들입니까?"

형사 한 명이 이들 사이를 지나가려고 하자, 덩치 중 가장 나이가 어린 조기호가 형사의 팔을 붙잡았다. 조기호는 건물 내부에서 나온 수임선감의 눈에 띄고 싶었다. 잘 보여서 한 단계 더 올라가기 위한 기회라고 생각했다. 노랗게 머리를 염색한 조기호가 손에 힘을 주며 사납게 소리쳤다.

"못 들어간다고 했잖아!"

팔을 잡힌 형사가 엄살을 부렸다.

"아! 아퍼."

조기호가 조금 놀라는 표정을 지었다. 비명을 지를 정도로 힘이 세지 않은데. 조기호는 경찰관이 엄살을 부리고 있다는 생각이 들자 약간 느낌이 좋지 않았다. 그의 예감처럼 여자 경찰관이 휴대폰을 꺼내며 말했다.

"지금부터 경찰관을 폭행하면 바로 채증하고 체포하겠습니다. 비켜주십시오. 불법행위를 촬영하겠습니다. 순순히 길을 비켜주십시오."

이지혜는 동영상을 촬영하기 시작했다. 조기호가 그 모습을 보고 어이없는 표정을 지으며 소리쳤다.

"아 씨발! 짭새 새끼들이 엮으려고 작정하고 왔네. 어디 체포해 봐. 체포해보라고."

조기호가 볼록 튀어나온 배로 팔을 잡은 형사를 가볍게 밀자, 형사가 뒤로 벌러덩 쓰러졌다. 그러자 기다렸다는 듯이 강력계 형사들이 우르르 몰려들며 이구동성으로 말했다.

"경찰관을 쳤다."

"경찰관이 넘어졌어."

"경찰관을 폭행했다. 노란 머리가 경찰관을 폭행했다. 여기 공무집행방해로 연행해. 수갑 채워."

"당신은 경찰관을 폭행하여 공무집행방해 혐의로 체포합니다. 진술을 거부하고 변호인을 선임할 수 있으며 당신의 모든 발언은 법정에서 불리하게 작용할 수 있습니다."

사나운 눈빛을 한 형사가 곧장 양아치 조기호의 팔을 뒤로 꺾어 수갑을 채웠다. 순식간에 제압당하여 수갑을 차게 된 조기호가 무서운지 몸을 떨며 공손하게 말했다.

"배로 살짝 민 건데, 아니 그게 아니라, 숨을 크게 들이마셔서 배가 저도 모르게 툭 튀어나온 거예요. 고의로 밀려고 한 게 아니에요."

"진짜야?"

"네."

"알았어. 그러니까 비키라고 분명히 말했잖아. 너처럼 내 앞에서 까불다가 수갑 찬 놈들이 한 트럭이 넘어. 김 형사! 야는 어리고 착한 거 같으니까 구속하지 말고 벌금 300만 원으로 조지게."

"네. 최 형사님."

그 말에 조기호는 더욱 겁을 먹으며 말했다.

"벌금 300이요?"

이지혜가 두 형사에게 두 눈을 깜빡이며 신호를 보내며 말했다.

"최 경위님, 김 경사님. 지구대 직원처럼 부드럽게 해주시고 빨리 신고 사건 처리해야죠. 신고 사건 처리가 우선이니까."

그녀의 눈짓을 알아챈 최 형사가 말했다.

"자, 모두 비켜주세요. 안에 들어가서 납치가 있는지 없는지만 조사하고 금방 나갈게요. 저희 바빠요. 다른 신고 사건들도 처리해야 하니까 빨리 수색하고 갈게요."

김 형사도 부드럽게 말했다.

"자, 여러분! 이 노란 머리 친구 좀 보세요. 이게 뭐 하는 짓입니까? 아무 일도 아닌 것을 이 친구가 일을 크게 만들고 있잖아요. 안 그래요? 자자, 비켜주세요."

능숙하게 형사들이 수갑 찬 노란 머리를 승합차에 태운 뒤 건물 안으로 진입했다. 수임선감도 형사들의 위압적인 태도에 당황하며 뒤로 물러났다. 그러자 내부에서 또 다른 남자들이 우르르 몰려나와 형사들을 막아섰다. 그들 중 한 사내가 큰 소리로 말했다.

"못 들어오게 막으라는 상제님의 교시가 있습니다."

최 형사가 급히 그 남성의 입을 틀어막으며 소리쳤다.

"비켜주세요. 잠시 확인만 하고 가겠습니다."

"웁으. 으. 막으라고."

건물 내부에서 나온 남성들과 건물 밖에 있던 덩치들이 형사들을 붙잡고 건물 안으로 못 들어가게 막으려고 했다. 갑자기 얽히고설키고 난장판이 되었다. 흥분한 덩치들이 입 밖으로 심한 욕을 쏟아냈다.

"씨발 놈들아."

"더러운 짭새 새끼들아."

"이 개 같은 새끼야. 이거 안 놔?"

하지만 실전 경험이 없는 덩치들은 노련한 형사들의 상대가 되지 않았다. 몇 분 되지 않아 하나둘 수갑을 차고 미리 준비한 승합차에 하나둘 연행되었다. 마지막으로 끝까지 저항하던 남성의 팔목에 쇠고랑을 채우는 순간, 건물 안에서 삭발한 남성이 웃통을 벗고 나왔다. 그는 장도리 망치를 손에 쥐고 있었다.

"야! 이 개새끼들아. 죽여버릴 거야."

그는 위협이 아니라 진짜로 망치를 좌우로 흔들며 형사들의 머리통을 부숴버리려고 했다. 맨 앞에 서 있던 최 형사가 눈살을 찌푸렸다.

검도 3단인 최 형사는 강력계에 오기 전에 마약반에서 근무했다. 마약에 취해 칼날 길이가 1미터가 넘는 시퍼런 일본도를 흔들던 마약범을 맨손으로 검거한 적이 있던 그였기에 망치쯤은 우습게 보였다.

대머리가 마구잡이로 망치를 붕붕 휘둘렀다. 최 형사는 그의 동작이 매우 커서 빈틈이 많은 것을 알았다. 그 틈을 놓치지 않고 어깨로 대머리의 몸통을 들이받았다. 최 형사의 어깨에 부딪힌 대머리가 뒤로 물러나면서 다시 벽에 '쿵' 하고 부딪혔다.

대머리는 충격이 있는지 중심을 못 잡고 휘청거렸다. 최 형사는 대머리의 팔목을 손날로 쳐 망치를 땅바닥에 떨어뜨렸다. 대머리를 제압하자 모두 위축되는 모습을 보였다. 최 형사가 다른 신도들이 나서는 것을 막기 위해 건물 안으로 뛰어들어갔다.

그 뒤를 이지혜가 따라 들어가며 이대로 빨리 일이 마무리되기를 바랐다. 팀장 모르게 한 일이라 일이 커지는 게 불안했다.

이지혜는 다른 광신도들이 수사를 방해하기 전에 신속하게 교주를 제압해야 한다고 생각했다. 그녀의 머릿속에는 한 가지 생각뿐이었다.

최해월 교주를 찾아야 한다. 교주를 제압해야 한다. 이런 생각으로 미친 듯이 건물 안으로 들어가 눈에 불을 켜고 수색했다.

이때 '쿵' 하는 소리와 함께 최 형사의 몸이 바닥에 넘어지는 모습이 보였다. 검도 3단 최 형사가 일어나려고 했지만, 가슴을 움켜쥐며 다시 주저앉았다. 그를 쓰러뜨린 30대 초반의 검은 양복을 입은 남자가 눈에 들어왔다. 그리고 검은 양복 뒤로 그녀가 사진으로 수없이 확인했던 최해월이 보였다.

10.

그런데 교주 최해월은 사진처럼 스님의 모습이 아니었다. 검은 머리는 숱이 많았고 피부가 하얘서 나이보다 훨씬 젊어 보였다. 얼굴은 광택을 내는 크림을 발랐는지 번들거렸다.

최 형사도 최해월을 알아보고 그를 검거하러 다가가다 곁에 있던 경호원에게 당한 모습이다. 최해월의 좌우에는 검은 양복을 입은 경호원 두 명이 서 있었다. 유단자 최 형사가 힘 한번 제대로 써보지도 못하고 주저앉아버렸다.

경호원들은 여유 있는 모습으로 최해월을 곁에서 경호하며 서 있었다.

하지만 누군가 다가오면 다시 벼락처럼 발차기할 태세였다.

밖에서 설치던 덩치들과는 완전 다른 분위기이다. 이지혜를 본 경호원 한 명이 손으로 꺼지라는 듯 손짓을 했다. 여자라고 아주 대놓고 무시하는 모습이다.

다른 형사들이 다가와 쓰러진 최 형사를 부축했다. 또 다른 남자 형사들이 나타나자 검은 양복 경호원이 겉옷을 벗고 깡충깡충 뛰며 몸을 풀었다. 그는 오른발을 발레리나처럼 천천히 올리며 한 다리로 학처럼 서서 형사들에게 들어오라고 손짓을 했다.

마치 이소룡처럼 폼은 멋있다. 남은 한 명은 최해월의 앞에 서서 팔짱을 끼고 동료가 불리해지면 도울 자세를 잡았다. 최해월은 경호원들을 믿고 다시 여유 있게 주변에 있는 간부를 불러 무언가 지시를 내렸다.

지시를 받은 남성이 뛰어갔다. 이지혜는 분명 이렇게 시간을 끌면 최해월이 모든 증거를 인멸하고 자신들은 불리해진다는 것을 알았다.

최해월이 또 다른 간부를 손짓으로 불렀다. 한 중년의 남자가 그의 앞으로 뛰어가더니 허리를 굽신거렸다. 지시를 받은 간부가 소리를 치며 신도들을 모았다. 꾸역꾸역 좀비처럼 광신도들이 이쪽으로 몰려오는 게 보였다.

이지혜는 서둘러야 한다는 생각이 들었다. 그녀는 몸을 숙였다. 모두 그녀가 두려워서 몸을 숙인 줄 알았다.

경호원이 올렸던 다리를 내리고 형사 무리를 향해 멋지게 공중에서 돌려차기 시범을 보였다. 그는 장클로드 반담의 영화를 보고 그의 팬이 되었다. 그래서 반담처럼 허공에서 360도 돌려차기를 자주 하였다.

경호원은 교주 앞에서 멋있게 형사들을 제압하였다고 생각했다. 그의 생각처럼 형사들이 쉽게 다가가지 못했다.

몸을 숙인 이지혜가 이마에 나는 땀을 닦으며 중얼거렸다.

"모두 애쓴다, 애써."

그녀는 허리에 차고 있던 38구경 권총의 안전고리를 풀고 천천히 일어났다. 경호원이 그녀의 손에 들린 권총을 보고 흠칫 놀라며 얼굴이 하얗게 사색이 되었다. 이지혜는 망설임 없이 권총을 꺼내 바로 허공에 발사했다.

'탕!'

총소리가 건물 안에 찌렁찌렁 울려 퍼졌다. 멋지게 다리를 올려서 무게 잡던 경호원이 깜짝 놀라 바닥에 머리를 가리고 드러누웠다. 마치 전쟁통 한가운데에서 폭격을 피하려고 피신하는 것처럼.

"움직이지 마요. 그냥 쏴버릴 거예요. 검은 양복 입으신 분 그렇게 누워서 머리에 손 올리고 있어요. 거기도 누워서 이 사람처럼 손을 머리에 올려요. 빨리요. 저 흥분해서 무슨 짓 할지 몰라요."

"네. 네. 알겠습니다."

"총 대가리, 아니 총 머리 좀 치우고 말하세요. 손 올린다고요."

그녀가 총구를 흔들며 지시하자 경호원들이 놀라며 그녀의 말대로 행동했다. 드러누운 한 경호원이 고개를 들어 그녀를 보더니 몸을 떨며 말했다.

"제발 총 좀 치우고 말하세요."

최해월은 얼음처럼 굳어버렸다. 믿었던 경호원들이 꼴사나운 꼴로 드러눕자 영민하고 신이라고 생각하던 그도 잠시 바보가 되었다. 평소라면 협박이나 공갈 등으로 위기를 모면하려고 했을 텐데 아무런 생각이 떠오르지 않았다. 이지혜가 그에게 다가가 손목에 수갑을 채우며 말했다.

"최해월 씨. 납치 감금 등의 혐의로 긴급체포하겠습니다."

최해월이 수갑 찬 손을 믿을 수 없다는 표정으로 바라보며 말했다.

"뭐 하는 짓이야? 나는 상제야. 이 땅을 구원하기 위해 온 상제라고. 천벌이 두렵지 않아?"

"네. 전 당신 같은 사람이 두렵지 않아요."

그녀의 생각은 옳았다. 교주 최해월을 검거하자 발악하던 신도들이 당황했다. 모두 최해월이 어떤 말을 할지 그의 입만 바라보았다. 최해월은 당당하게 경호원들에게 소리쳤다.

"내가 호체신법 주문을 외워서 너희들 신체를 금강 지체로 만들어줄 테니 이 년을 끌어내. 뭘 누워서 보고만 있는 거야?"

경호원들이 쭈뼛거리며 천천히 일어나려고 했다. 다시 한번 이지혜가 망설임 없이 그의 발 앞에 총을 발사했다. 자신의 바로 발가락 앞에서 총알이 불꽃을 일으키며 눈앞으로 튕겨져 나가는 모습을 보자 덜컥 겁이 났다. '저년은 미친 게 분명하다. 정말로 쏠지도 모른다.'는 생각이 스치자 그는 놀라 꼴사납게 털썩 주저앉았다.

"잘못했어."

"움직이지 마. 진짜 쏠 거야."

이지혜는 짧지만 단호하게 권총을 두 손으로 받쳐 들고 천천히 총부리를 그의 머리를 향해 겨누었다. 여차하면 방아쇠를 당길 기세였다. 일촉즉발 순간이었다. 주변에 있던 형사들도 '설마 쏘기야 하겠어' 하면서도 저러다 정말 실수로라도 방아쇠를 당기면 어쩌나 싶어 가슴이 불에 닿은 담배 갑의 셀로판지처럼 오그라들 지경이었다.

최해월은 자신이 지은 죄를 아는지 최대한 공손하게 말했다.

"미안해."

"최해월 씨. 다른 사람을 납치하고 감금하셨나요? 아니면."

이지혜는 그의 공손해진 태도에 방금 전의 반말에서 다시 급반전해 공무적인 말투로 바뀌었다.

"미안해. 정말 미안해."

"장기 밀매도 하셨나요?"

"미안. 미안해."

"아 자꾸 미안하다는 말만 할 거예요. 그 말 하지 마요."

이지혜는 정색을 하며 거두었던 총부리를 다시 그의 머리를 향하며 버럭 소리를 질렀다.

최해월은 그녀가 미안하다는 말을 싫어하자 급히 자신의 입을 손으로 틀어막았다. 이대로 죽기는 싫었다. 살고 싶었다. 어떡하든 지금의 이 순간의 위기를 벗어나고 싶다는 생각밖에는 없었다. 저 미친년으로부터 지금 이 위기만 벗어난다면 후에 어떡하든 잘 마무리하면 될 거라는 생각이었다.

"잘못했어. 내가 시킨 게 맞아."

"죽이라고 시키고 감금한 사실도 인정하세요?"

최해월은 그녀의 권총이 자신의 이마를 겨누고 방아쇠에 손가락이 걸려 있는 것을 보고 있자니 온몸의 털이 모두 서는 느낌이었다. 그는 총부리를 피해 움찔하며 고개를 돌리며 말했다.

"그. 그거는 맞아. 내가 시켰어."

"지금부터 살인 및 납치 감금 혐의로 당신을 현행범 체포하겠습니다. 당신은 진술을 거부하고 변호인의 도움을 받을 권리가 있으며, 체포 적부심을……."

11.

이지혜는 골치가 아픈 듯 책상에 머리를 숙이고 앉아 있다. 도화교 건물을 수색하면 불법 증거들이 가득할 줄 알았는데 전혀 그렇지가 않았다.

감금된 두 사람도 경찰관이 출동하자 재빨리 어딘가로 빼돌려버렸다.

아마도 형사들이 입구에서 소란을 벌이는 동안에 어디론가 빼돌린 모양이었다. 그들을 구하기 위해 위험을 감수했는데 그들의 생사를 알 수가 없었다.

최해월을 현행범으로 체포하고 48시간 안에 구속영장을 청구할 수 있을 줄 알았다. 그런데 김원우가 말한 실종자의 낙서와 구금시설 외에는 이렇다 할 증거가 없다. 실종자의 글도 정황증거일 뿐 실체적인 증거로는 볼 수가 없다. 수습하기 힘들게 일을 크게 만들어버렸다.

'FBI 선배가 우려했던 게 바로 이런 거구나. 어떻게 해결해야 하나. 나 때문에 팀원들까지 고초를 겪게 생겼어. 빨리 자백과 증거를 찾으면 좋을 텐데.'

교주라는 작자는 겁은 많지만 입은 반대로 무거웠다. 그는 자신의 덕과 수양이 부족해서 생긴 일들에 대해서 잘못했다고 말했다. 그게 끝이다. 그렇다고 자백하라고 겁을 주고 폭력을 쓸 수도 없지 않은가.

그는 자신을 정말로 신이라고 믿고 있었다. 자신을 신이라고 굳게 믿고 사람들의 마음을 조종하였다. 그러니 순수하고 순진한 사람들이 그를 따를 수밖에 없었던 것 같다. 수사관의 입장에서 보면 그는 사기꾼이다. 전형적인 사기꾼의 모습 그 이상 그 이하도 아니었다.

조사하는 수사관에게 자백을 거부하는 피의자만큼 얄미운 사람은 없다. 물적 증거의 확보가 이래서 중요하다. 하지만 물적 증거와 상관없이 피의자의 입에서 직접 범행과 관련된 진술을 듣는 것만큼 사실적이고 성취감을 주는 일도 없다.

피의자가 자백하면 증거를 수집하고 사건의 연결고리를 쉽게 맞출 수 있다. 자백과 동시에 조사도 편해지고 진도도 잘 나간다. 이러한 이유에서 수사관들은 한결같이 피의자의 입에서 범행과 관련된 진술을 듣고 싶어 한다. 하지만 요즘 피의자는 수사기관에 진술하지 않는 것이 당당한 권리라는 것을 알아 쉽게 자백하지 않는다. 이러한 권리를 잘 모르는 피의자도 체포 과정에서 수사관의 안내를 받아 알아가고 있다.

대한민국 헌법 제12조 2항에 "모든 국민은 고문을 받지 아니하며, 형사상 자기에게 불리한 진술을 강요당하지 아니한다."라고 명시되어 있다. 교도소를 다녀온 자들은 변호사보다 더 자신에게 유리한 많은 법을 알고 이를 이용하려고 한다. 그래서 전과자들이 무섭다.

최해월은 체포 과정에서는 죄를 시인하는 것처럼 행동했지만 조사에 임하자 전혀 다른 모습으로 바뀌었다. 다시 사기꾼으로 돌아온 것이다. 그가 순순히 자백할 결정적인 한 방이 필요하다.

도화교 간부들은 그의 말을 끝까지 믿는 건지 아니면 보복을 우려해서인지 전혀 말을 하지 않았다. 신도들은 이러한 일이 있을 줄 알고 있었는지 모두 똑같은 말만 반복했다. 곧 종말이 오고 있다, 이를 막기 위해 어서 상제님을 풀어달라. 어떤 질문에도 이 말만 앵무새처럼 반복했다.

이 어려운 난국을 타개하기 위해 장고하던 그때 그녀의 눈에 낯선 남자가 들어왔다. 그 남자를 보자 작은 빈틈이 보이기 시작했다. 신이 주신 마지막 기회다.

서울청 강력계 사무실로 변호사 신분증을 목에 걸고 중년의 남성이 들어섰다. 안경을 쓴 그가 눈동자를 좌우로 굴리며 누군가를 찾았다. 그런 그에게 형사 한 명이 다가가 물었다.

"어떻게 오셨나요?"

"저는 하늘궁전 도화교에서 일하는 마도진 변호사라고 합니다."

"도화교요?"

"그렇습니다. 도화교 사건을 담당하는 분을 만나 변호사 선임서 등을 제출하고 또 최해월 씨를 접견하러 왔습니다."

형사가 고개를 끄덕이며 이지혜가 있는 곳을 손으로 가리켰다. 마도

진은 안경을 두 손가락으로 올리고 그녀를 차가운 눈으로 바라보았다.

이지혜는 그를 못 본 척 책상에 앉아 수사보고서를 작성하고 있었다. 마도진이 빠르게 그녀 곁으로 다가왔다. 하지만 일에 집중하는 그녀의 모습에 쉽게 말 걸기 어려운지 헛기침을 몇 번 하고 겨우 입을 열었다.

"흠흠. 이지혜 수사관님."

이지혜가 고개를 들어 자신을 부르는 남자를 쳐다보았다. 그의 신분증에 자연스럽게 눈길이 돌아갔다.

"저는 마도진 변호사라고 합니다. 최해월 씨 사건의 변호를 맡았습니다. 일단 접견신청부터 하겠습니다."

이지혜는 난감한 표정을 지었다. 최해월은 검거 후부터 묵비권만 행사하고 있었다. 권총을 그의 머리에 대고 자백을 받을 수 있다면 좋을 텐데. 아직 납치에 관한 정황만 있고 자백이나 증거물을 발견하지 못한 상태다.

만일 눈치 빠른 변호인이 이를 최해월에게 코치하면 더욱 자백받기가 어렵다. 그런 그녀의 생각과 모습이 노련한 변호사의 눈에 보였다. 마도진이 여유 있는 자세로 물었다.

"제 의뢰인이 지금 무슨 죄로 감금된 상태인가요?"

"최해월 씨는 여러 건의 납치와 실종사건에 관련이 있어 조사가 필요한 상황입니다."

"체포영장에 의한 체포인가요?"

영장에 의한 체포라고 하면 그는 분명 영장사본을 보여달라고 할 것이며, 영장 서류에 있는 문구를 철자 하나하나 돋보기로 살펴보고 잘잘못을 따질 것이다. 지금은 차라리 그게 더 낫다.

"아니요."

"아니라고요? 그럼 무슨 근거로 체포하셨나요."

이지혜는 이럴 줄 알았다는 표정을 지었다.

"납치 신고를 받고 경찰관이 출동했습니다. 그런데 출동 나간 경찰관을 폭행하고 정당한 업무를 방해했습니다. 이 정도면 체포하기에 충분하지 않습니까?"

"최해월 씨가요?"

"아니요. 그의 부하와 신도들이요."

"그럼 최해월 씨를 체포한 것은 명백한 불법체포 아닌가요? 최해월 씨가 직접 공무를 방해한 것도 아니잖아요. 이것은 명백한 불법체포인데요."

이지혜가 난처한 표정을 지으며 생각했다.

'조금만 기다려라. 너의 그 입에서 '잘못했어요'라는 말이 나오도록 해주겠어.'

"일단 그 부분은 조사 중입니다. 그리고 지금 감식반에서 하늘궁전 내부를 감식하고 있고 다른 사람들의 조사가 끝난 상황이 아니니 결과가 나온 후에 불법체포라고 말씀하시죠."

마도진이 빙긋 웃으며 여유 있게 말했다.

"좋습니다. 일단 접견부터 부탁드립니다."

그의 자신감 넘치는 미소가 이지혜를 더욱 불안하게 만들었다. 그녀의 몸이 가늘게 떨리는 것을 마도진은 놓치지 않았다.

＊

김원우는 자신의 원룸에서 바른 자세로 앉아 유체이탈을 하기 위한 준비를 하고 있었다. 깊게 호흡을 들이마시고 길게 숨을 내뿜었다. 다시 깊게 숨을 들이마시고 멈췄다 길게 숨을 내뿜으며 자신의 육체를 최대한 편안하게 만들었다. 그는 조금 전 이지혜의 연락을 받고 유체이탈을 시도하는 중이었다. 비록 전화였지만 그녀의 다급함이 충분히 느껴졌다.

"너 지금 유체이탈 할 수 있어?"

"무슨 일 있어요?"

"할 수 있어? 없어?"

"할 수 있어요."

"좋아, 내가 다시 전화할 테니까 너는 유체이탈 할 준비를 하고 있어."

통화가 끝나고 5분이 지나자 다시 그녀에게 전화가 걸려왔다.

"지금 도화교 교주 최해월을 그의 변호사가 만나려고 해. 그들이 만나 무슨 대화를 나누는지 유체이탈을 통해 알아봐 줘."

"준비하고 그곳까지 가려면 시간이 좀 걸리는데."

"내가 10분 아니 5분 정도 시간을 끌어줄게. 그러니까 그 안에 준비하고 서울청 광역수사대로 유체이탈로 빨리 와. 안경 쓴 사람이 변호사야. 마도진 변호사를 찾아. 두 사람이 무슨 대화를 나누는지 알아봐 줘. 정말로 중요한 일이야."

"알겠어요. 최대한 시간을 끌어주세요."

그녀가 다급하니 김원우 역시 다급해졌다. 조급할수록 유체이탈이 쉽게 되지 않았다. 다시 심호흡하고 마음을 차분하도록 정신을 집중하였다.

천천히 그의 영혼이 몸에서 분리되어 자신의 몸을 살펴보았다. 좌측 어깨를 보고 다시 우측 어깨를 내려다보았다. 그리고 뒤통수를 바라보고 몸에서 완전히 분리되어 천장 위로 둥실 떠올랐다.

*

서울청이 있는 종로구 사직로 방향으로 영혼을 이동했다. 늦지 않게 다른 사물에는 신경을 쓰지 않고 오롯이 서울지방경찰청을 향해 빛살처럼 날아갔다. 회색 직사각형 모양의 딱딱한 건물이 보였다.

건물 안으로 빠르게 들어가자 특유의 관공서 냄새가 났다. 물론 느낌만 그렇지 실제로 냄새가 나는 것은 아니다. 강력계 사무실로 이동했다. 커다란 사무실 내부에서 강력계 형사들이 일하는 모습이 보였다.

도화교에서 보았던 신도들이 조사받는 모습도 보였다. 그 속에서 이지혜를 쉽게 찾았다. 목소리처럼 초조하지는 않아 보였다. 그녀가 앞에 있는 안경 쓴 남자를 변호인 접견실로 안내했다. 다행히 늦지 않았다.

변호인 접견실에 포르노 촬영을 하던 영감이 보였다. 그때의 장면이 떠오르자 그의 얼굴이 추악하고 역겨웠다. 하지만 사랑하는 그녀를 위해 참고 그들의 대화와 행동을 유심히 지켜보았다.

접견실에 최해월과 마도진만 남게 되자, 마도진이 입을 열었다.

"이곳은 아마도 대화 내용이 녹음될 겁니다. 상제님께서는 될 수 있으면 쓸데없는 말은 하지 마시기를 바랍니다."

자신이 신이라고 믿고 있던 남자가 당황하며 그의 변호사에게 물었다.

"마 변, 그러면 어떻게 해?"

마도진이 검지로 입을 가리고 수신호를 했다. 그리고 서류가방에서 미리 준비한 작은 종이와 펜을 꺼냈다. 변호사는 메모지에 글자를 적으며 이야기했다.

"걱정하지 마세요. 상제님은 곧 나오도록 제가 힘쓰겠어요."

글을 다 쓰고 그가 메모지를 최해월 앞으로 내밀었다.

[평화원 관련 이야기는 하셨어요?]

최해월이 고개를 흔들었다. 마도진의 표정이 환해지며 말했다.

"불편한 것은 없으세요?"

[그렇지만 경찰들이 곧 찾아낼 거예요. 어떡하죠?]

글을 읽고 최해월이 인상을 찌푸리며 말했다.

"소각해야 해."

마도진이 황급히 다시 한번 검지로 입술을 가리며 말하지 말라는 신호를 보냈다.

[누가 알고 있죠?]

최해월은 마 변의 다급한 몸짓에 아차 싶었는지 움찔하며 메모지에 글을 쓰기 시작했다.

[같이 잡혀 온 방면선감 김충효.]

마 변은 해도 될 말은 메모지에 적지 않고 말로 했다.

"드시던 고혈압 약 가져왔으니까 꼭 챙겨 드세요."

그리고 다시 메모지에 적었다.

[김충효는 입이 무겁나요?]

[무거울 거 같은데. 모르겠어. 그 자식이 겁이 많아서.]

"걱정하지 마세요. 아무 일 없을 거예요."

[만일 그 사람이 입을 열면 어떻게 되나요?]

신이라고 떠들던 자가 몸을 떨며 메모를 적었다.

[모든 사실이 드러나.]

[그것을 막을 방법이 있을까요?]

[금고 안에 평화원 관련 장부가 있어. 그걸 소각시키고, 김충효에게는 아픈 딸 이야기를 하면서 수술비 걱정하지 말라고 해. 그리고 내가 곧 나간다는 말을 하면 겁을 먹고 아무런 말을 못 할 거야.]

"상제님. 너무 걱정하지 마세요. 다 잘될 거예요. 제가 반드시 나오도록 힘쓸게요."

"죽을 것 같아. 이 안에 있으니 죽을 것 같아. 빨리 나오게 해줘. 내가 이럴 때 쓰려고 자네들에게 돈을 주고 있는 거 아니겠어."

"그런 말씀은 하지 않는 게 좋습니다."

마 변은 그에게 다시 한번 주의를 주었다. 최해월의 손이 심하게 떨렸다.

그의 앞에 놓인 메모지에 글자가 삐뚤빼뚤 적혀 김원우는 무슨 글자인지 읽기가 매우 힘들었다. 암호 같은 글을 집중해서 자세히 읽어보았다.

[금고 안에 신도들과 집단으로 성행위 한 영상이 있는데 꼭 없애줘. 알지? 마 변도 나오는 거.]

"물론이죠. 걱정 마세요."

마 변호사가 급하게 메모지에 적었다.

[금고 번호는요?]

[#9876, *1234, 좌5678, 우9876]

메모지를 모두 회수하고 마 변호사가 일어났다.

"현행범 체포되면 몇 시간 동안은 제가 어떻게 할 수가 없어요. 가만히 있어도 내일 오전에는 나오니까 걱정하지 마시고 마음 편안하게 계세요."

변호사는 다른 사람들에게 보이지 않도록 철저하게 준비했지만, 김원우가 유체이탈을 통해 지켜보고 있다는 사실은 꿈에도 몰랐다. 변호사가 접견실에서 나가자, 최해월을 다시 유치장으로 데려가기 위해 형사 두 명이 들어왔다.

그 모습까지 확인한 김원우는 자신의 원룸에서 눈을 떴다. 즉시 휴대폰을 꺼내 이지혜에게 본 내용을 전달했다. 그리고 그녀의 약속을 재확인하고 싶었다. 말할까 말까 고민하다가 말하지 못하고 전화를 끊었다. 전화를 끊은 후에 그는 길게 한숨을 쉬었다. 그냥 가슴 속에 담고 있던 말들 할 것을.

'등산은 언제 갈 거예요?'

분명 그녀는 귀찮다는 듯이 대답하겠지.

'이 일을 마무리하고 가자. 아이처럼 보채지 말고 기다려.'

'진짜 같이 가는지 다시 약속해주세요.'

'너 정말? 알겠어. 약속. 됐지?'

'진짜 가는 거 맞죠?'

'진짜 맞아.'

김원우가 행복한 미소를 지으며 달콤한 상상을 멈추었다. 그리고 마음속으로 그녀를 응원했다. 이제부터 그녀가 힘든 싸움을 할 것이라는 걸 알기에 간절히 기도하듯 중얼거렸다.

"모두 잘될 거예요. 선배. 힘내세요. 파이팅."

12.

이지혜는 김원우 덕분에 도화교의 비밀 장부와 온갖 불법 행위에 대한 증거를 손에 넣을 수가 있었다. 그리고 보너스로 난잡하고 더러운 최해월의 야동 컬렉션들을 보았다. 최해월은 노출증과 관음증이 있는 사람이었다. 자신의 성관계하는 모습을 신도들에게 보여주었고 또 간부들의 성관계를 직접 동영상으로 촬영까지 하였다.

온갖 변사체들을 보면서 한 번도 구토한 적이 없는 그녀였지만 그의 컬렉션들을 보자 구토를 쏟아냈다. 인간이 어디까지 추악해지는지 보여주는 영상이었다.

증거를 손에 넣은 이지혜는 온갖 쓰레기 짓을 도와준 방면선감 김충효의 자백을 받았다. 김충효가 만일 마 변호사를 먼저 만났다면 일이 힘들어졌을 것이다. 이게 모두 김원우의 유체이탈 덕분이다. 그가 없었더라면 매우 중요한 피의자 겸 증인을 놓칠 뻔했다. 이 사건의 핵심 인물로, 엉킨 실타래의 첫 매듭과도 같은 김충효를 자칫 놓칠 수 있었기 때문이다.

이지혜는 김충효를 처음 대면할 때 그가 시골에서 농사를 짓는 순순한 사람 같다고 느꼈다. 하지만 조사를 시작하자 그가 악마라는 사실을 알게 되었다. 전과가 없던 김충효는 이지혜가 모두 알고 있다는 표정으로 증거물을 보이자 모두 시인했다. 그는 사이비교에서 일어난 납치와 감금, 살인 등을 상세하게 실토했다.

김충효는 교주가 시킨 일을 한 치의 망설임 없이 실행했다. 순순해 보이는 얼굴로 잔혹한 일들을 벌이다니 너무나 놀라웠다. 김충효의 말에 따르면 도화교에서 운영하는 평화보육원이라는 고아 시설이 있다. 이곳은 강원도 오지에 위치하여 사람들의 눈에 띄지 않았다. 말을 듣지 않고 의심하는 신자들을 그곳에 자원봉사 목적으로 보냈다. 그리고 그곳에서 감자 농사를 시키고 폐광에서 일을 시켰다. 한마디로 그곳은 현대판 노예 농장이었다. 그곳으로 간 신자들은 보육원 원장의 말을 믿고 열심히 일했지만 혹독한 노동을 견디지 못하고 간혹 탈출을 시도했다.

하지만 탈출로라고 생각했던 길들은 개미지옥처럼 어느 마을로 연결되었는데 마을 주민이 모두 도화교와 한패였다. 이를 모르는 신도들은 그곳에서 잡혀 다시 평화보육원으로 끌려왔고 쥐도 새도 모르게 살해되었다.

이들을 살해한 사람이 김충효다. 그는 시체를 암매장까지 하며 온갖 쓰레기 같은 일들을 도맡아 했다. 이지혜가 소름 돋는 이야기를 듣고 차갑게 물었다.

"짐승 같은 짓을 저질렀는데 부끄럽지 않아요?"

김충효가 괴로워하며 말했다.

"사람을 죽이는 일이 즐거웠겠어요. 저도 괴로웠습니다. 그런데 상제님이 저를 보며 '쓰잘 데 없는 생각하지 마.' 이러면서 제 속을 들여다보는 거예요. 그러면 너무 무서워서 다른 생각을 할 수가 없었습니다. 상제님은 제가 무슨 생각을 하는지 모두 알고 있어요."

자백하면서도 무서운지 김충효는 무척 떨었다. 그리고 자주 뒤를 힐끗힐끗 쳐다보았다. 그는 지금도 최해월을 상제라고 믿고 있었다.

"교주는 사기꾼이에요. 그저 겁을 주기 위해 그런 말을 한 것뿐이에요. 당신도 잘 알고 있잖아요."

"아니에요. 신처럼 모든 것을 알고 있어요."

"폐광에 몰래 금괴를 숨겨두라고 당신에게 지시했잖아요. 다른 사람들을 속이기 위해서. 안 그래요?"

김충효는 대답하지 않고 고개만 끄떡였다.

"사기꾼의 전형적인 수법이에요. 다른 사람들을 속이기 위해서. 자신을 따르면 돈을 벌 수 있다고 믿게 만들려는 거죠. 생활이 어려운 사람들은 쉽게 이 말에 속는 거죠."

김충효는 대답하지 않고 고개만 숙였다.

이지혜는 최대한 그를 안심시켰다. 사람을 죽인 백정이지만 조사가 아니라 상담하는 분위기를 느끼도록 만들어야 한다. 이지혜는 충분히 그와 라포를 형성한 이후에 그의 말들을 글로 조서에 담았다.

키보드 자판을 두드리며 이지혜가 물었다.

"피해자들이 저항하지 않았나요?"

"보육원 안 독실에서 혼자 잠을 자게 했어요. 그 전에 수면제 탄 물을 마시게 하고요. 그러니 저항은 할 수가 없어요."

"그럼 어떻게 살해했나요?"

"둔기로."

"피해자들을 어떤 방식으로 살해했는지 구체적으로 말씀해주세요."

"해머 같은 큰 망치가 보육원 창고에 있어요. 그걸로 자는 사람의 머리를 내리쳤어요."

"망치를 사용한 이유라도 있나요?"

"어렸을 때 시골에서 돼지 잡을 때 해머로 때려죽이는 것을 보았거든요."

김충효가 머뭇거리며 말하는 것이 뭔가 속이는 것이 있다는 것을 수사관의 촉으로 알 수 있었다. 이지혜는 부드럽게 물었다. 그를 위압적으로 대해서는 안 되었다. 최대한 그가 편하게 말할 수 있는 분위기를 조성하는 것이 우선이었다.

"그게 다가 아닌 것 같은데요?"

그녀는 표정은 부드럽게 지었지만 말투는 날카롭게 반문했다. 그가 그녀의 갑작스런 날카로운 말에 움찔하더니 이내 실토하기 시작했다.

"처음에 칼로 죽인 적이 있는데 잘 죽지 않아서 너무 놀랐어요. 그래서 당황하여 마구 쑤셨는데 그때 손을 많이 다쳤거든요. 그 후부터 칼이 사람을 잘 죽이지 못하는 것을 알았어요. 그래서 해머로 머리를 내리치자고 생각하게 됐어요."

"살해한 피해자들은 어떻게 하셨어요?"

"보육원 뒷마당에 미리 파둔 구덩이에 묻었습니다."

"혼자 하신 거예요?"

"그게. 살인은 저 혼자 했지만… 구덩이를 파고 묻는 것은 병력사 일을 하는 젊은 친구들이 했습니다."

"그들도 사람을 죽인 것을 알았나요?"

"아니요. 그들은 죽은 돼지라고 말해서 잘 모를 겁니다."

조사하면 할수록 작은 더덕 뿌리인 줄 알았는데 거대한 칡뿌리가 올라오는 느낌이다.

"보육원 주변에 있는 마을 주민들도 그곳에서 무슨 일이 일어나는지 아나요?"

"자세히는 모르고 대충은 알 겁니다."

"그 마을 사람들은 왜 탈출한 사람들을 보육원에 넘기는 거죠?"

"마을 회관을 저희 도화교에서 지어주었어요. 거기다 가끔 마을잔치도 열어주어서 인심을 쌓은 거죠."

마을 주민들은 대부분 칠팔십 먹은 노인들이지만 조사할 필요를 느꼈다. 공조 요청할 수도 있지만 직접 강원도로 가서 조사할 생각이다.

"토성리 마을 맞나요?"

"네."

"그곳 위치가 어떻게 되나요?"

"강원도 고성군 간성읍 탑동……."

조서를 꾸미는 와중에 새로운 인물들이 연행되어 사무실로 들어왔다. 로펌 사무실에도 강력계 형사들이 출동하여 마도진과 그의 로펌 간부들을 긴급체포한 것이다. 마도진이 이지혜와 눈이 마주치자 난감해하는 표정을 보였다. 이에 그녀가 여유 있는 미소로 화답했다.

*

도화교의 실체가 드러났다. 교주 최해월을 정점으로 수임선감 3명과 방면선무 20명, 병력사 30여 명이 크고 작은 범죄를 저질렀다. 수임선감 김충효가 야차처럼 사람을 죽였으며 이 뒤처리는 병력사들이 했다.

로펌은 죽은 사람들의 행적을 지우는 역할과 자문을 했다. 또 불법적인 영생 사업에도 관여했고, 특히 여신도들을 매춘업에 종사시키는 것까지 도움을 주었다.

수사팀은 모든 조사를 마치고 최종 보스의 자백과 진술만 남겨두었다. 최해월은 어린 시절에 저지른 절도 말고는 특별한 기록이 없었다. 수사팀은 전과가 없는 그에게 자백 받는 일은 어렵지 않을 거로 생각했다.

하지만 최해월은 끝까지 입을 열지 않았고 범행을 부인했다. 증거들이 넘쳐났지만, 그는 자백하면 중형을 피하기 어렵다고 생각했는지 자백하지 않았다. 어쩌면 아직도 자신이 신이라고 착각하는 것 같았다.

노인 범죄의 특징은 자백하지 않고 송치하면 재판정에 가서까지 무죄를 주장한다는 것이다. 그러니 무조건 검찰로 송치하기 전에 자백을 받아야 한다.

최해월이 계속 부인하자 FBI 변희주가 평화보육원에서 발견된 변사체 사진들을 보여주었다. 일말의 양심이라도 있으면 자백할 거로 생각한 모양이다. 하지만 그는 끝내 자신이 시킨 일이 아니라고 발뺌했다.

"내가 시킨 일이 아니야. 내 밑에 있던 신자들이 나에게 잘 보이려고 그 짓을 꾸민 거지. 내가 뭐하러 그런 짓을 시켜."

변 형사가 그의 성관계 영상을 보여주고 말했다.

"이 사람들도 자백했어요. 당신이 시켜서 이렇게 성관계를 했다고 진술했어요. 상대 여신도들은 지금 모두 당신을 원망하고 강간으로 고소를 준비하고 있는 상황입니다."

"모두 나를 사랑해서 그런 거야. 강제로 한 적 없어."

이지혜는 프로파일러답게 최해월의 심리상태를 꿰뚫고 있었다. 이대로 조사하면 전혀 그의 입을 열 수가 없다. 강압적인 방법보다 어루만지고 달래는 방법이 먹힐 것 같았다. 그녀는 조금 유치하다고 생각했지만, 한동안 고생을 안 해본 최해월의 입을 열기 위해 당근을 꺼내기로 했다.

'문간에 발 들여놓기(foot in the door)' 기법을 적용하자. 작은 요구를 들어주면서 쉽게 상호작용을 할 수 있게 만들자. 늘 풍족하게 지내던 그에게 이곳에서 누릴 수 있는 쾌락을 보여주자.

수면, 음식, 섹스는 우리 인간의 3대 욕구 중 하나 아니겠는가.

최해월은 옆에서 조사받는 도화교 간부들이 배달 온 설렁탕을 맛있게 먹는 모습을 보았다. 그가 못마땅한 모습으로 입을 열었다.

"저기요. 형사 양반. 왜 난 국밥을 주지 않는 거요?"

"저분들은 수사에 협조했기에 저희가 편의를 조금 봐주는 것뿐입니다. 규정상 밥을 시켜주면 안 되게 되어 있습니다."

이때 사무실 안으로 중국집 배달원이 들어왔다. 배달원이 배달통 안에서 탕수육과 양장피를 넓은 테이블 위에 꺼내었다. 그러자 음식 값을 계산한 형사가 소리쳤다.

"선감님들, 이쪽으로 오세요. 탕수육 좀 드시고 조사받으시게요."

도화교의 간부들이 옹기종기 앉아 배달 온 음식들을 게걸스럽게 먹어치웠다. 이지혜는 최해월의 목젖에서 침이 넘어가는 것을 보았다. 그의 표정을 보니 더는 버티기 힘들어 보였다. 이지혜의 생각은 정확했다.

"형사. 나도 말할 테니 제발 굴짬뽕 한 그릇만 시켜주오."

쾌락만 추구하던 인간이기에 식욕 앞에 무너졌다. 최해월은 짬뽕 한 그릇에 맥없이 무너져 모든 범행을 실토했다. 형사들과 함께 짬뽕을 먹는 그의 주름진 얼굴이 한없이 행복해 보이기까지 했다. 심지어 탕수육을 먹을 때는 눈물까지 흘렸다. 참회의 눈물이 아니라 기쁨의 눈물이었다. 그는 서비스로 나온 군만두를 먹을 때는 어디서 시켰는지 물어보기도 했다.

"영화루요."

"음식 잘하네. 여기 영화루라는 식당에서만 시켜야겠어. 형사 양반. 내일도 여기서 시켜. 음식이 참 입에 맞아."

연신 감탄하는 최해월의 모습을 보고 이지혜는 도화교에 감금되었던 사람들처럼 그에게 군만두만 먹여야겠다는 생각을 했다. 72세 추악한 노인에게 비싼 음식을 처먹일 생각은 전혀 없다. 만두 값도 솔직히 아깝지만, 그가 모든 범죄를 자백할 때까지 만두만 제공할 생각이다.

그가 음식을 다 먹은 것을 확인한 FBI 변희주가 말했다.

"자. 이제 다 드셨으면 밥값을 하셔야죠."

최해월이 만족스러운 표정을 짓고 조사실로 향했다. 조서를 꾸밀 준비를 마친 변희주가 그에게 물었다.

"3회 피의자신문조서를 작성하겠습니다. 본인 이름이 최해월 맞나요?"

"응."

"왜 김충효에게 사람을 죽이라고 시켰어요?"

그가 고개를 흔들며 부정했다.

"아니. 나는 모르는 일이야."

"상제님. 내일은 그냥 점심을 따로 먹어야겠습니다."

"무슨 말이야?"

"아시잖아요."

그의 표정이 어두워지면서 말했다.

"죽이라고 시켰어."

"왜 죽이라고 시켰죠?"

"나를 부정하는데 가만둘 수가 있나. 난 옥황상제가 보낸 지상의 신이 맞는데 말이야."

"본인이 신이라고 확신하세요?"

"물론이야."

"왜 그런 생각을 하세요?"

"내가 신이 아니라면 어떻게 금괴가 있는 곳을 알고 아픈 사람을 낫게 할 수가 있어. 안 그래?"

"당신이 금괴를 몰래 묻어두라고 시켰다고 김충효가 말했습니다."

"그건 그 사람이 잘못 알고 있는 거야."

"아픈 사람도 아프지 않은데 아픈 것처럼 연기했다고 실토했어요."

"내가 치료를 해주었으니 아프지 않은 거야. 그것을 잘못 말한 거지."

"그럼. 사람을 죽이라고 시킨 것은 인정하나요?"

"인정해."

"몇 명이나 죽이라고 시켰나요?"

"대략 10명 정도."

"구체적으로 누구인지 말씀해주세요."

이지혜는 조사를 받는 최해월을 지켜보았다. 전혀 반성하는 모습이 보이지 않았다. 만일 이대로 다시 사회에 나가면 똑같은 죄를 반복적으로 지을 것이다.

어느 누가 죄는 미워해도 사람은 미워하지 말라고 했는지 그 말을 한 새끼 주둥이를 박살내고 싶었다. 죄도 나름의 무게가 있다. 가벼운 죄를 범했다면 모르지만 천인공노할 죄를 범한 인간을 어찌 미워하지 않을 수 있겠는가!

저 노인도 비록 잔인하지만, 박정민만큼은 아니다. 박정민을 처음 조사할 때 그의 말 한마디 한마디가 그녀의 심장을 파고 들었던 기억이 났다. 특히 그가 차분하게 말하며 미소 짓는 게 잊히지 않는다.

'뭐가 안타깝다는 말인가요? 피해자들을 죽여서 안타깝다는 말인가요?'

'더 많이 죽이지 못해 안타까워요.'

'사람을 죽이고 후회 같은 것은 안 했나요?'

그의 눈꼬리가 올라가며 웃는데 공포영화 속에서 보았던 악마의 모습이 보였다.

'전혀요, 인터넷에서 내 살인 기사를 보는 게 너무 즐겁고 행복했어요. 그리고 나의 존재와 삶의 가치를 느꼈어요.'

이지혜는 조사받는 최해월을 보며 연쇄살인마 박정민이 떠오르자, 그를 머릿속에서 지우려고 고개를 흔들었다. 트라우마처럼 그의 잔상이 떠오르면 그날 밤 여지없이 악몽에 시달린다. 오늘 밤도 박정민을 꿈에서 만날 것 같다.

이제 마도진을 조사할 차례다. 변호사 양반이라 까다롭기는 해도 증거가 넘치기 때문에 큰 무리는 없어 보인다. 유치장에서 마도진을 꺼냈다. 수갑을 차고 이지혜와 마주 앉은 마도진은 무척 수척해져 있었다. 불과 며칠 만에 엘리트로 자신감 넘치던 모습은 모두 사라져버렸다.

"변호사시니까 부인하면 법정에서 불리하게 작용하는 것 잘 아시죠?"

그가 고개를 숙이고 힘없이 대답했다.

"네."

그녀가 자판을 두드리며 질문했다.

"성명이요."

"마도진입니다."

"주민등록번호는요?"

"780……."

"직업을 말씀하세요."

그녀가 기계적으로 묻고 또 물었다.

"피해자들의 행적을 어떤 방식으로 지웠나요?"

"피해자가 살아 있는 것처럼 그들의 가족들에게 문자를 보냈습니다."

"뭐라고 문자를 보냈나요?"

망설임 없이 그가 대답했다.

"언니가 무서워요. 당분간 집에 안 들어갈 거예요. 뭐 이런 식으로 가족들에게 보내기도 했고요. 잠시 머리 식히기 위해 여행 가니까 찾지 말아주세요. 이런 문자를 보내기도 했습니다."

"가족들이 의심하지 않았나요?"

"휴대폰으로 수시로 문자를 주고받았으니까 의심하지 않았습니다."

"본인이 일일이 다 답장을 했나요?"

"아뇨. 강성철 사무관이 틈틈이 했습니다. 길게는 두 달 정도 답장을 하다가 끝냈죠."

"기간이 짧은데 가족들이 의심하지 않았나요?"

"문자로 답장이 조금씩 오니까 별 의심을 안 했습니다."

그녀는 조사가 끝나면 엄마에게 안부 문자를 보내야겠다는 생각이 들었다.

마도진은 범죄사실을 전부 실토했다. 부인하면 제시할 증거들이 그녀의 책상 안에 쌓여 있었는데 꺼내지 않아 조금 아쉬웠다. 잔인하게 죽은 피해자들의 사진들을 그에게 보여주고 싶었는데.

다섯 시간 넘는 조사를 끝내고 파김치가 된 그녀가 엄마에게 전화했다.

"엄마."

"오! 우리 딸. 웬일이니?"

반가운 목소리다. 목소리를 들으니 기분이 좋았다. 엄마 목소리에서 밝은 에너지가 나와 그녀에게 전송되는 것 같다.

"엄마."

"왜?"

"엄마 사랑해."

"응. 엄마도 우리 딸 많이 사랑해."

"그냥 목소리 한번 듣고 싶어서 전화했어."

"우리 딸이 끔찍하게 엄마 생각하네. 기분 좋은데. 호호."

"엄마. 혹시 내가 멀리 여행 간다고 하면 절대로 가지 말라고 말해줘. 가면 경찰에 신고한다고 말도 하고. 알겠지?"

"경찰에 신고하면 엄마보고 미쳤다고 할 걸."

"그래도 그렇게 말해."

"알았다. 엄마 지금 된장국 끓이고 있어. 바쁘다. 그만 끊을게."

전화를 끊고 나니 불현듯 누군가가 생각났다. 그의 번호를 확인하고 전화를 걸었다.

"네. 선배님."

헐레벌떡 전화 받는 그의 모습이 너무 귀엽다.

"오늘 시간 있어? 술 한잔하자."

중요한 수사는 모두 마무리해서 이제 급할 게 없다.

"정말이요?"

"그래. 소주가 급 땡긴다."

그의 목소리에서 없는 시간도 만들어낼 것 같은 다급함이 느껴진다. 너무 귀엽다.

13.

분위기는 있는 호프집에 두 사람이 마주 보고 앉아 있다. 테이블 위에 놓인 촛불 모양의 꽃등이 은은한 분위기를 만들어주었다. 이지혜가 매우 불만족스러운 표정으로 말했다.

"취하고 싶은데 취하지 않네."

볼이 빨개진 김원우가 말했다.

"선배. 긴장하고 있어서 안 취하나 봐요. 업무에 대한 긴장의 끈을 놓으세요."

그녀가 그 말에 공감하며 고개를 끄덕였다. 솔직히 이 시간에 호출이라도 오면 사무실로 튀어가야 한다. 강력사건이라는 게 자주 터지는 게 아니라서 다행이기는 하지만 그래도 팽팽한 긴장의 끈을 놓을 수 없다. 그게 형사의 숙명 아닌가.

하지만 오늘만큼은 취하고 싶었다. 아주 더러운 이 사건을 잠시라도 잊고 싶었기 때문이다. 그녀가 고개를 숙이며 말했다.

"네 말이 맞아. 오늘만큼은 취하고 싶었는데."

이런 그녀가 안타까운지 그가 그녀의 손을 잡으며 부드럽게 말했다.

"힘내세요."

그녀가 고개를 들고 그를 한동안 뚫어지게 바라보았다. 처음에 김원우도 애틋하게 그녀를 바라보았지만 부끄러운지 고개를 옆으로 돌렸다. 그 모습이 너무나 귀여웠다.

그녀가 소주잔을 들어 술을 마셨다. 빈 잔을 김원우에게 뻗자 그가 재빨리 술을 따랐다. 그와 같이 있으면 편안하다. 편안하고 따뜻하다. 그녀의 몸이 천천히 옆으로 기울어지더니 쓰러졌다. 김원우의 동공이 커졌다. 그는 걱정스러운 듯 다급하게 소리쳤다.

"선배! 선배! 괜찮으세요?"

김원우가 자리에서 일어나 그녀 옆으로 다가갔다. 그는 그녀의 어깨를 부드럽게 흔들었다. 그녀는 취해서 잠이 들었는지 일어나지 않았다. 좀 더 세게 흔들면 깨울 수도 있겠지만 잠시 쉬도록 놔두었다. 작은 입과 오뚝한 코에서 쌕쌕거리는 숨소리가 일정하게 새어 나왔다.

"선배."

그가 두 손으로 그녀의 손을 꼭 잡으며 그녀의 얼굴을 바라보았다. 잠시 바라보던 그가 중얼거리듯이 말했다.

"선배 그거 알아요. 당신은 참 아름다워요. 정말로 너무나도."

그녀의 손을 놓고 아주 작은 소리로 중얼거렸다.

"이 말을 꼭 해주고 싶었어요. 당신은 정말로 아름답다는 말을요."

그는 자리에서 일어났다. 밖으로 나가 편의점에서 숙취해소 음료를 사 올 생각이다. 그가 떠난 후 그녀는 미소를 지었다. 마치 행복한 꿈을 꾸는 것처럼.

Episode Ⅱ
〈행운장 모녀 실종사건〉

1.

모녀가 행방불명되었다는 신고가 들어왔다.

김원우는 박두만과 함께 실종된 모녀의 주소지를 방문했다. 실종자는 48세 강은주와 그녀의 딸 14세 김성미다. 인적사항이 특정되어 조회하니 이 모녀는 가족과 일가친척이 없었다.

보통 실종신고는 가족이나 친척이 신고하지 않으면 접수하지 않는다. 쓸데없는 곳에 경찰력을 낭비하는 것을 막기 위해서다. 가족이 아니라면 구체적인 범죄 정황이 있어야 한다. 단순히 몇 시간 연락이 안 된다고 실종신고를 하면 접수해주지는 않는다. 이를 악용할 소지가 많기 때문이다.

채권자가 채무자에게 빚을 받기 위해 또는 연애 초기 남녀들이 상대방의 위치를 알기 위해 종종 긴급하게 신고하는 경우가 있다. 이들은 마치 범죄와 관련이 있는 것처럼 모호하게 경찰에 신고한다. 여러 이유에서 실종자의 휴대폰 위치추적 등은 신중할 수밖에 없다.

그런데 가족도 없는 모녀를 누가 신고했기에 신고가 접수된 것일까?

김원우는 그 이유를 곧 알게 되었다. 실종된 강은주에게는 중학교 1학년에 재학 중인 딸이 있었다. 강은주의 딸 김성미가 이틀 연속 학교에 나오지 않아 딸의 담임이 신고하였다.

경찰차가 실종자의 응암동 집 앞에 주차하자 의아하게 생각한 옆집 아주머니가 문밖으로 나와 물끄러미 바라보았다. 이웃 아주머니와 눈이 마주친 김원우가 그녀에게 다가가 물었다.

"저, 혹시 옆집에 사는 강은주 씨에 대해서 잘 아시나요?"

시골 할머니처럼 머리를 파마 한 아주머니가 고개를 끄덕이며 호기심을 가지고 물었다.

"뭔 일 있어요?"

"이 집 딸이 이틀 동안 학교를 나오지 않았나 봐요. 그래서 무슨 일이 있나 싶어 확인하려고 나온 거예요."

아주머니가 고개를 끄떡이며 걱정스러운 표정을 지었다. 김원우가 재빨리 그녀에게 질문했다.

"강은주 씨 딸에 대해서 아시는 것이 있으시면 아무거라도 좋으니까 말씀 좀 해주세요."

아주머니가 걱정 어린 표정으로 말했다.

"그 집 딸은 착해서 학교를 빠질 애가 아닌데. 진짜 뭔 일이 있는가 보네."

박두만이 둘 사이에 끼어들며 물었다.

"그럼 엄마는 어때요? 혹시 잘 아세요?"

아주머니가 침을 튀기며 옆집에 관해서 상세히 설명해 주었다.

"강 씨 잘 알지요. 나보다 더 많이 강 씨를 아는 사람은 드물 것이오. 경찰 양반이 제대로 사람을 찾아왔네. 강 씨가 참 고생을 많이 했어. 이십 대 후반에 결혼했는데 모지리 남편을 만나서 고생을 더럽게 많이 했다고 그러더라고요. 그러다 도저히 안 되겠다 싶었는지 10년 만에 이혼하고 혼자 딸을 키우며 힘들게 생활했어요."

그녀의 입에서 봇물 터지듯이 묻지도 않은 말들이 쏟아졌다.

"강 씨가 여관에서 심부름과 청소를 하며 악착같이 돈을 모았다고 하더라고. 그리고 그 돈으로 행운장이라는 여관을 인수했는데. 진짜 이름처럼 행운이 굴러들어 와서 지금은 살 만해졌지. 내가 알기로는 강 씨가 현금이 많아. 강 씨에게 뭔 일이 생겼다면 아마도 돈 때문일 거예요. 아시죠? 돈이 많으면 안 좋은 일이 생기는 것."

그녀의 마지막 말은 경찰들에게 제대로 수사하라는 소리로 들렸다.

김원우와 박두만은 강은주의 집 주위를 기웃거렸다. 철문이 굳게 잠겨 있어 내부로 들어갈 수가 없었다. 김원우가 담장을 올려다보며 말했다.

"담을 넘어가서 문을 열어볼게요."

박두만이 고개를 끄덕이자, 김원우가 원숭이처럼 재빨리 담을 넘어 대문을 열었다. 하지만 집 안으로 들어가는 현관문과 창문들이 잠겨 있어 담을 넘어 들어온 보람이 사라졌다.

"창문을 뜯고 들어가 볼까요?"

"만일 아무 일도 없으면 민사청구 들어와."

"그래도 안을 살펴봐야 실종인지 아닌지 알 것 같은데요."

박두만은 쉽게 결정을 짓지 못했다. 실종신고를 많이 접해봤지만 결국 해프닝으로 끝난 경우가 대부분이었다. 망설이는 그와 달리 김원우가 적극적으로 말했다.

"여기 작은 유리문을 깨고 들어가 볼게요."

박두만이 고개를 설레설레 흔들며 말했다.

"옆집 아주머니가 말한 모텔이 가까우니까 거기 가서 좀 더 알아보자."

박두만은 강은주가 운영하는 행운장으로 가자고 신중하게 나왔다. 나쁘지 않은 생각 같았다. 굳게 닫혀 있는 문을 부수고 들어갔는데 별일 아니면 진짜 민사소송이 들어오고 피곤하게 불려 다닐 수 있다. 김원우는 불현듯 청문감사관실의 임민재 경위가 떠올랐다. 그를 생각하자 저절로 인상이 찌푸려졌다.

모텔로 가는 중에 경찰서 강력팀의 팀장이라는 사람에게서 연락이 왔다. 범죄와 관련이 있는지 강력팀이 실종자의 집으로 나와야 하는지 물어보았다. 박두만은 실종자가 운영하는 여관에 가서 조사하고 필요하면 연락하겠다고 대충 둘러대며 전화를 끊었다.

모텔 주차장에 도착하니 형사들이 타고 다니는 승합차가 보였다. 순찰차가 도착하자 짙게 선팅된 승합차에서 형사 두 사람이 기다렸다는 듯이 내렸다. 스포츠머리에 군인 같은 인상을 풍기는 형사가 박두만에게 물었다.

"고생하십니다. 강력팀에서 나왔습니다. 실종자 집에서 뭣 좀 나왔어요?"

형사가 말은 부드럽게 했지만, 쏘아보는 눈빛 때문인지 김원우는 취조당하는 듯한 느낌이 들었다. 김원우는 위압감을 느끼며 대답했다.

"아니요. 문이 잠겨 있어서 밖에서 살펴본 게 다예요. 그래서 이곳에 뭔가 있는지 알아보려고 왔습니다."

옆에 있던 박두만이 끼어들었다.

"실종자가 현금이 많이 있었다고 들었습니다."

박두만은 옆집 아주머니에게 들은 내용을 말했다. 그의 말을 들은 형사가 수첩에 그의 말을 옮겨 적었다.

[이혼녀.]
[가족은 딸뿐이고 일가친척이 없다.]
[현금을 많이 가지고 있다.]
[집이 굳게 잠겨 있어서 어디론가 여행을 떠난 것처럼 보인다. 이것은 지구대 경찰관의 주관적인 생각처럼 보임.]

스포츠머리를 한 형사가 돌아서서 자신의 일행에게 말했다.

"준철아! 난 학교 선생님을 만나 딸의 학교생활과 친구 관계 등을 파악할 테니까 자네는 모텔에서 실종자에 관해서 파악하고 연락해 줘."

"네. 선배님."

"그냥 형이라고 부르라니까."

젊은 형사는 신체가 강철처럼 단단해 보이고 목소리가 남자다웠다. 묵직한 중저음에서 남자다움이 느껴졌다. 선배 형사의 목소리가 차분하면서 톤이 높다면 저 형사는 톤이 낮게 깔린 중저음으로 무게가 실려 있었다. 그가 고개를 끄덕이며 바리톤 목소리로 말했다.

"네. 형님."

"그래. 수고하고 무슨 일 있으면 전화해."

"네."

김원우는 두 형사가 서먹서먹한 사이인 것을 알았다. 아마 준철이라고 불린 형사는 상반기 인사발령에서 형사과로 갔고 형사로 근무한 지는 오래되지 않은 모양이다.

준철이라고 불렸던 형사가 모텔 안으로 천천히 걸어갔다. 그를 따라서 김원우와 박두만도 함께 들어갔다. 형사가 모텔에서 일하는 아주머니를 발견하고 다가가 이야기를 건넸다.

"저는 서부서 형사과에 근무하는 김준철 형사입니다."

경찰이라는 말에 청소하던 아주머니가 호기심과 놀란 표정을 동시에 지었다.

"강은주 사장님은 모텔에 자주 오세요?"

형사의 목소리가 좋은지 일하는 아주머니는 김 형사의 얼굴을 빤히 쳐다보며 말했다.

"아니요. 사장님은 일주일에 한두 번만 오셔요."

"그렇게 자리를 비워도 괜찮나요?"

청소 아주머니는 눈도 깜빡이지 않고 형사를 뚫어지게 보며 말했다.

"모텔이 무인 시스템이라 손님들이 여기 자판기 앞에서 호실을 정하면 끝요. 방 상황에 맞게 대실과 숙박을 정하고 계산하니 따로 사람이 있을 필요가 없어요. 그리고 손님이 나가면 저희가 청소하고 물품만 비치하면 끝나니까 관리하는 사람만 있으면 되죠."

"관리하시는 분이 또 따로 있나요?"

"실장님이 따로 계세요. 그분이 모텔 수건이랑 비품들을 챙기고 부족하면 주문도 하고 저희 월급도 그분이 주세요."

"실장님은 어디 계신가요?"

"2층 안쪽 끝방에 계세요."

김준철 형사가 계단을 따라 2층으로 올라갔다. 청소 아주머니가 그의 엉덩이를 훔쳐보는 게 보인다. 형사 뒤를 두 사람이 졸졸 따라갔다. 김원우는 형사의 등과 어깨가 넓은 것을 보고 그가 유도를 했을 거로 생각했다.

박두만은 형사들의 신중한 모습에 불안한 생각이 들었다. 그는 모녀가 장기간 여행을 간 것이길 바랐다. 실종이나 납치 같은 강력사건이라면 정말 시끄럽고 복잡해진다. 수시로 보고서를 만들어 1보, 2보, 3보하면서 계속 보고해야 할지도 모른다. 거기다 실시간으로 피해자의 휴대폰 위치에 따라 수색해야 한다. 실종자가 나타날 때까지 말이다.

2층 복도 끝에 있다는 방을 향해 걸어가는데 천장에 설치된 CCTV가 눈에 들어왔다. 모텔 곳곳에는 다행스럽게도 CCTV가 설치되어 있었다. 정 실장이라는 사람은 30대 후반으로 무척 성실하게 보였다. 김 형사가 명함을 내밀며 말했다.

"서부경찰서 강력수사팀 김준철입니다. 여기 사장님이 연락이 안 되어 나오게 되었습니다. 사장님이 언제부터 나오지 않았나요?"

김원우는 형사의 행동을 유심히 지켜보았다. 형사들의 태도와 수사하는 방식들을 배우고 싶었다. 사랑하는 그녀가 형사라는 이유도 있지만 나름대로 생각하는 게 있어서다. 그녀를 돕는 것 말고도 스스로 수사할 경우가 생길지 모르기 때문이다.

형사가 찾아온 이유를 설명하자, 정 실장이 걱정하며 말했다.

"원래 사장님이 젊었을 때 여관에서 일하셔서 무척 꼼꼼하셨어요. 저보다 더 꼼꼼하셔서 날마다 나오셨는데 어느 순간부터 나오시는 횟수가 줄어들더라고요."

"그때가 언제인가요?"

"올해 초에 사주를 보신다면서 점집에 가고 난 후부터요."

"점집이요?"

"네. 갔다 오시더니 무척 즐거워하시더라고요. 그 후로 여관에 나오시는 횟수가 줄어들더라고요. 제가 보기에는 여기로 안 나오고 그 점집을 자주 찾아가는 것 같았어요."

"그 점집이 어디 있는지 아세요?"

"아니요. 점쟁이가 맹인이라는 말만 들었습니다."

"시각장애인이라고요?"

"네. 그렇습니다."

실종자는 올해 초에 점을 보고 난 후부터 모텔에 점점 나오지 않다가 일주일 전부터는 나오지 않았다. 형사는 실종자의 성격과 대인관계 등을 꼼꼼히 물어보고 수첩에 열심히 적었다. 김원우는 그의 모습을 눈여겨보며 생각했다.

'점쟁이를 조사해 볼 필요가 있겠다. 내가 저 형사라면 우선 그자를 찾아야 할 것 같은데 시각장애인이 운영하는 점집이 어디에 있을까?'

이런 생각을 하는 그에게 형사가 말했다.

"이제 제가 알아서 할 테니 두 분은 가셔도 됩니다."

김준철은 졸졸 따라다니는 지구대 경찰관들에게 부담을 느꼈다. 박두만은 그 말을 기다렸다는 듯이 반색을 하며 말했다.

"알겠습니다. 그럼 저희는 형사계에 인계한 것으로 상황실에 보고하면 될까요?"

"그렇게 하십시오."

"네. 그럼 수고하십시오."

박두만은 사건을 해결한 것처럼 즐거워하며 인사를 하고 돌아섰다. 김원우도 그를 따라 밖으로 나가기 위해 돌아섰다. 그의 등 뒤로 전화 통화하는 형사의 목소리가 들렸다.

"네 선배님. 아니 형님. 친구들이랑 자주 가는 곳도 물어보라고요. 알겠습니다. 취미도요. 네. 약간 의심 가는 게 나오기는 했어요. 네. 네."

형사들은 사소한 것 하나하나 다 조사하는구나. 그가 이런 생각을 하며 순찰차에 올라탔다. 그는 조수석에 앉은 박두만을 보며 물었다.

"시각장애인이 점을 보는 곳이 많을까요?"

"시각장애인이 점을 본다는 게 안 어울리는데. 안마나 하면 모를까? 본인 앞도 못 보는 사람이 누구 앞날을 본다고."

"그렇죠."

"우리나라는 안마를 시각장애인들에게만 허용해. 나는 그게 문제라고 봐."

박두만은 갑자기 궁금하지 않은 이야기를 떠들어댔다.

"안마가 시각장애인들의 권리라는데 무슨 개소리인지 모르겠어. 질적으로 수준 높은 안마를 소비자들이 선택할 수 있어야 하는데 의료법이라는 개떡 같은 법으로 막아놨어."

듣고 싶지 않지만, 단둘이라 어쩔 수 없다.

"시각장애인이 없는 업소는 은밀하게 영업할 수밖에 없지. 처음부터 불법으로 영업을 하니까 성매매까지 가게 되는 거고. 안 그래?"

"네."

"우리나라 마사지 업소에서 일하는 태국 여성들도 이런 사실을 알아. 그래서 마사지도 대충대충 해. 시간만 보내거나 아니면 성관계로 돈을 벌려고 한다니까. 높은 수준의 마사지를 받은 한국인들이 별로 없으니 태국마사지가 다 이런 거구나 생각할 거 아니야. 근데 아니야. 태국이나 필리핀에 가서 마사지를 받아보면 알게 될 거야. 가격도 그냥 인터넷 검색해 가면 엄청 싸. 이래서 마사지를 받는구나 하고 느끼게 될 거야."

"저는 외국에 가보지 않아서 잘 모르겠어요."

박두만은 김원우가 자신의 이야기에 별로 관심을 두지 않는 것을 알았다. 자신처럼 피곤함에 절어 있지 않은 젊은 남자가 무슨 마사지에 관심이 있겠나. 이해가 되었다.

"시각장애인이 점집은 무슨."

"안마사가 더 어울리기는 하네요. 혹시 점을 보면서 두 개를 같이 하지 않을까요?"

"그럴 수도 있겠다."

"그런 곳을 알려면 어디로 가야 할까요?"

"불교용품 파는 곳에 가보면 알 수 있어. 점집 하는 사람들이 물건 사러 오니까 수소문하면 금방 나와."

김원우는 그의 연륜에서 오는 경험 때문에 좋은 정보를 얻었다고 생각했다. 그의 말을 듣지 않았다면 유체이탈을 통해 엄청난 심력을 소비할 뻔했다.

지구대에 도착하니 동네 주폭 김종배가 박카스 한 상자를 사 들고 와 있었다. 모두 그가 오늘도 사고 치려고 온 줄 알았지만, 전혀 다른 모습에 놀라워했다. 그는 전혀 다른 사람이 되어 있었다.

"항상 죄송해요. 제가 술 먹고 찾아와 행패 부려서 정말 죄송합니다. 못되게 군 거 정말 죄송해요."

부팀장이 믿기 힘든 표정으로 말했다.

"아니 김 씨. 왜 그래? 알콜 병원에서 치료받고 나온 거야?"

지구대로 복귀한 박두만도 눈을 크게 뜨고 김종배에게 말했다.

"잘 들려요? 앞도 잘 보이고? 어. 어. 안 하시네."

그가 고개를 숙이며 연신 죄송하다는 말만 했다.

"죄송합니다. 여러분 정말 죄송합니다."

박두만이 그가 사 온 박카스를 다시 돌려주며 말했다.

"지구대에 이런 거 사 들고 오면 큰일 나요. 뇌물. 뇌물죄 몰라요?"

"어. 그러지 마시고 드세요. 저 이제 지구대에 다시는 안 오려고 했지만 어. 그래도 죄송하다는 말은 꼭 드리고 싶어서 찾아왔네요. 이제 바람대로 되었으니까 다시는 안 오겠습니다. 어. 진짜 죄송합니다."

부팀장이 고개를 까우뚱하며 말했다.

"허. 진짜 김종배 씨 맞아?"

김원우는 김종배를 뿌듯하게 바라보았다. 전시회에 출품한 자신의 첫 작품을 바라보는 기분이었다. 첫 최면치고는 잘 되었다. 그를 보니 몇 달 전 일이 파노라마처럼 생생하게 떠오른다.

우연히 주운 최면공연 관람권. 서커스 같던 최면공연장의 모습. 무대 위에서 최면에 빠져 개처럼 짖어대던 관람객. 탈북민처럼 마른 사람이 역도선수처럼 어깨를 벌리고 팔자걸음으로 무대 아래로 내려가던 모습.

그리고 무대 위로 올라간 자신의 모습. 마술사처럼 생긴 최면술사의 얼굴. 최면술사가 눈을 동그랗게 뜨고 자신에게 원하는 최면을 말하라고 하던 순간 무언가에 홀린 듯이 그 말을 해버렸다.

'저도 당신처럼 최면을 쓸 수 있도록 최면을 걸어주세요.'

공연이 끝난 후 최면술을 미친 듯이 공부했다. 그러던 어느 날 지구대에 술에 취한 김종배가 찾아왔다. 그는 술에 취하면 지구대를 찾아와 아주 작은 소란을 피우고 돌아갔다.

그가 여느 때처럼 술에 취해서 소란을 피우고 화장실로 갔다. 변비에 걸렸는지 한참이 지나도 나오지 않아 확인하러 화장실에 들어갔다. 그날 그의 똥 냄새는 참을 수 없이 지독했다. 그 냄새를 참으며 최면을 걸었다. 처음이라 무척 떨렸다. 하지만, 그가 술에 취해 있어서 서툴렀지만, 첫 최면을 성공적으로 걸 수 있었다. 김종배는 그 후부터 술을 끊은 것 같다.

김원우가 말하지 않으면 그는 평생 자신이 최면에 걸렸다는 사실을 모를 것이다. 김종배가 조용히 돌아간 후 몇 건의 신고 사건을 해결하자 퇴근할 시간이 되었다.

퇴근하기 위해 야간근무자들과 인수인계를 마치고 대기실로 올라갔다. 일상복으로 갈아입고 나오자 경찰서 강력팀이 다급하게 지구대로 들어서는 모습이 보였다. 그들은 모텔 여주인이 실종되었다고 말했다.

퇴근하는 주간근무자들은 보이지 않게 안도의 표정을 지었다. 강력팀이 조금만 빨리 왔으면 퇴근이 늦어질 뻔했다.

강력팀은 실종사건으로 판단하고 각 지구대에 수배 요청했다. 퇴근하는 주간팀들은 형사들이 가지고 온 수배 전단에서 두 모녀의 사진을 보았다.

야간팀은 각 지구대 업무용 휴대폰에 두 모녀의 사진을 전송했다. 순찰 중에 또는 신고 처리 중에 이 모녀를 발견할 수 있도록 조치한 것이다. 김원우는 수배 전단에서 실종된 어린 딸의 모습을 보자 가엾다는 생각이 들었다. 어린 소녀에게 좋지 않은 일이 벌어지지 않았겠지. 이 사건을 조사해 봐야겠다.

2.

불교용품매장.

이곳에는 각종 불상을 비롯해 불교에서 필요로 하는 것들과 각양각색의 향초 등이 즐비하게 전시 판매되고 있다. 김원우가 들어오자 70대 후반으로 보이는 노인이 반갑게 맞이했다.

"어서 오십시오."

"저는 서부서 강력반에 근무하는 형사입니다."

거짓말하는 게 조금 마음에 걸렸지만, 김원우는 자신을 형사라고 소개했다. 주인은 그를 위아래로 훑어보았다. 진짜인가 의심하는 눈빛이 보이자 그는 재빨리 주인에게 찾아온 이유를 설명했다.

"실종사건을 수사하고 있습니다. 실종 당하신 분이 시각장애인이 운영하는 점집을 자주 찾아갔다고 합니다. 그곳이 어디인지 알아보려고 그러는데 혹시 시각장애인이 점을 보는 곳을 아실까요?"

주인은 그의 말을 듣고 김원우를 더 의심하지 않았다. 주인은 고개를 설레설레 흔들며 말했다.

"허허. 시각장애인이 점을 본다. 딱 봐도 돌팔이 느낌이 나는구먼. 지 앞도 못 보는 놈이 다른 사람의 앞날을 봐? 안 그래요. 형사님."

김원우는 주인의 말을 들으며 얼마 전에 박두만이 했던 '지 앞도 못 보는 놈이 남의 앞날을 어찌보냐' 던 말을 떠올렸다. 이런 걸 보면 사람의 생각은 비슷한 거 같았다.

"예. 그런 거 같습니다."

"동대문구 장안동 부근에 쪽쪽골이라고 점집이 많은 곳이 있는데 거기를 한번 돌아보시오. 거기 가면 아마 형사 양반께서 찾는 점집이 있을 것도 같은데."

"쪽쪽골이요?"

"점집이 많아서 쪽쪽골목이라 하는데 지금도 있나 모르겠어. 아니면 안국역 2번 출구 쪽에 타로랑 점을 보는 데가 있는데 그곳을 찾아보든지."

"네. 감사합니다."

김원우는 혼자 이렇게 발품을 팔아서는 답이 없을 것 같았다. 박두만의 말만 듣고 불교용품점을 몇 군데 탐문했는데 헛일이라는 것을 느꼈다. 모두 시각장애인이 하는 점집을 몰랐고, 가는 곳마다 대답이 다 달랐다.

형사들은 아마도 실종된 모녀의 휴대폰 위치를 추적하여 해당 구역을 조사할 것이다. 유체이탈을 통해 담당 형사를 미행하는 게 더 빠를 것 같다. 마음을 정하고 유체이탈을 하기 위해 원룸으로 급히 돌아갔다.

＊

점집 골목을 김준철과 그의 파트너 스포츠머리 이현성이 걷고 있다. 그들 앞에는 깃발처럼 생긴 대나무가 꽂힌 집들이 보였다. '천상선녀', '무당육도령', '김보살', '장군신당' 등 각종 홍보 간판도 보인다. 두 사람은 사람이 다니지 않는 이 음침한 동네를 여러 번 돌았다. 두 사람은 무언가를 찾는지 고개를 좌우로 두리번거리며 걸었다.

김원우의 영혼이 허공에 떠서 두 사람을 따라다니고 있었지만 두 사람은 그 사실을 모른다. 김원우는 김준철 형사를 내려다보며 생각했다. 마치 피트니스 모델처럼 몸의 근육이 드러난 옷차림이 같은 남자지만 멋있다고 느꼈다. 그의 몸을 보며 다시 한번 다짐했다. 운동만이 살 길이라고.

좁은 골목 사이에 '바른손 맹인안마'라고 작은 표지판과 함께 '태극도령'이라고 적힌 빨간색 간판이 보였다. 드디어 찾는 점집이 나타나자 두 형사가 반색했다.

그들보다 먼저 김원우의 영혼이 그곳으로 들어갔다. 방 하나는 법당처럼 꾸며져 있고 또 다른 방은 마사지 침대가 놓여 있다. 침대 위에는 50대 후반으로 보이는 여성이 찜질방에서 입는 반소매 티셔츠와 반바지를 입고 누워 있었다.

회색 승복 차림의 남성이 침대에 엎드려 있는 여성을 양손과 팔꿈치로 주무르고 누르고 있었다. 남성은 여성의 허벅지 안쪽을 마치 애무하듯이 손바닥으로 비비고 지그시 눌렀다.

위치 때문인지 마사지가 아니라 거의 애무하는 것처럼 보였다. 그가 여성의 짧은 반바지를 더욱 위로 올리자 그녀의 살구색 팬티가 보였다. 그는 반바지 안으로 깊숙이 손을 밀어 넣고 빠르게 비비고 문질러 댔다.

더는 못 참겠는지 마사지를 받던 여인의 입에서 신음이 새어 나왔다. 그녀가 참지 못하고 승복을 입은 남성의 은밀한 부위에 손을 대었다. 관음증이 있는 것이 아니기에 김원우는 인상을 찌푸렸다.

변태스러운 모습을 보아서가 아니다. 안마 받는 방에서 썩는 냄새가 강하게 났기 때문이다. 사이비 교주 최해월이 검거된 후부터 유체이탈 중 냄새를 맡을 수 있는 능력이 한층 강해졌다. 그리고 소리도 들을 수 있게 되었다.

김원우의 생각처럼 살인범들을 잡으면 능력이 향상되는 것 같았다. 이때 두 형사가 문을 두드리자, 승복 차림의 남성이 인상을 구기며 욕설을 뱉었다.

*

자칭 '태극도령' 서춘식은 성불구자다. 10년 전 성기를 크게 하려고 이물질을 삽입했는데 그 부작용으로 발기가 안 되었다. 발기가 안 된 후부터 성도착증이 심해졌다.

나이 먹은 여자들을 상대로 얼마든지 자신이 원하는 형태의 성적 만족감을 얻을 수는 있었지만, 그걸로는 항상 부족했다. 늙은 여성들을 상대하다 보니 어느 순간부터 어린 여성에 대한 환상이 생겨났다. 어린이를 대상으로 하는 소아애를 하고 싶었다.

그는 항상 어린 여성과 섹스하는 상상을 한다. 상상만으로도 온몸이 짜릿하다. 그런데 이런 허름한 점집에 어린 학생이 찾아오겠는가? 다들 병들고 나이 먹은 과부 또는 늙은 할망구나 찾아오고 있다. 그는 손님이 오지 않으면 인터넷에 들어가 어린아이와 성인이 성관계하는 포르노 영상을 보며 대리만족을 느꼈다.

시각장애인이 야동을 볼 수 있을까? 모두 그를 시각장애인으로 알고 있지만, 그는 웬만한 정상인보다 시력이 좋다. 그가 이렇게 시각장애인 흉내를 내게 된 것은 몇 년 전에 겪었던 일 때문이다.

그 일은 3년 전 젊은 과부의 점을 봐주면서 시작되었다. 점을 보는 동안 과부의 안색을 살펴보니 불만이 가득한 표정이었다. 그는 여자가 저런 표정을 짓는 것은 남자와 밤일을 오랫동안 하지 못한 스트레스 때문이라고 단정 지었다. 이것은 그가 보았던 수많은 야동을 통해서 얻은 결론이다. 물론 그만의 착각이었지만 그는 그녀에게 자신의 욕구를 풀려고 했다.

다행히 절에서 배운 안마 기술로 몸을 주물러주자 젊은 과부의 몸이 반응을 보였다. 그런데 그녀는 그를 경계하며 그저 손과 팔다리 정도만 만지게 했다. 그는 그것만으로는 성이 차지 않았다.

그녀의 몸을 더 만지고 싶다는 추악한 욕망이 피어올랐다. 하지만 그녀는 키 작고 못생긴 그에게 쉽게 몸을 허락하지 않았다. 오히려 화를 내며 그에게 따귀까지 때리고 나갔다. 그 후에도 다른 여성들이 이곳을 다녀갔지만 모두 마찬가지였다.

점보는 능력보다 안마하는 기술이 더 뛰어난 그는 이때부터 여성들이 자신을 경계하지 않을 방법을 연구했다. 모성애를 자극하고 경계심을 갖지 않도록 시각장애인 흉내를 내면 어떨까 생각해보았다. 그 후 시각장애인처럼 행동하자 자기 생각대로 모든 여성이 경계심을 풀었다.

마사지 받을 생각이 전혀 없는 여성도 그가 교묘하게 점괘가 어쩌고저쩌고하며 몸 어느 부위가 좋지 않다고 말하며 더듬었다. 거부하던 여성들도 어느 순간부터 그의 현란한 손기술에 녹아 정신을 못 차렸다.

만일 그가 성불구자가 아니었다면 이런 사기 행각이 벌써 들통 났을 것이다. 그는 몸만 만질 뿐 다른 적극적인 행동을 할 수가 없었기 때문이다. 그래서 지금까지 들키지 않고 시각장애인으로 사기 행각을 벌일 수 있었다.

그의 안마 기술은 대단했다. 불교 국가인 태국은 마사지로 유명한 나라다. 태국 안마에는 전통 불교식 요법이 담겨 있다. 전통 불교식 안마를 익힌 그는 사람의 혈 자리를 적절한 기운으로 눌러 안마했다.

엄지로 일점압박(一點壓迫)의 압자극(壓刺戟)을 기본으로 하고, 때에 따라 팔꿈치와 무릎으로 뭉친 근육들을 풀어주었다. 그가 불교식 전통 안마를 배울 수 있었던 이유는 과거 그가 천태종의 스님이었기 때문이다.

대한민국 불교계는 천태종, 조계종, 진각종 등이 있으며 최근에는 신흥 불교인 원불교가 있다. 천태종과 조계종에서 출가자는 결혼하지 않은 독신이어야 하며, 평생 독신으로 살아야 한다.

하지만 그는 처뿐만 아니라 첩까지 두고 생활하다 발각되어 승적을 발탁당하고 절에서 쫓겨났다. 처음에는 처와 첩과 한집에서 잘 살았다. 하지만 그가 10년 전부터 발기가 되지 않자 욕구불만을 그녀들에게 폭력으로 해소했다.

그의 폭력을 견디지 못한 그녀들이 그를 떠났고 그는 점집을 운영하며 하루살이처럼 살았다. 그러다 시각장애인 흉내를 내면서 안마까지 하니 어느 정도 부를 쌓게 된 것이다.

이런 그에게 얼마 전 좋은 먹잇감이 나타났다. 강은주라는 48세의 여성이었다. 그녀는 나이에 비교해 젊고 날씬했지만, 그의 흥미를 끌지는 못했다. 그가 그녀에게 눈독을 들인 것은 그녀의 딸 때문이다.

그녀의 딸이 중학교 1학년이다. 그녀는 그에게 딸 김성미의 신년운세를 보았다. 그리고 딸과 단둘이 살고 있다는 약점도 말해버렸다. 모텔을 운영하여 경제적으로 여유가 있던 그녀는 수시로 이곳에 왔다.

서춘식은 점 봐주는 대가로 5만 원을 받았고, 마사지는 10만 원을 받았다. 10만 원은 적은 돈이 아니지만, 그녀는 남자의 손길을 느끼고 싶은지 자주 찾아왔다.

그는 그녀의 이런 마음을 알고 그녀의 가려운 곳을 열심히 긁어주었다. 그는 그녀가 모텔에서 조금 떨어진 곳에서 딸과 단둘이 사는 것을 알았다. 그녀의 딸을 만지고 싶었던 서춘식은 어느 날 그녀의 등을 지나 허리를 마사지하며 말했다.

"사모님. 집에 부적을 하나 붙여두면 사업이 점점 번창할 것입니다."

"거기. 손을 밑으로 내리지 말고 허리 부문만 그렇게 조금만 더 세게. 부적이 얼마예요?"

"사모님은 단골이니 제가 공짜로 붙여 드리지요. 대신 다른 사람이 가지고 가서 붙이면 효력이 없으니 제가 직접 붙여야 합니다. 제가 공들여서 붙여야 효과가 있어요."

그녀는 공짜라고 하니 더욱 그의 말을 철석같이 믿었다.

처음에 그는 그녀의 집을 방문해서 그녀의 딸을 마사지해 줄 생각이었다. 몸이 안 좋은 것 같다. 아니, 키 크는 마사지를 해주겠다. 마사지하는 방법들을 생각해보았다. 하지만 곧 생각을 바꾸었다. 나이 어린 딸이 거부할 게 너무나 뻔했다.

두 사람에게 수면유도제를 마시게 하고 잠이 들게 하자. 그리고 자신이 생각하고 있는 성 기구를 그녀와 그녀의 딸 몸에 삽입하자. 생각만으로도 흥분되었다. 이게 그의 계획이었다.

이런 사실을 모르는 그녀는 며칠 후에 그를 자신의 집으로 불렀다. 그는 엉터리 부적과 수면제가 들어 있는 음료를 챙겨 그녀의 집에 방문했다.

"태극도령님, 조심히 신발을 벗으세요. 앞에 모서리가 튀어나왔으니까 조심하시고요."

그는 그녀를 안심시키기 위해 더욱 시각장애인 연기를 했다. 그리고 중학생 딸을 찾아 두리번거렸다.

그녀의 딸이 집에 있는 시간에 맞춰 왔는데 보이지 않았다. 그가 실망하는 순간 방문이 열리고 엄마를 부르는 소리가 들렸다.

"엄마! 오늘 저녁은 뭐야? 치킨 시켜 먹으면 안 돼?"

목소리가 참 예쁘다. 침이 입안에 저절로 고였다. 만지고 싶어 참을 수가 없다.

＊

두 형사가 문을 두드리자, 서춘식이 짜증스럽게 소리쳤다.

"누구야? 누구냐고?"

스포츠머리 이현성이 대답했다.

"서부경찰서 강력팀에서 나왔습니다."

서춘식이 놀랐는지 마사지하던 손이 떨렸다.

"잠시만요. 지금 손님이 계셔서."

그의 목소리가 한껏 부드러워졌다. 그는 마사지 받던 여성에게 말했다.

"사모님, 오늘은 이 정도만 하시죠. 경찰이 무슨 일로 왔는지 이야기도 들어봐야 하고 제 컨디션도 좋지 않아서."

"아이 뭐야. 알겠어. 대신 내일 이 시간에 다시 예약 잡아줘."

"네, 사모님."

5분 정도 지나자 뚱뚱한 여성이 문을 열고 밖으로 나왔다. 그녀는 부끄럼도 없이 형사들을 힐끗힐끗 쳐다보고 나갔다. 손님이 없는 것을 확인한 김준철이 말했다.

"이제 들어가도 될까요?"

"네. 들어오십시오."

두 형사가 '태극도령'이라는 간판이 붙어 있는 집 내부로 들어갔다. 문을 열고 들어가자, 문 위에서 작은 놋쇠로 된 종이 맑은 소리를 내며 울렸다.

딸랑 딸랑.

3.

점집 안은 겉보기와 다르게 정갈하고 깨끗했다. 시각장애인이라고 하는데 청소를 어떻게 깔끔하게 했을까? 이런 의심이 들었다.

형사들의 눈에 두 개의 방이 보였다. 방문 하나가 열려 있었는데 안마용 침대가 놓여 있었다. 회색 승복을 입은 남성이 침실을 정리하는 모습이 보였다. 이 남성은 고개를 돌리지 않고 하던 일을 하며 말했다.

"무슨 일로 오셨습니까?"

이현성이 그를 자세히 바라보며 나이를 짐작했다. 반백의 머리지만 얼굴이 깨끗하여 50대 초반 아니 50대 중반으로 보였다. 대답이 없자 그가 다시 부드럽게 물었다.

"무슨 일로 찾아오셨습니까?"

형사들이 그를 스캔하느라 미처 대답하지 못했다.

"무슨 일이신지."

김준철이 그의 눈동자를 뚫어지게 노려보며 대답했다.

"아. 저희는 서부서 형사들입니다. 강은주 씨에 관해서 물어보려고 왔습니다."

그가 고개를 까우뚱하더니 말한다.

"강은주요? 일단 들어오십시오."

두 형사가 신발을 벗고 법당처럼 생긴 방 안으로 들어서며 주변을 살펴보았다. 입구에는 시각장애인이 쓰는 흰색 지팡이가 여러 개 보였다. 그리고 방 안에는 점괘를 볼 때 쓰는 도구가 걸려 있었다.

작은 밥상이 있고 밥상 주위엔 두툼한 방석이 깔려 있다. 이 밥상 위에 특이하게 소주 두 병이 있었다. 김준철이 궁금한 것을 참지 못하고 물었다.

"술 마시면서 점을 보나요?"

그가 즉시 대답했다.

"그게 아니라 장군 신께 제사를 지내고 놔둔 것입니다. 치워야 하는데 제가 앞이 안 보여 제때 정리를 못 한 거죠."

김준철이 그의 눈을 자세히 쳐다보았다. 검은 눈동자가 있어야 할 자리에 흰자위만 섬뜩하게 있다.

"선생님, 혹시 강은주 씨라고 아시나요?"

"잘 모르겠습니다."

"여기 자주 왔다고 하는데요."

"제가 사주를 보기는 하지만 모든 손님의 이름을 기억하지는 못하고 있습니다. 이름 말고 다른 특색을 말해 주세요."

"행운장 여관을 운영하는 분인데요."

"아하. 그분 알아요. 그분 이름이 강은주였군요."

"그분에 대해서 아시는 대로 말씀해주세요. 마지막으로 온 것은 언제인지도."

"아마 5일 전인가, 그때 마지막으로 온 것 같습니다. 올 초부터 일주일에 서너 번 오셨어요. 처음에는 신년 운수를 보셨는데 젊은 날에 일을 많이 하셔서 몸이 많이 안 좋으시더라고요. 그래서 제가 안마 좀 해드렸는데 안마가 마음에 들었는지 자주 오셨습니다."

"밖에서 따로 만난 적은 없었나요?"

"저 같은 장애인은 밖에서 사람 만나는 것을 무척 싫어합니다. 어떤 분들이 돈 많이 줄 테니 자신의 집으로 마사지 출장을 와 달라고 요구하신 적도 많지만 다 거절했어요. 제 원칙이 사적으로나 업무적으로 손님을 밖에서 만나지 않는다는 것입니다. 진짜 나가는 거 질색입니다."

두 형사가 그의 눈빛을 보며 거짓인지 파악하려고 애썼지만, 눈동자가 없어 진위를 알기 어려웠다. 여러 질문을 던져 보았지만 얻을 게 없었다. 시각장애인이 두 모녀를 제압하기에는 무리가 있다는 판단이 들었다. 그냥 실종자가 이곳에 자주 왔다는 사실만 확인하고 자리에서 일어났다.

"혹시 생각나는 거 있으면 연락해 주십시오. 아! 명함을 드려야 하나."

"명함 주세요. 다른 분들께 읽어달라고 하면 되니까 괜찮습니다."

서춘식은 이들을 배웅하고 방으로 돌아왔다. 그리고 긴장이 풀리면서 다리에 힘이 빠져 주저앉았다. 그는 잠시 고민하다 좀 더 시각장애인 연기를 하기로 하였다. 형사들이 먼발치에서 아니면 숨어서 자신을 볼 수 있기 때문이다.

이 모습을 허공에 떠 있는 김원우의 영혼이 놓치지 않고 내려다보았다. 김원우는 고민했다. 지금 형사들을 따라갈지 아니면 의심스러운 그를 계속 지켜볼지 망설였다. 서춘식이 더듬거리며 벽에 손을 대고 일어났다. 시각장애인 쓰는 흰 지팡이를 찾더니 그것을 잡고 다른 방으로 조심스럽게 걸어갔다.

김원우가 그 모습을 보고 판단했다. 우선은 형사들을 따라가자. 그는 시각장애인이라 살인을 할 수가 없다. 김원우의 영혼이 방금 나간 형사들을 뒤쫓아 갔다.

*

서춘식은 방으로 들어와 방문을 굳게 닫았다. 문까지 걸어 잠그니 안심이 되었다. 그는 흰 지팡이를 문 앞에 놓고 최영 장군을 모시는 신당 앞까지 빠르게 걸었다. 그의 걸음걸이는 전혀 시각장애인의 모습이 아니었다. 그는 법당 앞에 앉아 깊이 생각에 잠겼다.

'시체 하나는 완벽하게 처리했지만 하나가 조금 마음에 걸린다. 부디 발견되지 않아야 할 텐데. 최영 장군께서 돌보아 주시겠지.'

그는 자리에서 일어나 절을 하며 말했다.

"비나이다. 비나이다. 조용히 지나가게 도와주시기를 비나이다."

그는 엄숙하게 삼배를 올리고 한동안 그대로 서 있었다. 그러다 쌀 점을 보기 위해 바닥에 놓아둔 작은 상 앞에 앉았다. 상 아래에는 커다란 방석이 있었다. 방석 밑에서 그는 타로 카드를 꺼내었다.

뭔가를 생각하며 카드를 섞던 그가 카드를 배열했다. 가짜 맹인이 서

120

역의 점술인 타로로 점을 보는 기괴한 모습이다. 그는 남들 모르게 타로를 자주 보았다. 어린 여학생들을 사귀기 위해 타로를 공부했는데 의외로 자신에게 잘 맞아 큰일이 있을 때마다 타로점을 보곤 했다.

그는 몇 년 전에 우연히 타로에 빠지게 되었다. 첫 살인을 저지르고 마음이 공허하여 거리를 목적 없이 걸었다. 그러다 피부가 매우 하얀 여학생이 타로 카페에 들어가자 자신도 따라 들어가게 되었다. 거기서 얼떨결에 타로점을 보았다.

그때 그에게 나온 카드가 'five of cups'라는 카드였다. 타로 상담사가 이 카드가 나오면 외롭고 힘들다며 처한 상황을 설명해 주자, 자신의 상황과 너무 맞아 타로의 매력에 빠지기 시작했다. 거기다 어린 여학생들이 타로점을 좋아한다는 사실이 마음에 들었다. 그때부터 타로를 독학했다.

한 번도 다른 사람을 봐준 적은 없었다. 나이 어린 여학생이 오면 복채 없이 봐줄 생각이지만 그들이 이런 곳에 찾아오겠는가!

서춘식은 관재수를 생각하며 카드 9장을 선택했다. 그리고 한 장씩 오픈하며 자신의 운명을 점쳐보았다. 자신의 미래를.

*

두 형사가 점집을 나오자, 사무실에서 연락이 왔다. 강은주 딸의 시신으로 발견되었다. 화성으로 가는 길가 어느 저수지에서 발견되었는데 그곳으로 오라는 연락이다.

범인이 시신의 발목에 무거운 아령을 매달고 저수지에 빠뜨렸다. 하지만 위 속에 남아 있던 음식들이 부패하면서 가스가 차자 시신이 수면 위로 떠올랐다. 두 형사는 시신이 발견된 곳으로 급히 갔다. 그리고 도착하여 알몸으로 배가 부풀어 올라온 피해자의 모습을 담담하게 바라보았다.

하지만 김원우는 그렇지 않았다. 그는 처음에 키가 작고 뚱뚱한 여성이 물에 빠져 죽은 줄로 알았다. 하지만 그게 피해자의 딸인 것을 알고는 영혼이지만 속이 울렁거렸다. 시체에서 물이끼 냄새가 풍겼다. 쏠리는 것을 간신히 참으며 변사체의 모습을 보았다. 변사체의 배가 볼록하니 솟아 있어 마치 임산부처럼 보이기도 했다.

주변에 있던 형사들이 시체를 보며 한마디씩 나누었다.

"범인이 뭘 보기는 많이 봤어. 발목에 무거운 것도 매달고 말이야."

"그래도 다행이네요. 이렇게 떠올라서."

"하필 어린 여학생을 죽이다니 가슴이 먹먹하네."

"여기 좀 봐. 죽기 전에 몹쓸 짓을 많이 해놨어. 감식하기 전까지는 빼지 말고 두라고."

어린 여학생의 다리 사이로 플라스틱 물건이 삐져나와 있었다.

"깊이도 박아놨네. 성폭행도 했을까요?"

"했을 거 같은데."

"물속에 있었는데 그래도 정액 반응이 나오겠지?"

"하필 우리 딸아이와 나이가 같네."

항상 밝은 표정을 짓던 김준철도 표정이 좋지 않아 보였다. 김준철은 자신의 파트너 이현성을 쳐다보았다. 그도 인상을 찌푸리며 시신을 보고 서 있자 자신처럼 힘들어하는 것 같다는 생각이 들었다. 하지만 김준철은 곧 착각했다는 것을 깨달았다. 이현성이 그에게 말했다.

"이런 거 보면 꼭 내장 국밥을 먹어줘야 해. 저녁은 할매국밥 집이야. 알겠지?"

*

122

서부서 형사과.

단순 실종사건에서 살인사건으로 바뀌게 되자, 사무실 분위기가 긴장감으로 고조되었다. 모든 수사 인력이 이 행운장 모녀 사건에 집중되었다. 현재 수사의 가장 큰 초점은 강은주가 살아 있느냐는 것이었다.

수사는 두 파트로 분리되어 강력1팀과 2팀이 A조, 강력3팀과 4팀이 B조로 나누어 조사를 진행했다. A조는 CCTV를 파헤쳤다. 강은주의 집과 모텔 주변의 CCTV를 조사했다. 그런데 하필 집 주변은 CCTV가 없었다.

그래도 무에서 유를 창조하는 게 형사다. 인근에 블랙박스가 설치된 차량을 찾아 차 주인을 설득하여 수많은 영상을 확보했다. 차량 블랙박스에서 강은주를 찾는 작업이 더디게 진행되었다. 그녀가 어느 순간에 번쩍하고 지나갈지 몰라 A조 형사들은 한순간도 방심하지 않고 영상을 보고 또 보았다. 눈이 아프도록 말이다.

B조는 강은주의 휴대폰 위치와 신용카드 사용 내역을 파헤쳤다. 신용카드 사용 흔적은 일주일 전부터 없었다. 마지막 휴대폰 위치도 그녀의 자택으로 나왔다. 5일 전부터 이동한 흔적이 없다. 상식적으로 휴대폰을 두고 다른 곳으로 가지 않는다. 그것도 무려 5일간 말이다. 그렇다면 그녀는 집에 있다는 결론이다.

과학수사반뿐만 아니라 가용할 수 있는 B조 수사관 대부분이 그녀의 집을 수색했다. 어떤 경험 많은 형사는 집 주변을 파보기까지 했다. 그는 자신의 경험을 말했다.

"실제로 범인들이 멀리 갔다고 하지만 집 근처에 시체를 버린 경우가 많아. 또 깊게 파묻었다고 하지만 막상 범인을 잡아 현장에 가보면 겨우 몇 십 센티밖에 파지 않고 묻는 경우가 많지."

"왜 그렇죠?"

"심리적으로 불안해서 깊게 파묻었다고 착각하는 거야."

형사들은 각자 자신들의 수사 노하우를 펼쳐 그녀의 흔적을 찾기 위해 노력했다. 목격자와 증거들은 시간이 흐를수록 범인을 유리하게 만든다. 목격자의 기억은 오래가지 못하고 증거는 훼손되기 때문이다. 살인사건의 경우 더욱 그러하다.

형사들은 이 사실을 잘 알고 있기에 부지런히 발품을 팔았다. 하지만 사건은 점점 범인의 편이었다. 시간이 흐를수록 범인은 유리해지고 형사들은 초조해져만 갔다.

지지부진한 수사가 사흘이나 지속되자 모두 지쳐서 쓰러지려고 했다. 다들 그토록 찾던 범인이 눈앞에 나타나도 뒤쫓을 힘이 없어 포기할 것처럼 보였다.

과수반에서도 실종자의 집을 세 번 방문했다. 보통은 한 번 감식하고 끝나지만, 이번 사건에서는 세 번이나 방문하여 조사했다. 그러다 결국 그녀의 혈흔을 욕실에서 발견했다.

그리고 집요하게 파고들어 그녀의 살점들이 정화조 탱크에 들어간 사실도 밝혀내었다. 세 번의 끈질긴 감식으로 피해자가 잔혹하게 살해된 것을 밝혀내었다. 범인은 그녀를 잘게 해체하여 화장실 변기에 넣고 물을 내렸다.

그렇다면 변기에 내리지 못한 뼛조각들은 어디 있고, 잔혹한 범행을 한 범인은 누구란 말인가? 그리고 왜 이 같은 짓을 벌였을까?

이제 그녀의 주변 인물들을 B조 형사들이 집요하게 파고들었다. 원한과 금전 문제 등을 집중적으로 파보았지만, 전혀 의심할 만한 사항이 나오지 않았다.

김준철과 이현성은 처음에 점쟁이를 의심했지만, 그가 시각장애인이기 때문에 용의 선상에서 지웠다. 다른 형사들도 마찬가지였다. 어떻게 시각장애인이 시체를 저수지에 빠뜨리고 훼손까지 완벽하게 할 수 있겠는가.

4.

서부서 강력팀.

임동수 형사과장이 수사하는 모든 형사를 불러 수사 회의를 열었다. 독실한 기독교인이라는 형사과장은 평소에 모습을 잘 드러내지 않는다. 하지만 지금은 그가 존재감을 드러내야 할 때이다.

수사 회의는 각자 자신이 하는 수사를 보고하고 앞으로 범인을 검거하기 위한 아이디어를 제출하는 자리이다. 형사들은 모두 보고하는 형사의 말을 앉아서 경청했다.

김원우의 영혼도 형사들이 모여서 회의하는 모습을 허공에 떠서 지켜보았다. 경찰 경험이 짧은 김원우에게는 더없이 좋은 기회였다. 모두 한자리에 모이자 인상 좋게 생긴 형사과장이 말했다.

"당분간 우리 관내에서 일어난 살인사건을 해결하지 못하면 비번, 휴가 일절 없습니다. 모두 출근하고 휴식은 사무실에서 자체적으로 쉬는 것으로 하겠습니다."

뒷좌석에 앉은 누군가가 불만 섞인 목소리로 물었다.

"초과근무 전부 인정해줍니까?"

형사과장이 인상을 찌푸리며 말했다.

"지금 시민이 아무 이유 없이 죽었습니다. 그것을 해결하는 게 우리 의무이고 당연한 일인데 돈 문제부터 생각하니 정말 경찰관이 맞는지 의문이 드네요. 초과근무 인정해줄 테니까 무조건 잡으세요. 됐습니까? 하지만 검거 못 하면 초과로 받은 수당 전부 토하도록 하세요. 흠. 꼭 잡으라는 말이에요."

질문을 던진 형사가 과장의 날카로운 시선을 피하려고 고개를 푹 숙였다. 자신의 모습을 감추려는 모습이지만 형사과장이 예리한 눈으로 그 형사를 계속 노려보았다.

모두 괜한 말을 꺼내어 형사과장을 화나게 했다고 생각했지만, 한편으로는 가장 중요한 급여 이야기를 해줘 고마운 생각도 들었다. 경찰관도 월급쟁이이기에 돈 문제에 있어서는 자유로울 수가 없다.

형사과장이 주위를 둘러보며 무겁게 입을 열었다.

"지금부터는 범인을 검거하기 위한 좋은 아이디어가 있는지 기탄없이 말해 주세요."

서부서 강력팀은 4개의 팀으로 되어 있다. 팀마다 전문적인 수사 분야가 있다. 아니 독보적인 기술을 가진 전문 수사관이 팀에 한 명씩 꼭 있었다.

독사 박영철 팀장이 있는 강력1팀은 CCTV 분석 능력이 탁월하다.

능구렁이 김희철 팀장이 있는 강력2팀은 휴대폰 위치추적 능력이 뛰어나다.

공갈 9단 조태성 팀장의 강력3팀은 탐문 수사의 달인들이 모여 있다.

맥가이버 이은범 팀장의 강력4팀은 잠복, 미행 등 뻗치기 근무의 달인들이다.

팀마다 자신들의 특성에 맞는 수사방법을 제시했다. 그중에서도 제일 먼저 시신이 발견된 저수지 부근 CCTV와 피해자의 집 인근에 설치된 CCTV를 분석하여, 두 군데 모두에서 나타난 차량을 조사하자는 의견이 형사과장의 마음에 들었다. 그렇지만 피해자의 집 근처에는

CCTV가 없다.

조금 반경을 넓히면 분명 CCTV는 있지만 그렇게 되면 정확성이 떨어지고 파악할 차량 대수가 너무나 많아지게 된다. 그래도 1팀은 자신이 있는지 그 방법으로 수사를 해야 한다고 주장했다.

높은 자리에 있는 사람은 아랫사람이 뭘 하는지 보지 않아도 알 수가 있다. 신경 쓰지 않는 것처럼 보이지만 더 많이 듣고 더 많이 본다. 또 다른 의견이 없는지 형사과장이 주위를 둘러보았다. 회의가 길어져서 그런지 꾸벅꾸벅 조는 형사가 있었다. 형사과장의 눈에서 불꽃이 일렁거렸다. 이런 중요한 자리에서 졸다니.

지금 형사과장의 눈에는 의자에 앉아 꾸벅꾸벅 조는 김준철만 보였다. 이제 막 들어온 초짜 형사가 선배들도 진지하게 회의하는 자리에서 졸고 있다니. 도저히 용서할 수가 없었다.

요즘 들어오는 형사들은 일에 대한 열정이 없다. 끈기도 없고 게으르다. 멋있게 보이려고 형사과에 들어오는 것 같다. 임동수는 화가 머리끝까지 치솟으니 김준철의 나쁜 면만 보였다.

조금 전 돈 이야기를 꺼낸 형사는 이해가 된다. 자신도 초과수당을 받기 위해 일이 없지만, 일찍 출근하고 늦게 퇴근하기도 한다. 하지만 일이 있을 때는 열심히 해야 한다. 저렇게 잠을 자라고 국가에서 돈을 주는 것은 아니란 뜻이다. 형사과장이 목소리 톤을 높여 말했다.

"김준철!"

다들 꾸벅꾸벅 조는 김준철을 쳐다보았다. 그의 파트너 이현성이 그가 앉은 의자를 발로 찼다. 김준철이 전기에 감전된 듯 깜짝 놀라며 눈을 떴다. 모두의 시선이 그에게 쏠렸다.

'형사과장이 널 쳐다보고 있어.'

'과장은 지금 굉장히 예민하고 화가 나 있다. 넌 좆 됐어.'

127

주위에 앉아 있는 형사들이 눈으로 그에게 상황을 설명해 주었다. 형사과장이 화를 꾹 누르며 차갑게 말했다.

"김준철! 지금 잠자려고 여기 앉아 있는 거야? 선배들 회의하는 거 안 보여? 범인을 어떻게 잡을 건지 말해봐."

과장은 그가 어떤 말을 하냐에 따라 벌의 강도를 정할 생각이다. 김준철이 자리에서 천천히 일어나 말했다.

"저, 저기……. 저는 범인을 보았습니다. 그자는 키 168㎝에 몸무게는 70㎏ 정도 됩니다. 그리고 흰머리가 무성한 반백의 머리로 한복 차림을 하고 있습니다. 안경은 착용하지 않았습니다."

허공에 떠 있던 김원우는 그가 능청스럽게 거짓말을 하자 풋 하고 웃음이 튀어나왔다. 계속 그를 따라다니면서 그가 어떻게 수사하는지 모두 지켜보았는데 저렇게 거짓말을 하니 너무 웃겼다.

다행히 영혼이라 웃음소리가 나지 않았지만, 주위 사람들도 자신처럼 웃는지 궁금했다. 그런데 이게 웬일인가? 베테랑 형사들이 수첩을 꺼내어 그가 하는 거짓말을 진지하게 적고 있는 것이 아닌가. 김준철은 잠도 덜 깬 표정으로 계속 주절거렸다.

"이 범인은 여성의 심리를 교묘하게 이용할 줄 압니다. 나이는 50대 초반 정도 됩니다."

형사과장이 다그치듯이 물었다.

"아니, 그럼 범인을 잡았어야지. 그놈을 어디서 봤어?"

"꿈속에서 봤습니다."

그가 꿈속에서 범인을 보았다고 터무니없는 말을 했는데도 형사들은 그의 말을 진지하게 수첩에 적고 있었다. 이 모습이 너무 웃겨 김원우는 더는 유체이탈을 할 수가 없었다. 정신 집중이 흐트러졌다.

＊

　김원우가 그의 원룸에서 눈을 떴다. 아주 힘든 하루였다. 종일 형사들을 따라다녔다. 비록 몸은 움직이지 않고 그대로 있었지만, 유체이탈을 하기 위해 오랫동안 정신을 집중하였기에 너무 피곤했다. 끔찍하게 살해당한 시신도 보았으니 지칠 만도 하다고 생각했다.

　시신의 잔상이 머릿속을 둥둥 떠다녔다. 그것도 그것이지만 과장을 속이고 태연하게 범인을 보았다고 말하는 형사의 모습이 더 인상 깊었다.

　김원우는 잠시 침대에 누워 아무것도 하지 않았다. 그러다 뭔가 생각났는지 휴대폰을 꺼내었다. 그리고 망설이다 누군가에게 전화를 걸었다. 그녀에게 궁금한 것을 물어볼 생각이다. 왜 다른 형사들은 바보 같은 형사의 말을 수첩에 적는 것일까. 바로 곁에 있는 것처럼 그녀가 그의 귀에 속삭이듯이 말했다.

　"여보세요."

　이지혜의 목소리가 그의 몸에 엔도르핀 아니 도파민을 솟아나게 했다. 피곤함이 금방 사라지고 다시 기운이 넘쳤다.

　"선배. 궁금한 게 있어서 전화했어요."

　"뭔데?"

　"응암동 모녀 살인사건 들어보셨나요?"

　"응암동? 아 그거, 인터넷 기사로 잠깐 본 것 같다."

　언제 뉴스가 나왔을까? 기자들이 정말 부지런하다.

　"제가 그 사건을 조사하는 형사 한 분을 계속 유체이탈로 따라다녔거든요."

　"응."

　"피곤했는지 형사과장이 주재하는 회의에서 그가 졸더라고요."

"그래!"

"과장이 상당히 화가 나서 그를 깨워 범인을 어떻게 잡을 거냐고 다그쳤죠. 그런데 그가 범인을 보았다고 헛소리를 하는 거예요. 보지도 않은 범인의 모습과 성격을 장황하게 늘어놓으면서 말이에요."

"그래서 어떻게 됐어?"

"과장이 그럼 범인을 잡지 왜 안 잡았냐고 묻자, 그 형사가 꿈속에서 범인을 보았다고 말하는 거예요. 너무 웃기지 않나요?"

"글쎄."

"저는 너무 웃겨서 도저히 정신 집중이 안 되어 유체이탈을 포기했는데, 다른 형사들은 왜 웃지 않고 다들 진지하게 그 형사의 농담을 수첩에 적는 거죠? 전 도저히 이해할 수가 없어서 선배에게 물어보려고 전화한 거예요."

"음. 나도 들은 이야기야. 경험하지는 못했지만, 우리 형사들은 범인을 간절히 잡고 싶을 때 그런 꿈을 꾼다고 해. 그런데 실제로 범인을 잡고 보면 꿈에서 봤던 범인의 모습과 흡사한 경우가 많다는 거야. 그래서 그 형사가 꿈속에서 본 것을 말하자 다들 자신들의 경험에 비추어 혹시나 하는 마음으로 수첩에 적은 것 같아."

김준철이 다른 형사들보다 더 범인을 잡으려는 열망이 강렬했다. 그런 그의 열망이 꿈으로 이어진 것이다.

김원우는 이지혜의 말을 듣고 김준철이 새삼 존경스러워졌다. 자신도 그런 꿈을 꿀 수 있을까? 지금까지 범인을 잡고 싶다고 그토록 간절히 열망한 적은 없는 것 같았다. 오로지 지금 통화하는 그녀에게 잘 보이려고 수사할 뿐. 스스로 한심하다고 느껴졌다.

더욱 범인을 잡고 싶은 열망을 갖자.

간절하게 범인을 잡겠다는 생각을 하자.

잡자, 잡아.

"요즘도 그 사건 조사 중이세요?"

"응. 도화교 실종자들이 캐도 캐도 끝이 없이 나와."

왠지 자신 때문에 그녀가 일을 많이 하는 것 같아 미안한 생각이 들었다. 그냥 그때 자신이 알아서 수사할 것을. 핏불 검거 때처럼.

"바쁜데 전화해서 미안해요."

"아니야. 오히려 내가 미안해."

"뭐가 미안하다는 말이에요?"

"자주 연락 못하고 만나주지 않아서 미안해."

"아!"

그녀의 말을 듣고 감동하였는지 김원우의 입에서 감탄이 나왔다.

*

응암동 살인사건을 수사하는 팀이 두 그룹으로 분류되었다.

A조는 피해자들의 휴대폰에 남겨진 수신자와 발신자의 위치추적과 CCTV 분석을 통해 차량 조회를, B조는 주변 전과자들 중에서 변태 성향이 있는 전과자들을 조사했다.

특히 미성년자와 성관계를 한 전력이 있는 자들을 집중적으로 조사했다. 죽은 여중생의 부검 결과가 나왔기 때문이다. 사인은 질식사이지만, 성폭행 흔적이 나왔다.

여중생의 음부 속에서 작은 화장품이 발견되었다고 한다. B조의 형사들은 공통된 생각을 했다. 변태 남성을 찾아야 한다. 형사들은 열심히 발품을 팔았다.

A조는 조용했지만, B조는 항상 시끄러웠다. 외근을 나갔다 돌아오는

형사들은 어김없이 용의자들을 한두 명씩 데리고 들어왔기 때문이다. 특히 바바리맨들이 형사들의 먹이가 되어 형사과로 끌려 들어왔다.

김준철과 이현성도 긴 코트를 입은 점잖아 보이는 중년의 남성을 데리고 들어왔다. 중년의 남성이 의자에 앉을 때 코트가 옆으로 젖혀지면서 미니스커트와 딱 달라붙는 배꼽티가 보였다.

치마 아래로는 그가 신은 핑크색 스타킹이 보였다. 스타킹 그물망 사이로 뻣뻣한 돼지 털들이 흉측하게 삐져나왔다. 이현성이 그의 앞에 앉으며 물었다.

"지점장님. 왜 그렇게 하고 돌아다니세요?"

앉아 있는 남성은 놀랍게도 은행 지점장이었다.

"저도 모르겠어요. 그냥 남자들이 저를 음흉하게 바라보는 시선이 너무 좋아요. 그런데 제가 남들에게 피해를 준 것도 아닌데."

이 중년의 남성은 트랜스베스티즘 성향을 가지고 있었다. 트랜스베스티즘은 한마디로 의상 도착증으로, 반대 성별의 옷을 입는 것을 말한다. 지점장은 의상 도착증이 있는 변태였다.

"잠깐 신원조회 좀 하고 별다른 이상이 없으면 귀가시킬게요."

"조회하면 기록이 남는 거 아니에요?"

"그런 거 아니에요. 우리 관내에 큰 사건이 터져서 그러니 협조 좀 해주세요."

은행 지점장이 조심스럽게 물었다.

"혹시 회사로 연락이 가고 그러는 건 아니죠?"

"전혀 그런 일은 없을 거예요. 지점장님이 남들에게 피해 주신 것도 아니니까 너무 걱정하지 마세요."

변태 지점장은 두 형사의 말에 수긍하며 한동안 조사를 받았다.

"다 끝났습니다. 돌아가셔도 됩니다."

지점장이 자리에서 일어났다. 그는 사무실로 들어온 형사들이 자신을 힐끔힐끔 쳐다보는 게 은근히 짜릿했다. 나가라고 하자 이제 자신 있게 보여주고 싶은 마음마저 생겼다. 최대한 우아하게 걸어서 나가자.

그가 신은 빨간 하이힐에서 나는 구두 소리가 사무실에 울렸다.

또각 또각.

형사들은 그 소리가 귀에 거슬려 그를 째려보았다. 이를 의식한 변태 지점장은 형사들의 사나운 눈빛을 보며 코트를 자연스럽게 젖혔다. 형사들의 눈빛이 애무하듯이 그의 몸을 훑고 지나가는 듯했다. 물론 그만의 착각이었지만.

'음흉한 저 눈빛이 너무 좋아.'

변태 지점장이 몸을 부르르 떨었다.

5.

김준철은 그가 밖으로 나가는 것을 보면서 아주 착한 변태라고 생각했다. 이런 생각을 하는 그에게 사무실 구석에서 작은 목소리가 들려왔다. 혼자서 의아해하는 목소리다.

김준철이 고개를 돌려 보니 A그룹 형사다. 그는 차량 블랙박스 영상을 살펴보고 있었다. 그는 남들이 못 알아들을 정도로 작은 소리로 이렇게 말했다.

"이 시각장애인은 왜 여기서 또 나와."

시각장애인이라는 단어가 김준철의 귓속을 파고들었다.

김준철은 처음부터 태극도령이 의심스러웠다. 아무도 모르게 그를 조사 해봤지만 특별한 것은 없었다. 기록이 하나 있기는 했다. 10년 전 아내를 폭행한 가정폭력 사건이 전부다. 가정폭력 사건은 벌금도 없이 가볍게 끝나기 때문에 전과도 아니다. 그런 그가 사람을 무자비하게 죽였을 리 없다. 게다가 그는 시각장애인이지 않은가.

앞을 볼 수가 없다, 이 점이 그를 이성적으로 의심할 수 없게 만들었다. 그런데 자꾸 마음에 걸렸다. 그런 와중에 A조 형사의 혼잣말에 태극도령 서춘식의 모습이 그려진 것이다.

김준철은 블랙박스 영상을 확인하는 베테랑 박 형사 곁으로 다가가 말했다.

"박 선배님, 영상같이 좀 봐도 될까요?"

형사들은 자존심이 강하다. 자신이 하는 수사에 누가 끼어드는 것을 극도로 싫어한다. 더구나 열심히 사건을 파헤치고 있거나 조사하고 있을 때는 더욱 그렇다. 그런데 박 형사가 눈을 비비며 반가운 투로 말한다.

"야, 네가 좀 살펴 봐봐. 난 노안이 왔나 봐. 컴퓨터 오래 보니 힘들다."

"그 시각장애인이란 사람이 어느 부분에 나오나요?"

"너 귀도 밝다. 혼잣말한 건데. 지팡이 들고 1분 30초에 혹 지나간다. 그리고 25분 10초에 한 번 더 보일 거야. 아주 작게 중얼거렸는데 너한테까지 들렸어?"

"제가 조금 소리에 민감합니다."

박 형사의 컴퓨터에는 많은 블랙박스 영상들이 폴더 하나에 담겨 있었다. 그중에서 19시부터 촬영된 영상을 클릭했다. 모니터 화면에 나오는 영상을 최대한 크게 확장했다. 동영상은 고화질이지만 화면이 어두워 보이는 것은 없었다.

그러다 시각장애인이 흰 지팡이를 들고 걸어가는데 박 선배의 말처럼 순식간에 사라졌다. 시각장애인이 이렇게 빨리 걸을 수 있을까 하는 생각이 들었다. 그리고 동영상 후반 25분 지점을 클릭하니 시각장애인이

1톤 화물 트럭에 올라타는 장면이 나왔다.

이때도 너무 빨라 동일인인지 의심스러웠지만, 옷차림이 그때 점집에서 보았던 회색 승복이라 의심하던 그자임을 알 수 있었다.

김준철은 자신의 의자에 앉아 고심했다.

'이 블랙박스 영상으로 시각장애인인 그를 의심하고 조사할 수 있을까?'

그가 심각하게 앉아 고심하고 있자, 이 모습을 보고 그의 파트너 이현성이 다가와 물었다.

"왜 그렇게 심각해?"

김준철이 자신이 의심하는 인물에 대하여 말한다.

"시각장애인이 시체를 해체하고 또 저수지에 여중생을 빠뜨려 죽일 수 있을까요?"

"누가 도와주지 않는다면 못 하겠지."

"그러겠죠."

"그 점쟁이 혹시 공범이 있지 않을까?"

"글쎄요. 외부로 나가는 것을 극도로 싫어한다고 하는데 만나는 사람이 있을까요?"

"나가서 한번 알아볼까?"

"변태들만 상대했더니 정신이 이상해지고 답답하니까 바람도 쐴 겸 나가서 조사해보죠."

"좋아. 나가자."

두 사람은 탐문 수사를 하기 위해 서춘식이 사는 동네로 향했다.

*

서춘식의 동네에 도착한 두 사람은 조심스럽게 이웃들에게 그를 아는지 탐문을 시작했다. 워낙 동네가 음침한 곳이라 서로 교류도 없는 것 같았다. 더구나 빈집들이 많았다. 사람들이 없으니 그에 대해서 아는 사람을 찾는 게 무척 어려웠다. 탐문 수사는 뒷전이고 이곳이 곧 재개발된다는 말만 계속 듣게 되었다.

이현성은 그 말을 듣자 수사가 제대로 되지 않았다. 대출을 받아서라도 어떻게든 허름한 점집을 하나 사야 하나, 이런 생각만 머릿속을 헤집고 다녔다. 그런데 금액이 문제였다. 다 무너져가는 집들도 지금 자신이 사는 전셋집보다 비쌌다.

김준철은 그의 파트너가 이런 생각을 하는지도 모르고 빈집들이 너무 많다고 생각하며 걸었다. 그러다 그의 눈에 동네 분위기와 어울리지 않는 낯선 이가 보였다. 바로 화물 차량 운전사였다. 그는 이곳에서 그 누구와도 친하게 인사를 나누었다.

그는 한 점집 앞에서 북과 장구 등을 옮겨주고 있었다. 굿을 하고 장비를 다시 챙겨 돌아오는 것으로 보였다. 두 사람은 운전사에게 다가갔다.

"실례합니다. 서부서 강력반 형사들입니다."

"혹시 서춘식을 아세요?"

"그 사람이 누군디요?"

"앞을 못 보는 점쟁이요."

"태극도령 말씀허시네. 가끔 거기 일도 도와주러 갑니다."

트럭 기사 김춘배는 50대 중반 정도로 보였으며 억양에 전라도 사투리가 섞여 있었다. 그는 이 주변에서 점 보는 사람들의 심부름을 하는 사람이었다. 그러다 보니 서춘식의 일을 도와줄 때가 있었던 모양이다.

"거시기 얼마 전에 돼지 뼈를 실어다 준 적이 있어요."

"돼지 뼈라고요?"

"제사 지내고 나온 뼈라고 하더라고요."

"태극도령 집에서 돼지 뼈를 실었어요?"

"아니요."

"그럼 어디에서요?"

"응암동에서요."

피해자의 집이 응암동이다. 그러면 말이 된다. 김준철의 눈이 허공을 더듬으며 물었다.

"그 돼지 뼈는 어떻게 하셨어요?"

"돼지 뼈를 산속에 잘 묻어달라고 심부름 값을 챙겨줬어요."

"산속에요?"

"제사 지내고 나면 그렇게 묻고는 하지요. 그런데 한 가지 이상한 점이 있었는데요."

김준철이 침을 꿀꺽 삼키며 물었다.

"그게 뭡니까?"

"뼈가 많이 부서졌어요. 어떤 것은 일부러 망치로 부숴놨더라고요. 뼈는 백련산으로 가져갔는데, 겨울이라 땅이 안 파여서 대충 묻었어요. 여기 손이 까진 거 보이죠. 아직도 안 나았네."

"거기 다시 가면 알 수 있나요?"

"어디다 묻었을까? 가서 봐야 알 수 있는데."

이현성이 눈을 크게 뜨고 다그쳤다.

"아니, 가서 땅까지 팠다면서요. 그걸 기억 못 해요?"

김춘배가 움찔하며 대답했다.

"백련산 올라가면 은평정이라는 곳이 있어요. 거기로 가다 보면 여러 개의 둘레길이 나오고 그 길을 안내하는 이정표가 있어요. 그 근처에 묻었어요. 귀찮고 해서 대충 묻었는데."

"그런 거 아무렇게나 버리면 안 돼요. 쓰레기 무단투기하면 과태료가 엄청난데. 그런 거 안 따질 테니까 같이 거기로 가주실래요."

그가 경계하는 표정을 지으며 말한다.

"아따, 나 일해야 하는디."

"잠깐만 협조해주세요. 이건 제 명함인데 나중에 제 도움이 필요한 일이 있으면 연락하세요. 서로 돕고 삽시다."

그는 형사가 준 명함을 받더니 명함을 뚫어지게 보았다. 명함에는 '서부서 강력4팀 김준철 수사관'이라고 거창하게 적혀 있었다. 그는 명함을 보자 좋은 생각이 번쩍 들었다. 신호위반을 하여 교통경찰관에게 걸렸을 때 이 명함을 이용할 생각이다.

'김준철 수사관과 친한데 한 번만 봐주세요.'

그러면서 자연스럽게 이 명함을 보여준다. 이러면 교통경찰관이 그에게 경례하고 돌아서서 가겠지. 김춘배는 형사와 친하다고 말하는 모습을 상상하며 저절로 얼굴에 미소가 번졌다. 그가 김준철을 향해 환하게 웃으며 말했다.

"좋습니다. 갑시다."

세 사람은 서춘식이 부탁한 돼지 뼈를 찾기 위해 화물차에 올라탔다. 두 형사는 그런 생각을 하면 안 되지만, 돼지 뼈가 사람의 뼈이기를 간절히 바랐다. 그것도 강은주의 뼈이기를.

"형님. 자꾸 그쪽으로 생각이 기울어지네요."

"응. 나도 그래. 이렇게 끝나면 좋겠다."

＊

백련산 등산로 입구.

산으로 올라가는 둘레길을 따라 세 사람이 걷고 있다. 김준철과 이현

138

성이 속해 있는 B조 형사들은 탐문 수사가 주 임무라 항상 운동화나 트레킹화를 신고 다닌다. 이렇게 둘레길을 구두가 아닌 트레킹화를 신고 걸으니 운동도 되고 기분도 상쾌해졌다. 김준철이 김춘배에게 궁금한 것을 질문했다.

"태극도령이 평소에도 이런 일을 시킨 적이 있나요?"

"자주는 아니고 가끔 있습니다. 다른 분들은 몰라도 태극도령은 눈이 안 보이잖아요. 그래서 사소한 일도 시켜요. 그런데 이상한 점이 있기는 했어요."

이현성이 참지 못하고 물었다.

"이상한 점이라니요?"

"쓰레기 버리는데 돈을 많이 줘서 이상했어요."

"얼마나 줬는데요?"

"오십이요."

"평소라면 얼마를 주나요?"

"평소라면 십 줄 때도 있고 많아도 십오 이상은 안 넘어갔어요."

세 사람이 이야기하며 걷다 보니 어느새 김춘배가 돼지 뼈를 묻었다는 곳에 도착했다. 김춘배가 보물을 찾듯이 땅바닥을 열심히 파보았다. 그가 고개를 갸우뚱거리며 말했다.

"분명 여기에 묻었는데."

김준철이 그의 손에 들고 있던 삽을 뺏어서 직접 파며 물었다.

"여기가 확실해요?"

"예. 여기가 맞아요."

김준철은 돌처럼 딱딱한 바닥을 군대 내공으로 파보았다. 그 모습에 김춘배가 감탄하며 말했다.

"아따, 삽질하는 모습을 보니 공병 출신인가 보네요?"

그 말을 무시하고 김준철이 물었다.

"여긴 없는데 혹시 다른 곳으로 착각하신 거 아닌가요?"

"여기 맞는데. 거시기 허네."

김춘배는 자신이 괜한 말을 하여 형사들을 고생시킨 것 같다는 생각에 이곳저곳을 둘러보며 삽질을 했다. 등산객들이 이들의 이런 모습을 보고 어딘가에 신고하는 게 보였다. 이현성은 안 되겠다 싶은지 김춘배를 말리며 말했다.

"됐어요. 이제 그만 파세요. 준철아! 올라오는 길에 CCTV가 있는지 확인해보자. 기사님, 여기 며칠에 올라오셨어요? 날짜랑 시간 좀 말해주세요."

*

CCTV 관제센터.

수많은 관제 요원들이 자신의 책상 위에 놓인 여러 대의 모니터를 주시하고 앉아 있다. 모니터에는 도심 속 상황을 보여주는 많은 CCTV 영상이 실시간으로 나타나고 있다.

이현성과 김준철은 관제센터에 상주하는 파견 경찰관을 찾았다. 김준철이 이곳에 근무하는 최준열 경사를 발견하고 그에게 다가갔다. 김준철은 자신의 신분증을 보여주며 말했다.

"여기 은평로 111-10에 설치된 CCTV를 보고 싶습니다. 4월 28일 21시부터 22시까지요."

최준열이 고개를 끄덕였다.

"공문 가져오셨죠?"

김준철이 의아한 표정을 지으며 말했다.

"무슨 공문이요?"

"공문이 있어야 열람할 수 있잖아요. 잘 아시면서."

김준철이 그의 말을 듣고 불쾌한 표정을 지으며 한발 다가섰다. 그러자 이현성이 김준철에게 빠지라는 손짓을 하고 말했다.

"이 친구는 여기 처음이라 잘 몰라 그렇습니다. 지금 결재 중이라서 결재 끝나면 바로 공문 가져다드리겠습니다. 우선 급하니까 부탁 좀 드리겠습니다."

최준열이 거만한 표정으로 말했다.

"그럼 처음부터 그렇게 말씀을 하셔야죠. 이 양반은 무슨 형사가 벼슬인 줄 아나. 그냥 와서 보여 달라고 하면 네 하고 보여줄 줄 알았나."

최준열은 투덜거리면서도 구역 담당 관제센터 요원에게 시간과 날짜를 알려주고 영상을 확인하도록 했다. 얼마 지나지 않아 관제센터 요원이 영상을 찾아 말했다.

"영상 CD로 담아드릴까요?"

영상을 보는 두 형사의 눈이 반짝였다.

6.

자정이 한참 지난 시간. 주위가 짙은 어둠에 묻혀 고요하다. 순찰차가 이 고요한 적막을 깨지 않고 조용히 지구대 주차장에 주차한다. 순찰차에서 내린 경찰관이 뒷문을 열고 술에 취한 젊은 남성을 차에서 내리게 했다.

순찰차 안에서는 뒷문을 열 수가 없는 모양이다. 차에서 내린 젊은 남성이 고함을 지르자 평화스러운 고요함이 깨졌다.

"왜 맞은 사람만 데려오냐고? 왜 나만."

"다른 사람도 이곳으로 와요."

"씨발. 아니 그럼 같이 와야지. 왜 내가 먼저 와요? 왜 먼저 오느냐고?"

"진정하세요. 같이 오면 또 다투니까 분리해서 오는 거예요."

또 다른 나이 먹은 경찰관이 이마에 땀을 닦으며 말했다.

"그래. 금방 오니까 술 좀 깨게 안에 들어가서 물 좀 마셔봐."

순찰차에서 내린 경찰관 두 명이 번갈아 가며 젊은 취객을 설득하려고 하지만 잘 안 되는지 애를 먹고 있다.

"경찰관 아저씨. 밤늦게 고생하시는 거 잘 알아요. 그런데 일 처리를 이렇게 하시면 안 되죠. 저는 일방적으로 맞은 사람이잖아요. 피해자라고요. 그런데 피해자가 먼저 지구대에 와서 때린 새끼를 기다린다는 건 말이 안 돼요. 이성적으로나 법적으로나 문제 있어 보이는데요."

나이 먹은 경찰관이 화를 내며 소리쳤다.

"온다고 이 사람아! 아까부터 계속 말꼬리를 잡으려고 그래. 같이 있던 일행 금방 데리고 온다고."

시끄러운 소리에 상황근무 중이던 부팀장이 밖으로 나왔다. 부팀장이 보니 한쪽 눈이 퉁퉁 부은 취객이 보였다. 취객을 데리고 온 순찰 요원에게 부팀장이 물었다.

"왜 그래? 뭐야?"

"친척들과 술 마시다가 사촌 형에게 맞았어요. 근데 이 친구가 흥분해서 도로에 뛰어들고 지나가는 차에 부딪히려고 해서 급히 지구대로 데리고 왔어요."

부팀장이 대충 상황을 알겠다는 듯이 고개를 끄덕였다. 곧이어 젊은 취객과 다툰 일행을 태운 순찰차가 도착하고 박두만과 김원우가 뒷좌석의 문을 열었다.

술에 취한 남성 세 명이 비틀거리며 차에서 내렸다. 이 모습을 본 젊은 취객이 소리를 지르며 달려들었다.

"야 이 개새끼야. 우리 아빠도 손찌검 안 하는데 날 때려? 야. 경찰 보는 데서 다시 때려봐. 개새끼야."

친척 일행 중 한 명이 소리를 지르며 달려드는 젊은 취객을 껴안았다.

"동수야. 진정해."

"놔! 나 저 새끼한테 할 말 있어. 이것 좀 놔봐. 왜 나만 붙잡는데."

"동수야. 제발 그러지 마. 형한테 왜 그래?"

동수라고 불린 남성은 자기 뜻대로 안 되자 몸을 돌려 반대편 주차장 담에 머리를 찧었다. 쿵 하는 소리와 함께 그의 머리에서 피가 흘렀다.

"놔. 놓으라고!"

그의 사촌 형이 그를 제지하려다 서로 부둥켜안은 채 바닥에 넘어졌다. 한 명은 일어나려 하고 한 명은 못 일어나게 안았다. 두 사람은 껴안은 채로 바닥을 굴렀다. 주차장이 시끄러워지자 잠을 자고 있던 서충길 팀장이 급히 뛰어나왔다. 그는 상황을 파악하려고 출동 나간 경찰관을 찾았다.

"야. 이거 누가 담당이야."

김원우가 팀장에게 다가가 말했다.

"제가 담당입니다."

"왜 이리 소란스러운 거야?"

"친척들끼리 술을 마시다가 사촌 형이 동생한테 버릇없다고 손찌검했나 봐요. 서로 친척이라 사건처리는 원하지 않는데 맞은 사람이 흥분해서 저렇게 자해를 하고 난리를 피우는 겁니다."

"저 사람 부모 오시라고 해."

"안 그래도 그렇게 했습니다. 그런데 수원에서 올라오느라 시간이 좀 걸린다고 하네요."

동수라는 사람을 달래던 사촌 형이 다시 몸의 중심을 못 잡고 넘어졌다. 그런데 그도 넘어지면서 어딘가에 부딪혔는지 얼굴에 상처를 입고 피를 흘렸다. 이런 사실을 모르는 사람이 보았다면 두 사람이 크게 싸워서 다친 상황으로 보였다.

팀장이 그 모습을 보더니 소리쳤다.

"저 맞은 놈 수갑 채워."

김원우가 놀라서 물었다.

"수갑이라니요?"

팀장이 당연하게 말했다.

"강제 보호조치 몰라?"

"강제 보호조치요?"

"저 젊은 친구 수갑 채워서 피의자 대기 의자에 앉혀. 부모 올 때까지 풀어주지 말고."

강제 보호조치는 경찰관이 정신착란 또는 술 취한 상태로 인하여 자기 또는 타인의 생명·신체와 재산에 위해를 미칠 우려가 있는 자와 자살을 기도하는 자를 강제로 경찰관서에 24시간 보호할 수 있는 조치이다.

김원우는 한 번도 강제 보호조치를 해본 적이 없어 망설였다. 아니 때린 사람도 아니고 맞은 사람에게 쇠고랑을 채우라니 그로서는 조금 아이러니하게 느꼈다. 팀장이 망설이는 그에게 다그쳤다.

"뭐해? 빨리 저놈 수갑 채워서 피의자 대기 의자에 앉혀."

"네. 네."

팀장이 시키는 일이라 어쩔 수 없이 몸을 움직였지만 이래도 되는 건가 싶었다. 간신히 박 경사와 힘을 합세하여 동수라는 남자를 제압하고 의자 팔걸이에 쇠고랑을 걸었다.

"왜 맞은 사람만 수갑 채워요? 이거 잘못된 거 아닙니까?"

박두만이 동수라는 남자에게 이유를 설명했다.

"네가 계속 위험한 행동을 하니까 그러는 거야. 너희 부모님이 오시면 풀어줄게."

"이거 풀라고. 야! 이 개새끼들아! 풀라고."

젊은 남자는 한참을 소리 지르며 난동 아닌 난동을 부렸다. 이에 김원우가 동수라는 남자 곁에서 밀착 감시하게 되었다.

수원에 산다는 그의 부모가 몇 시간 후에 도착했다. 그동안 동수도 술이 어느 정도 깼는지 처음처럼 과격한 행동을 보이지는 않았다. 김원우가 그의 부모에게 상세하게 자초지종을 설명했다. 그의 아버지가 하소연하듯이 말했다.

"아이고. 저 새끼가 언제 사람 새끼가 될까. 술도 못 이기면서 술을 마셔서. 경찰관님. 죄송합니다."

이들은 자신들이 타고 온 승용차에 아들을 태우고 돌아갔다. 그들이 모두 돌아가자 날이 점점 환하게 밝아졌다.

김원우는 동수라는 남자로 인해 거의 탈진할 정도로 체력이 고갈되었다. 그는 점점 환해지는 허공을 보며 생각했다.

'오늘 계획대로 움직일 수 있을까? 꼬박 날을 새서 온몸이 뻐근한데. 팔목도 아까 수갑 채울 때 힘쓰느라 삐끗했는지 아프다. 병원을 가지 않아도 괜찮을까?'

김원우는 아침에 퇴근하면 잠시 잠을 잔 뒤 유체이탈을 통해서 응암동 모녀 살인사건을 수사하는 형사들을 미행할 생각이었다. 그동안 몰랐는데 장시간 형사들을 미행하다 보니 유체이탈을 오래 하면 체력과 심력 소모가 극심하다는 것을 알게 되었다.

그때부터 유체이탈을 하려고 하면 은근히 심리적인 부담감이 생겼다.

그가 이런 고민을 하는 사이 어둑하던 새벽이 완전한 아침으로 바뀌고 있었다.

*

서부서 형사과.

김준철과 이현성이 관제센터에서 가져온 CD 영상을 보고 있다. 벌써 몇 번을 보았는지 모른다.

붙임성이 좋아 탐문 수사가 주 장기가 된 활동가 김준철은 석상처럼 앉아 모니터 화면을 여러 번 반복해서 확인했다. 그의 옆에 있던 이현성이 일어나 스트레칭을 하며 말했다.

"포크레인 번호가 안 보여. 운전하는 사람도 잘 안 보이고."

"포크레인 회사마다 전화해서 알아볼까요?"

"너도 이 포크레인이 의심스럽지?"

그들이 보는 모니터에 장난감처럼 매우 작은 포크레인이 천천히 둘레길을 오르는 게 보였다.

"네. 그 시간에 포크레인이 산에 올라갔다 내려오는 것이 말도 안 되죠."

"그런데 포크레인 회사가 한둘이냐?"

"그래도 어쩔 수 없죠. 일일이 전화해서 그날 일 한 적이 있는지 또 무슨 작업을 했는지 알아볼 수밖에요."

독사 박영철 팀장이 지나가면서 이 두 사람을 보며 말을 걸었다.

"둘이 뭐해? 혹시 누구 의심하는 사람이 있는 거야?"

"피해자가 다니던 점집이 있는데 점쟁이가 의심스러워요. 그런데 점쟁이가 시각장애인이라서 조금 그러네요."

"그 사람 주변인들 조사해봤어? 부인이나 자녀, 친척들 말이야."

"이혼해서 혼자 살고 있는데요."

"이혼했으면 더 좋은 거지. 전처와 무슨 문제가 있었는지 조사해봐야지."

김준철이 놓친 부분이다. 수사의 기본을 놓쳤다. 가족들을 조사하지 않다니, 특히 전처를 놓치다니 김준철은 스스로 자책했다. 그는 이미 파악해둔 서춘식의 가족관계증명서를 살펴보았다. 이혼한 전처의 이름에 그의 눈동자가 빛났다.

이미옥!

*

몇 시간 뒤 어느 조용한 커피숍.

나이를 먹었지만 젊었을 때 꽤 미인이었을 한 여성이 누군가를 기다리고 있다. 이미옥은 자신이 왜 이곳에 있는지를 생각해보았다.

모두 그 사람 때문이다. 그 악마 같은 사람 때문이다.

이미옥은 부유한 집안에서 부모의 사랑을 받고 자랐다. 그러다 대학시절 서춘식의 꾐에 빠져 가족들을 모두 버리고 절에서 그와 함께 살게 되었다. 어린 나이에 무엇인가에 홀린 것처럼 그 사람의 말이라면 모두 들어주고 따랐다.

그와 있으면 행복하고 즐거웠다. 고생이라는 것을 몰랐던 그녀는 그와 지내자 차츰 모든 것이 불편했다. 그런 불편함도 처음에는 행복했다.

부모의 말을 한 번도 거역한 적이 없었던 그녀가 부모의 뜻도 따르지 않았다. 절을 찾아온 그녀의 부모를 매몰차게 돌려보냈던 기억이 났다. 그때의 일을 떠올리자 그녀의 눈에서 눈물이 흘러내렸다.

그 일로 아버님이 화병으로 돌아가셨다. 철이 없던 그 시절을 생각하

147

자 작은 어깨가 들썩일 정도로 울음이 터져 나왔다. 한참을 울고 있는 그녀의 앞에 누군가가 서서 그녀를 내려다보고 있었다. 그것을 인식하고 그녀가 고개를 들었다.

김준철과 이현성이 잠시 그녀 앞에 서 있었다. 두 사람은 그녀가 진정할 때까지 아무런 말을 하지 않았다. 어느 정도 그녀가 진정하는 모습을 보이자 이현성이 말했다.

"늦어서 죄송합니다. 회의가 길어지는 바람에 늦었습니다. 죄송합니다."

"아니에요."

"서춘식 씨에 관해서 물어볼 게 있어서 어렵게 모셨습니다."

"네. 말씀하세요."

"두 분이 얼마나 같이 살았나요?"

"12년 정도 살았어요."

"왜 헤어지셨나요?"

"그 사람 성격이 점점 폭력적으로 변하고 또……."

이미옥은 말을 하기 곤란한지 망설이는 모습이었다. 두 사람은 그녀를 다그치지 않고 기다렸다. 두 사람은 말하지 않았지만 느껴졌다. 이 여인이 이 자리까지 온 것을 보면 그녀도 서춘식과 원한이 쌓인 게 분명하다.

그녀는 심호흡을 하며 감정을 추슬렀다. 어느 정도 진정이 되자 그녀가 천천히 입을 열었다.

"혼인신고도 그 사람이 마음대로 해버리고 저를 데리고 절에서 생활했어요. 그 당시에는 그 사람이 좋아 그냥 그렇게 생활했는데, 어느 날 그 사람이 절에 온 여성 신도를 강간한 거예요. 제 기억에는 강간이 맞을 거예요. 그 여성이 그 사람 말에 꼼짝 못하고 쩔쩔매는 것을 보면 좋아하지는 않았던 것 같아요. 그리고 그녀와 저 이렇게 셋이서 함께 절에서 생활했어요. 이때부터 그 사람이 점점 싫어지더라고요. 그러나 집으로 돌아가기 무서워 그대로 주저앉아 있었어요. 그때 그 사람을 떠나기만 했어도 제 인생이 이렇게까지는 안 되었을 텐데."

김준철이 이미옥의 이야기를 듣고 안타까웠는지 말한다.

"그때 서춘식을 버리고 떠나시지 그랬어요."

"저 때문에 아버님이 돌아가셨거든요. 그래서 집으로 돌아가기가 미안하고 무서웠어요. 흑흑."

이미옥은 아버지 생각을 하자 다시 어깨까지 들썩이며 한참을 울었다. 어느 정도 진정이 되자 다시 이야기를 이어갔다.

"그러다 우리 세 사람이 절에서 지내는 것을 배분 높은 스님에게 들키고 쫓겨나게 됐어요. 그 사람은 그때 승적을 박탈당했어요. 그는 인천에서 생활하면서 밤마다 술 마시고 여자들을 만났는데, 저는 그때 그 사람이 승적을 박탈당해 슬퍼서 그렇게 지내나 보다 생각했죠. 그러다 어느 순간부터 부부관계를 하지 못하게 됐어요. 그 사람이 자신의 성기에 무엇인가를 삽입했는데 그 후부터 발기가 되지 않는 거예요."

이미옥은 부부간의 은밀한 이야기를 꺼내자 조금 부끄러운 듯 고개를 숙였다. 두 형사는 그녀가 다시 이야기를 시작하기를 묵묵히 기다렸다.

"어느 날 제 몸에 제가 쓰던 화장품이랑 성기같이 생긴 기구들을 넣으려고 하지 않겠어요. 저는 완강히 거부했지만, 그 사람의 주먹질에 버티지 못했어요. 그러다 이대로 같이 살다가는 죽을 수도 있겠다 싶어 가출했고, 그 후 친척들의 도움으로 간신히 이혼소송을 했죠. 결국 제가 신고 안 하는 조건으로 합의이혼을 하게 됐어요."

김준철이 그녀의 이야기를 듣다 놀라며 물었다.

"화장품이라고 하셨나요?"

이미옥이 부끄러운 표정으로 대답한다.

"네."

김준철이 자신의 파트너 이현성에게 눈을 깜빡이며 말했다.

"사무실에 연락해봐야겠어요. 딸 김성미의 몸에 삽입된 것이 무엇인지 다시 확인해 볼게요."

이현성이 고개를 끄떡이자 김준철은 자리에서 일어나 급히 밖으로 나가 사무실에 전화했다. 그리고 곧 자리에 돌아와 이현성에게 고개를 끄덕이며 말했다.

"형님. 피해자의 몸에 들어간 게 김성미가 쓰던 화장품이랍니다."

7.

두 사람은 이미옥에게서 서춘식에 대한 이야기를 듣고 서춘식이 범인일 거라는 확신이 들었다. 이현성이 물었다.

"서춘식 씨가 앞을 못 보게 된 건 아시나요?"

이미옥이 고개를 절레절레 흔들며 말한다.

"저는 그 사람이 앞을 못 본다고 하길래 진짜인 줄 알았어요. 어느 날 저를 찾아와 다시 같이 살자고 행패를 부린 적이 있어요. 그때 그 사람이 앞도 안 보이고 해서 불쌍하더라고요. 측은하기도 해서 그를 따라갔는데 그가 정상인이라서 너무 놀라고 무서웠어요."

김준철이 놀라며 묻는다.

"정상인이라고요?"

그녀가 당시를 회상하자 무서운지 몸을 떨었다.

"네. 그 사람 집에서 제가 살아 돌아온 게 정말 기적이었어요. 가족들에게 미안하고 또 그 사람이 불쌍해 그의 점집으로 따라갔는데, 거기서 끔찍한 짓을 또 당했거든요. 제가 그 사람 성격을 알아서 고분고분 말을 들었기에 살 수 있었지만."

그녀의 몸이 떨렸다.

"제가 만일 고분고분하지 않았다면 그자에게 죽임을 당했을 거예요. 전에 같이 살았던 여자도 나중에 그 자가 중얼거리는 소리를 듣고 죽였다는 사실을 알았는데……."

김준철이 물었다.

"함께 절에서 살았다는 여성 말인가요?"

이미옥이 눈물을 흘리며 말한다.

"네. 박미순이라는 동생인데 얼굴도 얼마나 예쁘고 착한지 몰라요. 그런데 그런 아이를……."

김준철의 두 눈이 이글거렸다. 그놈은 사람이 아니라 악마다. 빨리 잡아 처넣고 싶었다. 그런데 서춘식의 얼굴을 떠올리자 한 가지 의문점이 있었다.

"그런데 아주머니. 서춘식의 눈동자가 없던데 원래부터 그런 거예요?"

"그거…… 렌즈예요. 눈에 렌즈를 껴서 그렇게 뿌옇게 보이는 거예요."

모든 의문이 풀렸다.

*

김원우가 유체이탈을 통해 두 형사를 미행하고 있다. 두 형사가 모는 승합차가 빠르게 서춘식의 점집 앞에 도착했다. 김원우는 의아했다. 지난번에 이곳에 왔을 때 시각장애인만 있었는데. 또 다른 용의자가 있는 것일까?

두 형사가 집 안으로 뛰어가는 게 보였다. 그런데 시각장애인을 범인으로 단정했는지 형사들이 그를 체포했다. 김원우는 여러 번 깜짝 놀랐다. 처음에 형사들이 거칠게 시각장애인을 대할 때 놀랐고, 김준철이 시각장애인의 목을 헤드록으로 감싼 후 그의 눈에서 회색빛이 감도는 렌즈를 빼낼 때 놀랐다.

두 형사는 그의 손목에 수갑을 채웠다. 김원우는 모녀를 잔혹하게 죽인 범인이 서춘식이라는 것을 알게 되었다. 그런데 왜 그런 끔찍한 짓을 저질렀을까?

그때 수갑을 찬 서춘식이 갑자기 벽을 향해 돌진했다. 쿵 하는 소리와 함께 집 담벽이 흔들거렸다. 두 형사가 저지하려고 했지만, 서춘식은 몸부림을 치며 자해를 계속 이어갔다. 그의 머리에서 피가 줄줄 흘러내렸다.

보는 사람도 눈살을 찌푸릴 정도로 상처가 심해 보였다. 두 형사는 완력을 써서 그를 꼼짝 못하게 붙잡았다. 서춘식이 숨을 헐떡이며 말했다.

"잠깐 할 얘기가 있으니 팔 좀 놔주시오."

두 형사가 잠시 그를 풀어주었다. 서춘식은 헐떡이며 잠시 숨을 고르더니 차분하게 말했다. 그의 입안 이빨 사이에 피가 고여 섬뜩하게 보였다. 두 형사는 충격을 받은 모습이다. 어떻게 사람이 이토록 잔인할 수가 있단 말인가.

서춘식은 이마에서 흐르는 피를 닦으며 아주 담담하게 말했다.

"강은주의 시체는 잘게 썰어서 변기에 넣고 물을 내렸어. 얼마나 자주 내렸는지 물이 더 나오지 않더라고. 물이 나오지 않아서 그 딸년은 그렇게 처리하지 못하고 저수지에 빠뜨렸지."

김준철이 반말로 다그치듯이 물었다.

"그럼 강은주의 뼈는 어떻게 했어?"

"강은주의 뼈는 백련산에 묻었지. 멍청한 자식에게 심부름을 시켰는데 그놈을 못 믿겠더라고. 그래서 내가 다시 파서 다른 곳으로 옮겼지."

서춘식은 재미있는지 싱긋하고 웃었다. 아주 즐겁다는 표정으로.

두 형사의 표정이 변했다. 끔찍한 짓을 저지르고도 아무렇지 않게 말하는 그에게 김준철이 주먹을 뻗었다. 퍽 하는 소리가 김원우의 귀에도 들리는 듯했다. 김준철은 인정사정 볼 것 없이 주먹을 뻗었다.

맞고 있던 그가 웃었다. 맞는 게 즐겁다는 표정이다. 고통스러워해야 하는데 전혀 고통스러워하지 않았다. 그 모습에 경험 많은 이현성도 참지 못하고 그를 두들겨 팼다.

스스로 자해하던 놈이라 그런지 맞아도 비명 한 번 지르지 않았다. 김원우는 두 형사가 서춘식에게 리치를 가하자 대리만족감을 느꼈다. 저런 악마는 법보다 주먹이 먼저라는 생각이 들었다. 자신도 정신계가 아닌 물질계에 있었더라면 형사들과 같이 그를 혼내주고 싶었다.

이때 서춘식이 웃으며 혀를 입 밖으로 내밀었다. 마치 약을 올리는 모습이었다. 두 형사는 이 자식이 덜 맞았나 하고 생각했다. 그 순간 서춘식은 그대로 혀를 깨물었다. 그는 처음부터 두 형사를 자극할 생각이었다.

자신이 불리하다고 생각한 서춘식은 처음부터 형사들을 자극하여 과잉수사로 몰아갈 계획이었다. 그리고 두 형사의 폭력 행사에 자살을 시도했다. 정말로 죽을 수도 있겠지만 사람이 쉽게 죽지 않을 거라 믿었다.

두 형사가 그를 멈추게 하려고 했지만 늦었다. 그는 연기만 할 생각인데 진짜로 혀끝이 절단되도록 깨물어버렸다. 입에서 피를 콸콸 쏟아 나왔는데도 소름 돋는 미소를 지었다.

그는 자신이 피를 너무 많이 쏟아 진짜로 죽을지도 모르겠다는 걱정이 들었다. 어차피 죽을 것, 두 형사 아니 경찰들을 실컷 골탕이나 먹이고 죽는 게 낫겠다는 생각마저 들었다. 그렇게 생각하니 한결 기분이 편안해졌다.

김준철은 재빨리 마른 헝겊을 찾아 서춘식의 입안에 넣고 지혈을 했다. 그리고 그를 부축하여 승합차에 태워 급히 대학병원으로 이동했다.

두 형사는 머릿속이 어지러웠다. 결정적인 증거와 자백도 없이 그를 범인으로 만들 수는 없다. 증거도 찾지 못했고 그가 자백하는 진술서도 작성하지 못했다. 그가 이대로 죽는다면 생각하기도 싫은 일들이 벌어진다. 두 형사는 초조했다. 김원우는 두 형사의 얼굴에서 그들의 심정을 느꼈다. 두 형사를 도와주고 싶었다.

병원에 가는 길이 막히자 조수석에 앉아 있던 이현성이 승합차 위에 원형으로 된 경찰 경광등을 부착했다. 경광등 안에서 빨간색과 파란색 전구가 회전하며 요란한 불빛들을 쏟아냈다. 이에 맞추어 경찰 사이렌이 시끄럽게 울려 퍼졌다.

승합차가 막힌 도로 중앙선을 넘고 곡예 운전을 시작했다. 교통경찰관의 수신호와 신호등의 신호도 무시하고 달리다 보니 어느새 대학병원 응급실에 도착했다. 간신히 그를 후송한 두 형사가 탈진했는지 대기실 의자에 털썩 주저앉았다.

"이제 어떡하지?"

"그러게요."

"다시 점집으로 가서 증거물이 있는지 살펴보자."

"여기는 어떡할까요?"

"일단 팀장님께 보고하고 이곳을 지원해달라고 하자."

두 형사는 서춘식을 검거하러 갈 때는 특진할 수도 있겠다는 생각에 기쁜 마음으로 달려갔으나 지금은 착잡한 심정이 되었다. 감찰에서 분명 문제 삼을 것이다.

*

서춘식은 병원에 입원한 이후부터 입을 열지 않았다. 김준철과 이현성뿐 아니라 다른 형사들이 질문해도 일절 입을 열지 않았다. 다들 같은 생각을 했다.

"이 자식 이것도 다 계획적인 거 같아요."

"증거를 찾아야 하는데 이래서는 살인죄로 의율할 수 없는데 난감하네."

"마지막으로 경찰 엿 먹이려고 작정한 것 같습니다."

"그게 가능하겠어. 안 그래?"

"그러게 말이죠."

두 형사의 생각과 다르게 증거가 나오지 않아 수사팀은 곤욕을 치르게 되었다.

서춘식은 경찰관들에게는 아무 말을 하지 않았지만 그를 치료하는 의사와 간호사들에게는 말을 조금씩 했다. 경찰관이 폭행하여 상처를 입었고 자신은 그것을 피하고자 혀를 깨물었다는 말만 되풀이하였다.

서춘식은 두 사람에게 가혹 행위를 당했다고 주장하고 있었다. 법망을 빠져나가려고 경찰관에게 고문당했다고 주장하였다. 이러면 재판 과정에서 진범 여부를 따지지 않고 경찰관이 폭행했는지만 따지는 경우가 생긴다.

＊

서부경찰서 청문감사관실.

김준철이 매우 못마땅한 표정으로 이곳에 앉아 있다. 그의 앞에는 고급 정장을 입은 감찰관 임민재 경위가 그를 날카롭게 째려보았다.

"경찰 경력이 어떻게 되세요?"

"8년 7개월 되었습니다."

"현재 소속과 계급은요?"

"서부서 강력4팀 경사입니다."

"올해 인권교육은 받았어요?"

"아직 받지 못했습니다."

"사이버 직장교육 피의자 인권보호 4시간짜리 이수해야 한다고 공문 내려간 거 못 봤습니까?"

"죄송합니다. 시간이 없어서 못 봤습니다."

"그러니까 사고를 치는 거 아니에요. 그런 중요한 교육도 안 듣고 왜 그래요?"

"죄송합니다."

김준철은 죄송하다고 말했지만, 표정은 전혀 죄송해 보이지 않았다. 머릿속으로 살인범 서춘식의 입을 열게 할 방법만 생각하고 있었다. 살인마가 자백만 한다면 지금 조사하는 감찰관의 콧대도 꺾을 수 있다.

임민재 경위는 자신의 앞에서 조사받는 김준철이 죄송하다고 말하자 자신의 특기를 발휘하고 싶어졌다. 쓰고 있던 안경을 벗고 양미간을 좁혔다.

눈빛 신공.

그런 임민재의 눈을 피하지 않고 김준철이 고개를 들고 마주 보았다. 임민재는 그의 눈빛을 마주한 순간 매우 불쾌한 기분이 들었다. 마치 흉악한 범인이 자신을 쳐다보는 느낌이었다. 형사들은 날마다 쓰레기 같은 범죄자들을 상대하니 그들처럼 범죄자의 눈빛을 닮아가는 것일까.

'젠장. 눈빛 한번 더럽네.'

임민재가 고개를 숙이며 말했다.

"흠흠. 이번에 피의자를 강압적으로 수사하셨네요. 피의자를 폭행했나요?"

"아니요. 폭행한 사실이 없습니다."

"피의자의 이마가 찢어지고 온몸이 멍 자국이에요. 피의자는 당신의 폭행을 피하다가 상처를 입었다고 말했어요. 누가 보아도 정황상 폭행한 게 맞는데 부인할 것을 부인하세요."

"아니, 민주 경찰관이 어떻게 사람을 때릴 수 있습니까. 그런 일은 절대로 없었습니다."

"자꾸 거짓말하실래요?"

"감찰관님, 같은 경찰관 편을 들어주셔야지 왜 자꾸 그 살인자 말만 들으려고 하세요. 그놈은 몇 년 동안 시각장애인인 척 사기를 쳐왔던 놈입니다. 검거 당일에도 자백하고는 그렇게 생쇼를 하더라고요."

"아! 이 사람 큰일 낼 사람이네. 본인 시각으로 보면 그 사람이 범인이겠지. 그래, 증거 있어요? 그 사람이 살인자라는 증거가 있냐고?"

김준철의 얼굴이 뻘게졌다. 증거가 없으니 서춘식이 살인자라고 단정 짓기도 어렵다. 김준철이 고개를 흔들며 자리에서 일어났다. 임민재가 놀라 그를 보며 물었다.

"왜 일어나요?"

"잠시 화장실 좀 다녀오겠습니다."

임민재가 못마땅한 표정으로 고개를 끄덕였다. 김준철은 그의 동의를 확인하고 감찰실 밖으로 나왔다. 감찰실을 나와 곧장 형사과로 발길을 옮겼다.

"씨발. 그 새끼를 조져서 증거를 찾아야지. 이러다 내가 당하겠어."

김준철은 곧바로 자신의 상관인 독사 박영철에게 갔다.

"팀장님, 저 다시 병원에 가보겠습니다."

"감찰 조사는 끝난 거야?"

"아니요. 그냥 나왔어요."

독사가 고개를 설레설레 흔들며 말했다.

"내가 너 조사받는 동안 생각한 것이 있어."

"그게 뭔데요?"

"너 망치 귀신 사건 알지?"

"네."

"그때 그 사건 누가 자백 받는지 알아?"

"그거 공갈 9단 조태성 팀장님이 자백 받으신 거 아니에요."

"아니야. 그때 망치 귀신 자백을 지구대 순경이 받았어."

"지구대 직원이요?"

"응."

"최면을 걸었다는 말이 있어."

"최면이요?"

"이지혜 알지?"

"핏불을 잡은 불독!"

"맞아. 그녀에게 부탁해서 그 친구보고 조사하도록 하자."

김준철은 못마땅했지만, 딱히 뾰족한 수가 떠오르지 않았다. 그 살인마를 다시 보면 주먹을 휘두를지도 모른다는 생각도 하고 있었다. 팀장의 말대로 하는 게 지금은 최선 같았다. 김준철은 동의한다는 듯이 고개를 끄덕였다.

8.

병원 입원실 출입구에 의경 두 명이 앉아 있다. 그들은 입원한 환자를 감시하고 통제하기 위해 배치되었다. 그들 앞으로 의사와 간호사가 다가왔다. 의사 가운을 입은 김원우와 간호복을 입은 이지혜가 그들에게 신분증을 보여주었다. 의경들이 일어나 신분증을 확인하고 곧바로 거수 경례했다.

몇 시간 전에 이지혜는 서부서 강력1팀의 연락을 받았다. 그리고 사건 경위를 자세히 알게 되었다. 응암동 모녀 살인사건에 대하여 김원우로부터 대충은 들었지만 이 정도까지 범행이 잔혹한지는 몰랐다. 이지혜는 독사의 부탁을 흔쾌히 수락했다.

프로파일러 출신인 이지혜는 아이디어를 냈다. 서춘식을 안심시키기 위해 이렇게 의사와 간호사로 위장하기로 계획을 짠 것이다. 그리고 그녀는 범인을 만나는 것에 설레기까지 했다. 박정민처럼 이 살인마도 사이코 성향이 있는 범인인지 궁금했다.

이지혜와 다르게 사건의 경위를 모두 아는 김원우는 긴장했다. 서춘식이 어떻게 살인을 했는지 잘 알고 있어 오히려 그가 두렵기도 했다. 병실 문을 여는 김원우의 손이 떨렸다.

서춘식은 아주 편안하게 잠을 자고 있었다. 사람을 잔인하게 죽여 놓고 편안하게 잠을 자다니. 서춘식의 양팔은 수갑이 채워져 침실 팔걸이 파이프에 고정되어 있었다. 자해와 도주를 막기 위해서다.

김원우가 누워 있는 서춘식에게 다가가 그를 내려다보았다. 입 밖으로 삐져나온 검은 실이 보였다. 아마도 자해할 때 생긴 상처를 꿰맨 것 같다. 김원우가 부드럽게 그의 이름을 불렀다.

"서춘식 씨. 서춘식 씨."

그가 천천히 눈을 떴다. 그의 눈에 의사와 간호사가 자신을 내려다보는 게 보였다. 순간 그는 많은 생각을 했다. 아침에 진찰했는데 왜 다시 왔지? 검사를 받을 게 또 있나? 실밥은 아직 풀 때가 아닌데. 왜 온 거야?

김원우는 그의 눈동자가 좌우로 굴러가는 것을 보며 말했다.

"서춘식 씨. 기분은 어떠세요? 편안하신가요? 불편한 건 없으세요?

대답하기 힘드시면 고개만 끄덕이세요."

그가 안심했는지 빙긋 웃으며 고개를 끄덕였다.

"입안은 괜찮으신 거죠?"

그가 어눌하게 말했다.

"네에. 괜찮흐요."

말할 때마다 검은 실이 입 밖으로 삐져나왔다. 이지혜는 그 검은 실이 자꾸 커다란 바퀴벌레의 다리처럼 보여 인상을 찌푸렸다.

김원우가 나직하게 속삭이듯이 말했다.

"자. 제 말을 들어보세요. 제 말을 들으면 마음이 편안해집니다. 정말로 편안해집니다. 마음이 편안합니다. 제가 셋을 세면 눈을 감고 오른손을 올립니다. 하나, 둘, 셋!"

김원우가 엄지와 중지를 튕겨 '딱' 하는 소리를 내자 서춘식이 눈을 감고 오른손을 올렸다.

철컥!

그가 오른팔을 올리자 손목에 채워진 수갑에서 쇳소리가 났다.

김원우가 몇 가지 질문을 했다.

"서춘식 씨. 생년월일을 말해보세요."

"1964년 8월 9일이요."

주민등록번호 등을 확인하면서 그가 거짓말을 하지 않는다는 것을 확인한 김원우가 이지혜를 보며 고개를 끄덕였다. 그녀가 휴대폰으로 동영상을 촬영했다.

"강은주와 그의 딸은 왜 죽였어요?"

서춘식은 갑자기 머리가 띵하고 울렸다. 이곳이 현실인지 꿈속인지 모르는 기분이 들었다. 몽롱하다.

"왜 죽였다니…… 요?"

"대답하면 마음이 편안해집니다. 편안합니다. 솔직하게 말할수록 당신은 편안해집니다. 강은주와 그의 딸을 왜 죽였나요?"

서춘식은 지금 이 상황이 말이 안 된다는 생각에 자신에게 불리한 질문에 대답하지 않아야 한다는 이성적 판단과 그러나 왠지 그의 말을 따라야만 할 거 같은 감성 사이에서 갈등했다. 그런데 그의 '제 말을 들으면 마음이 편안해집니다. 정말로 편안해집니다. 마음이 편안합니다.'라는 말이 귓전에 맴돌았다. 실제로 마음이 편안해지는 느낌을 받았다. 그래서 그의 말을 따르기로 했다.

"그 아이의 몸을 만지려고 했는데 만질 수가 없었지. 그리고 가지고 간 매실청도 먹지 않아서 순간 참을 수가 없었어."

"매실청을 왜 먹이려고 했는데요?"

"매실청에 수면제를 탔는데 그거만 마셨어도 조용히 나왔을 거야. 그냥 만지고 하고 싶은 것만 하고 나왔을 것인데. 헤헤. 다 두 사람이 내 말을 듣지 않아 생긴 일이야."

"그 매실청은 어디 있어요?"

"음. 제기랄. 거기 냉장고에 놔두고 왔네. 경찰들이 찾으면 안 되는데. 헤헤."

"두 사람을 어떻게 살해했어요?"

"먼저 엄마를 화장실로 불러 칼로 목을 찔러서 죽였지. 쉽게 죽지 않아 여러 번 찔렀는데. 다음에는 칼보다는 망치 같은 둔기로 처리해야 할 것 같아. 딸은 소리를 듣고 화장실로 왔다가 도망치려고 해서 뒤쫓아 가 목을 졸랐지. 흠집을 내기 싫어서 목을 조른 거야."

"그 칼은 어디 있나요?"

"그년을 묻은 곳에 같이 묻었어."

"강은주 씨를 어디에 묻었는데요?"

"백련산에 아는 기사에게 물어달라고 했는데, 헤헤. 배신할 것 같아서 내가 다시 파서 다른 곳에 물었지."

"어디에다 물었나요?"

그 순간 서춘식은 자신이 지금 뭔가 도저히 빠져나가지 못할 올가미에 걸린 느낌을 받았다. 잠시 편안했던 마음이 요동치기 시작했다. 이성적 판단이 그를 지배하기 시작한 것이다. 걸렸던 최면이 각성되는 순간이었다.

"헤헤. 어디냐고? 헤헤. 내가 말해줄 거 같아?"

서춘식의 허리가 활처럼 구부러지면서 저항했다. 최면에 걸렸는데 저항하는 사람은 연쇄살인마 박정민 이후 두 번째다. 사이코패스 성향을 지닌 자들은 인간의 감정이 없다. 평범한 사람들은 불쌍한 사람을 보면 도와주고 싶다, 사람을 때리면 아프겠지, 우는 사람을 보면 애처롭고 안쓰럽다 등의 인간적인 감정을 갖는다. 이 사이코패스는 이런 감정이 없다. 감정이 없으니 범죄 또한 잔인하고 치밀하다.

사이코패스는 사람들을 오직 자신의 욕구를 만족시키는 소모품 정도로 생각한다. 이들은 최면이 쉽게 걸리기도 하지만 반대로 전혀 걸리지 않을 수도 있다.

만일 서춘식이 김원우를 조금만 의심했더라면 최면이 걸리지 않았을 것이다. 양팔이 수갑으로 채워져 생각대로 움직여지지 않자 그의 얼굴이 벌게졌다. 그가 숨을 헐떡였다. 그의 숨소리를 듣고 김원우가 차분하지만 단호하게 말했다.

"제 말을 들으면 마음이 편안합니다. 편안합니다. 당신의 기분이 매우 좋아집니다."

"씨발. 좆 까."

대답하지 않으려고 그가 심하게 저항했다.

162

"깊게 심호흡을 하세요. 천천히 숨을 들이마시고 내뿜고. 숨을 들이마시고 내뿜고. 천천히 몸에 긴장을 내려놓습니다. 점점 마음이 편안합니다. 편안합니다."

김원우가 그의 표정을 살피며 계속 깊은 최면에 빠지게 말을 이어갔다.

"당신의 근심과 걱정을 내려놓습니다. 근심과 걱정을 모두 내려놓습니다. 깊은 곳에 숨겨둔 사연을 모두 풀어버립니다. 당신의 사연을 이제 말하면서 모두 풀어버립니다. 비밀을 모두 말하면 행복합니다. 당신은 강은주의 시체를 어디에 숨겼나요?"

"후우!"

그 순간 그가 깊은 한숨을 내쉬었다. 각성되어가던 그가 다시 최면상태로 돌아가고 있었다.

"…산중턱에 부러진 소나무가 있어. 거기 아래에 묻었어. 너무 깊이 파묻었는데."

"부러진 소나무가 많은가요?"

"아니. 산 중턱에 밑동이 부러진 커다란 소나무 하나가 있어. 거기 아래에 묻었어."

"예전에 함께 살았던 박미순 씨는 어떻게 했어요? 죽였나요?"

이지혜는 고개를 까우뚱하며 새로운 등장인물에 관심을 가졌다. 응암동 모녀 말고도 피해자가 더 있다는 말인가?

한번 피 맛을 본 사람은 쉽게 멈추지 않는다. 검거되기 전까지 말이다. 그녀는 프로파일러로서 사람을 두 명 이상 죽인 살인자들을 면담하며 그런 경우를 수없이 보아왔다. 이들의 공통점은 자신의 잘못을 인정하지 않는 것이다. 죽일 사람을 죽였을 뿐이라고 말하는 모습에 소름이 끼쳤다. 지금 서춘식도 그런 괴물들과 똑같아 보였다.

"미순이도 내 말을 듣지 않아서 점집 신당 아래에 묻었지. 최영 장군

발아래에. 헤헤. 우린 함께 있어야 해. 영원히."

"그때가 언제였어요?"

"5년 전이야. 날짜는 10월 8일. 내가 제사 지내주는 날이라 잘 알지."

원하는 대답을 다 들었다. 이제 이 사건을 수사하는 서부서 강력1팀에게 증거와 자백한 영상을 넘길 것이다.

이지혜가 밖으로 나와 독사에게 연락했다.

"팀장님. 과학수사반에 연락해서 피해자의 집 냉장고에서 매실청을 찾으라고 하세요. 성분 분석하면 졸피뎀이 나올 거라고 전하세요."

"수면제를 먹이고 두 사람을 죽인 거야?"

"그건 아니에요. 그냥 잔인하게."

이지혜는 살인 현장을 생각하자 구토가 나오려고 해 말을 멈추었다.

"자세한 것은 동영상을 보내드릴 테니 확인해 보세요. 매실청에서 서춘식의 지문 채취도 잊으면 안 되고요. 피해자 시신을 묻어둔 곳도 찾았습니다. 그리고 또 한 구도 더 있는데."

"무슨 말이야? 피해자가 두 명이 아니야?"

"전에 같이 살았던 동거녀까지 살해했다고 실토했어요."

"진짜?"

"네."

"역시 불독이야. 하하!"

"웃음이 나오세요. 피해자들 생각하셔야죠."

"아, 미안. 그놈 때문에 우리 팀원들이 고생을 많이 했어. 해결하니 기분이 좋아서 나도 모르게 웃음이 나와버렸네."

서춘식이 말한 장소에서 강은주의 뼈와 살해 도구가 발견되었다. 다만 서춘식의 말처럼 깊게 묻혀 있지는 않았다. 30㎝ 정도 깊이에 얕게 묻혀 있었다. 그는 자신이 1m 이상을 파서 묻은 줄 알고 있었다.

이와 비슷하게 범죄자들이 사건 현장에서 멀리 벗어났다고 생각할 때가 있다. 하지만 막상 사건 장소와 불과 1km 내외에서 검거될 때도 많다.

백련산에서 발견된 강은주의 뼈들은 잘게 부서져 있었다. 서춘식은 신원을 파악하지 못하게 그녀의 치아를 망치로 잘게 부숴놓았다. 매실청에서는 다량의 수면제 성분이 검출되었고 그의 지문이 발견되었다.

그의 점집에서는 박미순의 백골이 발견되었다. 백련산에서 발견된 강은주의 부서진 뼈들처럼 그녀의 백골도 잘게 부서져 있었다. 그가 자백하지 않았다면 그 누구도 이 백골이 사람의 뼈라고 의심하기 어려웠을 것이다.

그리고 형사들이 의아하게 생각한 물건이 나왔다.

그것은 바로 여러 종류의 '타로 카드'.

*

구치소 작은 독방.

박정민이 바른 자세로 앉아 정면으로 한 곳을 응시하고 있다. 그가 바라보는 작은 플라스틱 물컵에는 물이 가득 담겨 있었다. 몇 시간을 그렇게 바라보고 있었는지 모른다.

그런데 어느 순간 놀랍게도 물컵 안에서 물결 모양의 파동이 일어났다. 파동은 점점 심해지더니 노란 플라스틱 컵까지 흔들렸다. 박정민은 이 모습을 만족스럽게 바라보았다. 첫 경험처럼 짜릿한 순간은 없다. 엄마를 살해하고 그녀의 머리를 몸통에서 분리할 때처럼, 지금 그의 뇌 중앙에 자리 잡은 시상하부에서 쾌감이라는 감정의 물질이 쏟아지고 있었다.

이때 독방의 배식구 문이 열리고 교도관이 고개를 낮추며 정중하게 말했다.

"선생님. 선생님이 원하시는 책을 구해왔습니다."

박정민이 고개를 배식구 방향으로 돌렸다. 교도관이 배식구 안으로 밀어 넣어준 책이 보였다. '최면의 세계', '뇌의 신비와 최면', '최면과 심리'. 최면에 관련된 두꺼운 책 세 권을 보고 그가 미소를 지으며 말했다.

"선택받은 형제님. 정말 감사합니다."

교도관이 그의 목소리에 집중하며 말했다.

"아닙니다. 제가 더 감사합니다. 선생님의 뜻을 따를 수 있어서 영광입니다."

박정민이 감방 안 전등의 조도를 높였다. 천천히 책 한 권을 들어 책장을 넘기며 조용히 말했다.

"곧 그분이 지구에 오십니다. 영생과 최고의 행복을 맞을 준비를 하십시오."

거구의 몸을 가진 교도관이 움찔거리며 말했다.

"아! 영생과 행복."

"주체 못할 쾌감을 온몸으로 만끽할 준비를 하세요. 온갖 종류의 보물들을 취하여 창고를 가득 채울 것입니다."

교도관은 그의 목소리만으로도 큰 쾌감을 느꼈는지 몸을 부르르 떨었다.

교도관이 사라지자 박정민은 담요 밑에서 교도관들이 입는 근무복을 꺼냈다. 이 옷을 입고 당당하게 교도소 정문을 빠져나갈 것이다. 무표정하던 그의 얼굴에 악마의 미소가 번졌다.

Episode Ⅲ
〈호돌이 총포사 살인사건〉

1.

남대문시장.

시장 안을 어두운 야상복 차림의 남성이 좌우를 두리번거리며 걷고
있다. 그는 무언가를 찾는지 연신 좌우를 둘러보았다. 이내 먹거리 골목
으로 들어서자, 표정이 어두워졌다. 아마도 길을 잘못 들어서일 것이다.

사람들이 호떡을 사기 위해 길게 줄을 서 있는데 호떡 냄새가 그의 침
샘을 자극했다. 호떡을 먹어본 기억이 있는지라 그 맛이 상상되었다. 그
는 호떡이라는 음식에 대한 정보를 되새겨 보았다. 호떡은 기름진 빵이
다. 빵 안에 들어 있는 내용물은 달고 겉은 바삭하여 식감이 훌륭하다.
한국에서 파는 음식 중에서 호떡이라는 음식이 가성비가 가장 좋다. 고
국 사람들에게 추천해주고 싶은 한국 음식이다.

호떡 장사꾼이 종이컵에 금방 구운 호떡을 넣어서 손님에게 건넸다.
손님들은 그것을 받아 호호 불어가며 게걸스럽게 먹었다. 그는 그 모습
을 보자 호떡을 사 먹고 싶다는 생각이 강하게 들었다.

'죽이기 전에 배불리 먹고 죽이자.'

그는 더는 참지 못하고 호떡을 사기 위해 걸어갔다. 그러다 그가 드디
어 찾던 물건을 발견하고는 감전된 사람처럼 걸음을 급히 멈췄다. 그는
좌판 위에 놓인 군용나이프를 집어 들고 칼날을 살펴보며 말했다.

"이모. 이거 웜마에요?"

그가 서툴게 한국말을 하자, 만물상 여주인 김미숙이 대답하지 않고 그를 빤히 쳐다보았다. 첫인상은 한국인처럼 보였지만 어색한 한국말 탓에 외국인임을 금방 알 수 있었다. 궁금한 것을 참지 못하고 여주인이 물었다.

"외국 사람? 어느 나라 사람이야?"

그는 그녀의 질문에 대답하지 않고 다시 물었다.

"웜맙니까?"

그가 말만 하지 않으면 한국인으로 착각하겠다고 미숙은 생각했다.

"그거 삼만 원."

그는 수중에 이만 원밖에 없었다. 하지만 저 칼을 꼭 손에 넣어야 다음 계획을 진행할 수 있다.

"이모님. 이만 원에 주세요."

"이만 원?"

미숙은 그가 한국 사람처럼 깎으려고 하자 귀엽다는 생각이 들었다.

"안 돼."

"커렁라! 제발 이모님. 이만 원에 주세요."

미숙은 그가 귀엽고 잘생겨서 순간 애인처럼 사귀고 싶은 마음이 들었다. 그에게 용돈을 주면서 만나면 서로 좋지 않을까? 말이 통해야 그런 말도 할 것인데. 외국인이라서 조금 아쉽다. 아니, 외국인이라서 그가 쉬워 보여 그런 생각이 들었는지도 모른다. 그냥 한번 말해볼까? 그녀가 잠깐 망설이며 그를 위아래로 훑어보았다.

미숙은 47세지만 매일 사람 상대하는 장사를 해서 그런지 더 나이가 들어 보였다. 자신이 십 년만 젊었으면 이 잘생긴 외국인을 유혹했을지도 모르겠다는 생각마저 들었다. 여기까지 생각한 그녀가 고개를 좌우로 흔들며 냉정하게 말했다.

"이만 원에 들어오는 물건이야. 그거 그냥 주면 나는 뭐 먹고 살아. 안 돼."

그가 두 손을 모아 기도하는 동작을 취하며 말했다.

"커렁라, 이만 원에 주셔요."

미숙은 그 모습에 다시 마음이 흔들렸다. 피부가 한국인보다 더 하얀 것이 신기했다. 미숙은 이 외국인이 키도 크고 얼굴이 조각한 것처럼 잘생겨서 계속 애인으로 삼고 싶었다. 그녀는 마른 침을 삼키고 실실 웃으며 말했다.

"그럼 동생. 이따 저녁에 나랑 술 한 잔 할래?"

미숙은 그렇게 말하고 순간 얼굴이 빨개졌다. 자신이 조금 뻔뻔했다는 생각이 들었다. 외국인이라는 생각에 큰 부담은 없었지만 그래도 여자가 먼저 말을 꺼내어 부끄러웠다. 그는 즉시 고개를 끄덕이며 말했다.

"네. 만나요. 이모. 이만 원에 주세요."

생각대로 되자 그녀도 고개를 끄덕이며 즉시 대답했다.

"오케이. 이만 원."

미숙은 그에게 중국산 군용나이프를 건넸다. 외국인은 기분이 좋은지 어린아이처럼 밝게 웃으며 그녀가 알아들을 수 없는 말을 계속했다.

"컵쿤막막(정말 감사합니다). 이모, 내가 저녁에 다시 올게요."

"진짜 다시 올 거야? 6시에 일 끝나는데. 같이 막걸리나 마셔. 동생."

미숙은 수줍은 듯 얼굴이 더욱 빨갛게 변했지만, 그는 그녀의 얼굴은 보지 않았다. 그는 온통 군용나이프에만 관심을 가졌다.

카본 스틸로 되어 있는 나이프는 맥가이버 칼처럼 접을 수 있어 바지 주머니에 넣고 다닐 수 있었다. 칼날 중간 부분은 쇠톱 날 모양으로 되어 있어서 가는 철사 등은 톱질로도 끊을 수 있어 보였다.

그는 군용나이프의 칼날을 손끝으로 만지며 생각했다. 이 정도면 충분히 살가죽을 뚫을 수 있다. 원하는 물건을 손에 넣었다.

"잘생기고 멋진 외국인 동생. 한국 사람처럼 말을 잘하네. 이름이 뭐야? 어느 나라 사람인지 알려줘."

그는 태국 사람으로 이름은 핌이다. 핌은 그녀의 질문에 대답하지 않았다. 그는 원하는 물건을 손에 넣자 빠르게 시장 안으로 사라졌다.

*

몇 시간 후, 핌은 오래된 3층 건물 앞에 서 있었다. 한국은 개인이 무기를 소지할 수 없는 국가이다. 그렇다고 전부 소지할 수 없는 것은 아니다.

개인이 총기를 가지려면 국가로부터 허가를 받으면 된다. 그런데 태국보다 절차가 까다롭다. 수렵면허증을 따야만 총을 가질 수 있다. 수렵면허증을 따기도 힘들지만, 수렵 기간이 아니면 총을 집에 보관할 수도 없다. 대부분을 경찰서에 보관해야 한다.

태국은 약 1000밧(5만 원) 정도면 면허를 따고 호신용이나 재산 보호, 사냥, 레저용으로 총을 가지고 다닐 수 있다. 완전히 허용되는 것은 아니지만 한국과 비교하면 조금 자유로운 편이다.

외국에서는 총을 판매하는 매장이 화려하고 눈에 확 들어온다. 보안도 잘 되어 있다. 그런데 한국의 총포사는 동네 미용실보다 못한 수준이었다. 핌이 고개를 들어 2층에 있는 총포사를 바라보았다. 총포사의 간판이 너무 오래되어 글자색이 다 바래 있었다. '호돌이 총포사'라고 쓰인 페인트 글자가 보였다.

이곳 사장은 1988년 88서울올림픽이 개최될 당시에 총포사 문을 열었다. 그때 올림픽 마스코트의 이름을 따서 호돌이라고 가게 이름을 지었다. 거의 40년 동안 한 자리에서 영업을 했다. 한때는 총포사 사업이

성업하여 큰돈을 만지기도 했지만, 지금은 돈을 벌기 위해서가 아니라 그저 시간을 보내기 위해 가게 문을 열고 있었다.

1층은 식당인데 휴식 시간인지 손님도 없었다. 아니면 건물이 낡고 식당이 지저분해 보여 손님들이 오지 않는지 모르겠다.

핌이 2층 계단으로 올라가자 CCTV가 눈에 들어왔다. 사설 경비업체의 로고가 적혀 있는 스티커가 계단 측면에 붙어 있는 게 보였다. 핌이 총포사로 들어가는 문을 열자, 70대로 보이는 남성 세 명이 앉아 있는 게 눈에 들어왔다. 두 명은 바둑을 두고 있었고, 다른 한 명은 이를 옆에서 지켜보고 있었다. 바둑을 두던 총포사 사장이 고개를 돌려 핌을 바라보았다. 그는 의아한 표정을 지으며 말했다.

"어쩐 일로 오셨소?"

거의 단골들만 찾아오는 곳이고 지금은 수렵철도 아니기에 낯선 사람의 방문이 그는 의아할 뿐이었다. 그는 손님이 잘못 들어온 것이라 생각하고 가게 밖으로 내보내려고 자리에서 일어났다.

핌은 대답하지 않고 조금 전 시장에서 산 군용나이프를 꺼내어 총포사 사장의 목에 있는 대동맥을 그어버렸다. 총포사 사장이 두 팔로 자신의 목을 잡고 꺽꺽 하는 소리를 내며 의자에 다시 주저앉았다.

반대편에 앉아 바둑을 두던 배가 많이 나온 남성이 놀라 자리에서 벌떡 일어났다. 핌이 그의 왼쪽 폐에 칼을 깊숙이 박았다. 칼이 갈비뼈 사이를 뚫고 그대로 심장에 박혔다. 이 남성은 그 자리에서 바로 죽었는지 움직임이 없었다.

구경하던 남성이 놀라 돌아서 도망치려고 했지만 갈 곳이 없어 당황했다. 입구 쪽은 핌이 막고 있으니 자연스럽게 매장 안쪽으로 도망칠 수밖에 없었다. 하지만 좁은 가게라 금방 잡혔다. 핌은 망설임이 없이 그의 머리채를 움켜쥐고 칼로 목을 그었다.

얼마나 힘있게 칼이 들어갔는지 목이 반쯤 잘려버렸다. 목이 기괴한 각도로 꺾여 몸에 덜렁거리며 붙어 있었다. 남성은 횟집 생선이 도마 위에서 팔딱거리며 뛰다 죽는 것처럼 몸을 심하게 떨더니 죽었다.

핌이 필요한 물건을 챙기기 위해 돌아서자 총포사 사장이 죽지 않았는지 피를 흘리며 입구 쪽으로 기어가는 게 보였다. 핌은 그를 내려다보더니 망설임 없이 사장의 머리를 구두 뒷굽으로 장작을 패는 도끼처럼 찍었다. 사장의 몸이 꿈틀하더니 완전히 뻗어버렸다.

총포사 안이 순식간에 피 내음으로 가득 차고 핏물이 바닥에 고이기 시작했다. 핌이 왼팔을 들어 시계를 확인했다. 2분 정도 소요되었다. 10분 안에 이곳을 나가야 한다.

핌은 준비해온 니퍼로 사설 경비업체에 연결된 전선을 싹둑 잘랐다. 왕립 태국해군 출신인 그에게 이런 보안 시설은 너무 허접할 뿐이었다. 핌은 화약과 필요한 부품을 마트에서 장을 보듯이 쓸어 담았다. 마지막으로 CCTV가 녹화되고 있는 컴퓨터로 걸어가 영상을 포맷했다. 자신의 흔적을 지우고 아무 일 없다는 듯이 총포사 밖으로 걸어 나왔다.

그가 다시 손목시계를 확인해보니 불과 10분도 채 걸리지 않았다. 사람 셋을 죽이고 물건을 훔치기까지 7분 10초. 기네스북에 기록을 등록한다면 이 기록은 그 누구도 쉽게 깨기 힘들 것이다.

*

주간근무가 끝났다. 오늘은 너무나 조용한 하루였다. 신고가 2건 들어왔는데 교통 불편을 호소하는 민원이라 휴일 같은 하루였다. 김원우는 날마다 이렇게 평화스러우면 좋겠다고 생각했다.

'날마다 이런 근무라면 경찰은 대한민국에서 최고로 좋은 직업이겠지.'

주간근무자들과 야간근무자들이 인수인계를 마쳤다. 지구대의 불문율이 있다. 한가할 때 절대로 '신고가 없네'라든가 '오늘 왜 이렇게 조용하지?'와 같은 말을 하면 안 된다. 그런 말을 하는 순간 신고 사건이 봇물 터진다는 것을 다들 잘 알기에 모두 묵언 수행자처럼 말을 하지 않았다.

주간근무자들이 퇴근하기 위해 근무복을 갈아입으며 참았던 말들을 토해냈다.

"야, 오늘 뭔 일이래? 너무나 조용했다."

"그러게요. 서울이 아니라 강원도 산골에서 근무하는 줄 알았어요."

"저도 왜 이렇게 조용한가 싶어서 궁금했는데. 물어보고 싶었지만 참느라 혼났습니다."

"우리 지구대만 조용한 게 아니더라고요."

"맞아. 우리 경찰서 관내가 모두 조용하던데."

다들 참았던 말을 앞다투어 토해냈다. 김원우도 고참 순경 권석우를 보며 말했다.

"이곳으로 발령받고 처음으로 신고 빵 건 처리하고 퇴근하네요."

고참 순경도 웃으며 말했다.

"하하. 나도 이런 날은 처음이야."

모두 평상복으로 갈아입고 퇴근하기 위해 대기실 밖으로 나갔다. 지구대 밖으로 걸어 나가던 박두만이 야간근무팀에게 말했다.

"오늘은 조용한 날이라 잠들 많이 잘 수 있을 겁니다."

야간팀 순찰팀원이 물었다.

"무슨 말이에요?"

"낮에 신고가 없었어요. 너무 조용한 날이라 아마 야간에도."

박두만이 아차 싶었다. 그 순간 지구대 내부에 있던 무전기에서 다급하게 무전이 터져 나왔다.

−치칙, 순345호, 순346호, 순347호는 현장으로 급히 출동 바람. 고담지구대 확인 바람.

응답 여부를 확인하지도 않고 무전이 연속적으로 반복되었다. 상황근무를 하던 순찰팀원이 무전기 속에서 소리쳤다.

"팀장님, 살인사건이 발생했습니다!"

야간 팀장이 놀라 물었다.

"어디서?"

"호돌이 총포사요."

뒤늦게 대기실에서 옷을 갈아입고 나오던 김원우가 살인사건이라는 말을 듣고 바쁘게 현장으로 출동하는 순찰차의 뒷모습을 보았다. 살인사건이라니 궁금했다.

김원우는 서둘러 자신의 원룸으로 향했다. 원룸은 지구대에서 걸어서 20분 정도 거리에 있지만 뛰어가면 10분 안에 충분히 도착한다.

2.

김원우는 곧장 자신의 원룸으로 와 옷도 벗지 않은 채 바른 자세로 앉았다. 그리고 곧바로 두 눈을 감고 명상을 시작했다. 영혼을 몸 밖으로 밀어내는 데 집중했다.

앉아 있는 자신이 보였다. 그의 영혼이 서서히 허공에 부유하며 원룸 밖을 벗어났다. 천천히 움직이던 영혼이 호돌이 총포사가 있는 곳으로 빠르게 움직였다. 총포사가 가까워지자 경찰차들이 보이기 시작했다.

형사 승합차들이 많아도 너무 많았다. 주차할 공간이 없어 도로뿐 아니라 인도 위에도 경찰차들이 주차되어 있었다. 경찰서에 이렇게 형사

승합차가 많았나 싶은 생각이 들었다.

　승합차에서 익숙한 얼굴이 차에서 내렸다. 반가운 그녀의 모습을 보고 사건의 심각성을 느꼈다. 경찰서뿐 아니라 서울청 광역수사대도 이 사건에 투입되었다.

　이지혜는 현장을 확인하기 위해 총포사가 있는 건물 2층으로 올라갔다. 김원우도 허공에 둥실 떠서 그녀의 뒤를 따라갔다. 순간 피비린내가 그의 콧속을 파고들었다.

　2층은 아비규환이라는 단어가 떠오를 정도로 참혹했다. 흡사 지옥도를 펼쳐놓은 것처럼 보였다. 사진을 찍던 과학수사반이 실수로 피 묻은 바닥을 밟았는데 빨간 페인트처럼 수사관의 구두에 끈적끈적 달라붙었다. 굳어가던 혈액이 접착제처럼 그의 신발을 벗기려는 듯 보였다.

　원룸에서 유체이탈을 하던 김원우가 두 눈을 번쩍하고 떴다. 참혹한 모습을 도저히 볼 수가 없었기 때문이다. 그는 벌떡 일어나 구토하기 위해 화장실로 뛰어갔다.

*

　총포사 사장은 출입구에, 다른 한 사람은 중앙 의자에, 또 다른 남자는 총포사 안쪽에 쓰러져 있었다. 이들의 공통점은 칼에 찔려 피를 너무 많이 흘렸다는 것과 반항흔이 전혀 없다는 것이다.

　이들의 피를 밟지 않고서는 총포사 내부로 현장 진입이 어려울 정도였다. 수사관들은 처음에는 몰랐다. 피해자들의 피가 2층 계단에서 1층까지 흘러내렸다는 사실을.

　이지혜는 숱한 살해 현장을 보아왔지만, 오늘처럼 충격적인 현장은 없었던 같았다. 그녀는 현장을 보면서 당시의 상황을 머릿속으로 그려

보았다. 총포사 사장은 칼에 찔렸지만, 단번에 죽지 않았다. 살기 위해서 이곳을 벗어나려고 했다. 그의 피 묻은 손도장들이 바닥과 아래 벽면에 흔적을 남겼다. 살기 위해 안간힘을 쏟으며 기어가는 그의 모습이 보였다. 그런 피해자를 범인이 쫓아와 이 자리에 서서 내려다보았다.

피해자의 이마에 난 상처가 너무 깊다. 탈출하려다 범인에게 2차 공격을 받은 모습인데 너무 끔찍하다. 몽둥이처럼 단단한 물체로 머리를 가격당한 것 같다. 목뼈가 부러질 정도로 강한 충격을 받았다. 어떤 물건일까?

다른 두 피해자는 한 번의 공격에 모두 즉사했다. 전문가의 솜씨다. 칼로 사람을 죽이기는 쉽지 않다. 인간의 피부는 생각보다 질기고 약하지 않다. 그리고 인간의 생명력도 피부만큼 질기다.

그런데 단 한 번의 칼질로 목숨을 빼앗다니 전문 칼잡이 솜씨다. 프로가 이곳에 온 목적은 하나뿐이다. 총을 훔쳐 2차 범행을 원활히 하기 위해서다. 과연 그는 무엇을 노리기 위해 이곳에서 총을 탈취한 것일까?

*

서울청 광수대 사무실은 일반 경찰서 형사과 사무실과는 크기와 규모 면에서 압도적인 차이를 보였다. 광수대 형사 30여 명의 개인 책상도 크고 개인 사물함도 넉넉하게 갖춰져 있었다. 그중 이지혜가 가장 마음에 드는 것은 회의실이었다.

경찰서에서는 형사들이 회의를 한번 하려면 사무실이 협소하여 다른 장소로 이동해야 했다. 하지만 이곳은 커다란 테이블 책상이 중앙에 있는데 부족한 의자만 채우면 모두가 참여 가능한 회의실로 바뀌게 된다.

이 기다란 열차 같은 테이블 상석에 40대 중반의 광수대장 이충호 경정이 고개를 숙인 채 생각에 잠겨 있다. 광수대 모든 형사가 숨소리도 내지 않고 그를 주목하고 있었다.

이충호는 너무 큰 사건을 맡게 되어 몸이 심하게 떨렸다. 수사 업무라고는 경찰서 형사과장으로 3년 근무한 게 전부다. 그때 강력사건이라고는 보험금을 노린 살인사건이 가장 컸다.

지금은 그때보다 일의 심각성이 훨씬 크다. 이 사건을 잘 풀 수 있을까? 아니 잘 지휘할 수 있을까? 왜 광수대 대장으로 발령 나자마자 골치 아픈 사건이 떨어졌는지 모르겠다. '왜 하필'이라는 생각이 계속 머릿속을 헤집고 다녔다.

그나마 안심할 수 있는 것은 이곳에 수사 잘하는 형사들만 모여 있다는 것이다. 이충호는 고개를 들어 형사들을 쳐다보며 스스로 위로했다. 이들을 믿어볼 수밖에.

이충호는 경찰 간부시험에 합격하여 경위로 경찰 생활을 시작했다. 사람들은 그가 똑똑한 줄 알지만, 실상은 머리가 매우 나빴다. 경찰 간부시험에 합격하자 가장 놀란 사람은 본인이었다.

그가 잘하는 것은 다른 사람의 말을 잘 듣는다는 것뿐이다. 경찰 시험도 사주 보는 사람이 경찰이나 군인이 잘 맞는다고 해서 얼떨결에 보게 되었다. 기왕이면 경찰 간부시험을 준비하고 떨어지면 일반 순경 공채 시험을 보자. 그런데 한 번에 경찰 간부시험에 합격했다.

삼류대학에도 겨우 합격한 그가 경찰 간부시험에 붙을 거라고는 그 누구도 생각하지 못했다. 지금은 그렇지 않지만, 과거에 그는 어디서나 존재감 없는 존재였다. 어렸을 때는 멍청하다는 소릴 자주 들었다. 창의적이지도 계산적이지도 않았고 귀가 얇았다. 지금도 그의 못남을 감추고 다른 사람의 창의적인 생각에 기대려고 했다.

이충호가 고개를 들고 베테랑 형사들을 둘러보았다. 그는 모두 긴장하라는 듯이 심각한 표정을 지었다.

"총기 탈취는 다음 범죄를 실행하기 위해서라는 것을 모두 잘 알고 있을 겁니다."

다들 '물론이죠.'라는 표정으로 광수대장을 바라보았다.

"시간이 촉박합니다. 범인의 행동을 보건대 시간을 끌 것 같지 않아요. 각자 이 사건의 수사에 대해서 생각나는 대로 말해 봐요. 아무거나 좋으니까 말해보세요. 시간이 없으니 아무나 좋은 생각들을 말해 주세요."

다들 눈치를 보는지 말이 없었다. 원래대로라면 한 사람씩 자기 의견을 말해야 한다. 하지만 지금은 시간이 없어 좋은 아이디어를 가진 사람이 먼저 말하고 회의를 빨리 마쳐야 한다.

다들 말없이 이지혜만 쳐다보았다. 어서 똑똑한 그녀가 좋은 아이디어를 내주기를 내심 바랐다. 다들 표정으로 그녀에게 말했다.

'핏불을 잡은 불독. 어서 말해. 그리고 너는 프로파일러 출신 아니야.'

대장이 다그치듯이 소리쳤다.

"다들 뭐해요? 이 귀중한 시간을 이렇게 보낼 거예요?"

이지혜가 손을 들고 자리에서 일어났다.

"제 생각을 말씀드리겠습니다. 총을 다룰 수 있는 사람은 국내에 많지 않습니다. 총을 다루고 사람을 단칼에 죽일 수 있는 사람은 특수부대 출신자라고 보입니다."

대장은 그 말에 고개를 끄덕이며 생각했다.

'간첩도 있잖아. 간첩이 침입한 거 아니야?'

이지혜는 이런 대장의 생각을 모른 채 계속 말을 이어갔다.

"한 팀은 군 계통 특수부대 출신 전과자를 조사하고, 또 다른 한 팀은 군에 협조를 구해 최근에 탈영한 군인이 있는지를 조사합니다. 나머지 분들은 CCTV를 분석하여 해당 경찰서에 공조 요청을 하셔야 합니다.

공조 요청을 받은 각 경찰서 형사들은 CCTV에 나온 용의자들을 찾아 탐문수사를 벌여 목격자를 찾아야 한다고 생각합니다."

이 대장은 그녀의 말을 듣자 마음이 안정되는 것을 느꼈다. 마음이 안정되니 목소리도 차분해졌다.

"내 생각도 이 경위와 같다. 더 좋은 의견 있어?"

한 명이 손을 들었다. 이 대장이 고개를 끄덕이며 그를 바라보았다. 두꺼운 금목걸이를 목에 찬 형사가 자리에서 일어났다. 건달기가 다분한 그가 입을 열었다.

"피해자 주변 원한 관계를 팀별로 나누어서……."

"우우!"

그의 말이 다 끝나기도 전에 야유가 쏟아졌다. 원한은 절대 아니라는 것은 수사물 먹은 형사라면 모두가 알고 있었다. 원한이라면 굳이 총까지 훔쳐 가지 않았을 테고 불필요한 사람들까지 죽일 이유가 없으니 말이다. 금목걸이가 멋쩍어하며 자리에 앉았다.

이 대장은 서둘러 달라는 뜻으로 자리에서 벌떡 일어나 몸을 앞으로 숙이며 말했다.

"더 좋은 의견은 없는 것 같으니 1팀은 전과자를, 2팀은 탈영병을, 3팀과 4팀은 CCTV를 분담해서 조사 진행하도록. 이상."

1팀 소속 이지혜는 특수부대 출신 전과자들을 조사했다. 팀원 모두 그녀와 같은 생각을 하고 있었다. 한 사람이 순식간에 세 사람을 죽이고 총기를 탈취했다면 군 특수 계통의 인물로 보는 게 지금으로서는 가장 일리가 있다.

총을 훔쳤으니 분명 다른 범죄를 위해 움직일 것이다. 더 큰 사건이 나기 전에 서둘러 범인을 검거해야 한다. 빨리 검거하지 못하면 서울 한복판에서 총소리가 울려 퍼지고 언론에서는 집중적으로 떠들어댈 것이다.

언론이 떠들면 국민이 불안해하고 동요한다. 국민이 불안하면 당연히 경찰 수뇌부에서는 담당 형사들을 죄인처럼 몰며 엄청난 스트레스를 심어줄 것이다.

얼마 전 팀원 한 명이 폐암 3기 판정을 받았다. 그는 담배도 안 피우고 운동도 열심히 하는 모범 공무원이었다. 단지 그가 맡은 사건들이 그에게 심적으로 심한 스트레스를 주었다는 것을 모두가 알고 있었다. 매일같이 팀장과 피해자에게 시달리더니 결국 암 진단을 받았다. 이번 건도 암세포를 유발할 사건이다. 날마다 시달리기 싫으면 서둘러야 한다.

모두 바삐 특수부대 출신 전과자들의 기록을 찾아 사건 당일의 행방을 그들의 거주지 관할 경찰서 형사팀에 공조 요청했다. 용의자들이 알리바이를 입증했다는 연락이 잇따라 들어왔다.

용의자가 범인이 아니라고 밝혀질수록 모두 초조하고 입술이 바짝바짝 말라왔다. 시간이 없다. 시한폭탄이 곧 터지려고 하기 때문이다.

이때 반가운 소식이 들렸다. CCTV 분석팀에서 총기 탈취범의 인상착의를 찾았다는 연락이 온 것이다. 분석팀은 총포사 주위 반경을 넓히고 넓혀서 범인으로 추정되는 인물을 찾고 있었는데 유력한 용의자를 찾은 것이다.

이지혜는 범인의 모습을 확인하기 위해 서둘러 CCTV 분석팀으로 뛰어갔다. 분석팀에서는 여전히 수많은 동영상을 살펴보고 있었다. 작은 흔적이라도 보이면 바로바로 영상들을 모아서 다시 탐문수사팀에 전파했다.

탐문수사팀은 방범용 CCTV만 살펴보지 않았다. 현장 근처에 일반인들이 설치한 CCTV가 있으면 협조와 협박을 섞어가며 곧장 현장에서 확인했다. 이렇게 과학수사와 구닥다리 수사가 병합되어 빠르게 용의자의 뒤를 추적하고 있었다.

이지혜가 용의자의 모습을 CCTV 영상으로 유심히 바라보았다. 과연 그가 범인일까?

3.

핌은 영등포구 대림로 인근에 있는 자신의 지하 원룸에서 공기총을 분해했다. 철물점에서 산 쇠톱으로 총신의 앞부분을 힘들게 잘라냈다. 공기총이 너무 길어 휴대하기 어려운 점도 있지만, 또 다른 이유가 있다.

총신이 짧으면 탄약 속 화약의 폭발 힘을 다 받기 전에 총알이 빠져나오고 폭발력은 그대로 흩어진다. 총알의 속도, 관통력, 정확도, 사정거리는 떨어지지만, 화염과 총소리는 무척 클 것이다. 물론 총기 반동도 심하다.

소음기를 제작해 부착할 수도 있지만, 그것은 그가 원하는 게 아니다. 총소리를 크게 올려 최대한 공포감을 조장할 생각이다. 총소리에 겁먹을 녀석들의 모습을 상상하자 그의 입꼬리가 귀밑까지 올라갔다.

핌의 휴대폰이 가볍게 진동했다. 세상에서 가장 아름다운 그녀로부터 메시지가 왔다. 사랑하는 사람이 있다는 것은 좋은 일이다. 하루를 설레게 만들고 피로를 잠재우며 희망을 품게 한다. 또 이렇게 무모한 일을 망설임 없이 하도록 만든다.

그녀는 그에게 비타민 같은 존재였다. 그녀는 마사지 업소에서 일하고 있었다. 그는 그곳이 퇴폐업소인지 모르지만 느낌으로 지저분한 곳이라는 것을 어렴풋이 알고 있었다. 하지만 그녀는 특별하다. 돈을 주고도 그녀를 살 수 없다. 그 이유 하나만으로도 그녀를 사랑하고도 남았다.

페이스북을 통해 서로 알게 되었고 그녀의 아름다운 외모에 끌려 그가 적극적으로 유혹했다. 페이스북에 올라오는 그녀의 사진들은 항상 당당하고 아름다웠다. 그는 그녀에게 점점 빠져들었고 쉬는 날이면 그녀 주위를 맴돌았다.

처음 만난 두 사람은 쉽게 사랑에 빠졌다. 그는 그녀가 쉬는 날이면 태국인들이 가는 클럽과 식당으로 그녀를 데리고 가 데이트를 즐겼다. 가끔 한국의 젊은 연인들처럼 예쁘게 꾸며진 커피숍이나 술집에서 다정한 모습을 휴대폰으로 사진을 찍으며 시간을 보내기도 했다.

그녀는 그와 찍은 사진들을 기막히게 포토샵 하여 페이스북에 올렸다. 누가 보아도 부유하게 데이트를 즐기는 연인처럼 보이게 말이다. 하지만 이것도 오래가지 않았다. 그가 실업자가 되면서 돈이 말라갔기에 점점 그녀가 사는 원룸에서 보내는 시간이 많아졌다.

핌은 1년 전에 한국 공장에 취업하여 일해왔지만, 석 달 전 회사가 망하는 바람에 실업자가 되었다. 1개월 이내에 이 같은 사실을 출입국 관리사무소에 알리고 다른 회사나 사업장으로 변경 신청해야 강제 출국을 당하지 않지만, 그는 무시했다.

그녀를 만나면서 돈 쓸 일이 많아졌다. 물론 그녀도 그에게 돈을 쓰고 있지만, 번 돈 대부분을 고국에 있는 그녀의 부모에게 송금하였기에 돈이 충분하지 않았다.

그녀에게 쓰는 돈은 전혀 아깝지 않았다. 하지만 일자리가 없는 지금은 그렇지 않다. 그녀는 한 달에 네 번 쉬었는데 휴일을 원룸 방구석에서 보내는 시간이 많아졌다. 그녀는 내색하지 않았지만, 불만스러운 모습이 자연스럽게 비쳤다. 모처럼 쉬는데 방에만 있으니 당연한 일이다.

항상 돈이 문제다. 한국에 온 이유도 돈을 벌기 위해서 아닌가. 그런 그에게 해결책이 나타났다.

보름 전부터 알게 된 카지노 홀덤바를 그는 매일 출입했다. 처음엔 우연히 그곳에 가게 되었지만, 지금은 돈을 벌기 위해 매일 출근하고 있다. 이곳에서 그는 적지 않은 돈을 벌었다. 하루에 많으면 백만 원 이상, 적게는 삼사십을 땄다. 초반에 많이 잃어 본전을 생각하면 번 것도 아니다. 점점 게임의 특성을 파악한 후부터는 승률이 많이 올랐다.

텍사스 홀덤은 포커의 한 종류로 최대 12명에서 최소 2명이 함께 게임을 할 수 있다. 개인별로 2장의 카드를 갖고 딜러가 펼치는 5장의 공통 카드로 가장 높은 족보를 완성하면 이기는 게임이다.

텍사스 홀덤이라는 게임은 잘 죽으면 거의 70프로는 이기는 게임이다. 하지만 죽는 게 생각처럼 쉽지 않다. 높을 패를 들고 죽는다는 것이 말처럼 쉬운 게 아니기 때문이다.

그리고 게임에서 죽기만 하면 어떻게 돈을 벌 수 있겠는가? 그 문제의 해답은 같이 게임을 하는 사람들의 특성 파악에 있다. 뻥카를 치는지 아니면 진카를 가지고 베팅하는지 개개인의 특성을 빨리 파악해야 한다. 파악이 모두 끝난 후에는 상대에 따라 낮은 패로도 죽지 않고 영리하게 베팅을 하는 것이다.

카지노 바를 출입하면서 핌은 카드 게임을 연구했고 승률이 높아만 갔다. 그러던 어느 날, 다음 판 게임을 기다리던 그에게 평소 안면이 있던 단골 호구가 말을 걸어왔다.

"이봐, 핌. 큰 판에서 게임 할 생각은 없어?"

핌은 전 판에서 먹지 못해 아쉬워하고 있었는데 그가 이렇게 말하니 호기심이 생겼다.

"얼마나 큰데요?"

"50에 리바인 50이고 항상 만포(게임 사용자가 가득하다는 뜻)야. 한번 우승하면 무조건 칠팔백 이상 가져가고. 여기처럼 아무나 게임하는 곳이 아니라 회원제로 운영하는데 자네가 원하면 내가 그곳에 말해줄 수는 있어."

참가비 50만 원이라면 상당히 큰 액수다. 잃으면 다시 50만 원이 들어가야 하니 모두 잃으면 백만 원이 눈 녹듯이 사라진다.

비록 위험이 크지만 만약 우승한다면 아름다운 그녀와 쇼핑도 할 수 있다. 그녀와 손잡고 옷가게 안으로 들어가는 모습이 상상되었다. 아니, 몇 판만 우승하면 같이 고국으로 돌아갈 수도 있을 것 같았다.

어차피 인생은 도박 아니던가. 그는 흔쾌히 고개를 끄덕였고 호구로부터 그곳의 주소를 알게 되었다.

*

다음 날, 핌은 호구가 말한 카지노 바를 찾아갔다. 그곳은 지하 1층에 있었고 간판엔 '7080 단란주점'이라고 적혀 있었다. 지하로 내려가니 육중한 철문이 굳게 닫혀 있다. 가게 안으로 들어가는 철문을 열려고 시도해보았지만 굳게 잠겨 열리지 않았다.

핌은 귀를 철문에 바싹 붙이고 내부에서 나는 소리를 들어보았다. 너무 조용하여 영업을 안 하는 것이 아닌가 하는 생각이 들었다. 철문 옆벽에 붙어 있는 인터폰을 눌렀다. 반응이 없자 다시 한번 벨을 눌렀다. 호구가 말해주지 않았다면 여기서 그냥 돌아갔을 것이다.

핌은 다시 한번 벨을 눌렀다. 세 번 벨을 누르고 마지막 벨은 10초간 꾹 누르고 있어야 자동으로 문이 열린다. 잠시 후 마치 첩보영화에서처럼 두꺼운 철문이 서서히 열렸다.

문이 얼마나 두꺼운지 열리는 데만도 한참이 걸렸다. 경찰관들이 단속을 나와도 문을 열지 못해 그냥 돌아갈 수밖에 없어 보였다. 벙커 같은 문을 보자 안심이 되었다.

호구가 말한 카지노 바는 매우 컸다. 500평 정도 될까. 아니 더 클지도 모르겠다. 폐업한 7080 단란주점을 인수해서 간판과 실내장식이 그대로 남아 있었다.

공연하는 곳과 춤추는 무대도 그대로 있었다. 다만 중앙에 있던 테이블을 모두 없애고 그 자리에 다섯 개의 커다란 홀덤 테이블을 배치되어 있었다. 회원제라고 해서 사람이 없을 줄 알았는데 생각보다 손님이 많았다.

모두 눈빛들이 날이 서 있었다. 도박에 중독된 눈도 있지만 몇몇은 승부사의 눈을 가지고 있었다. 다섯 개의 게임 테이블에는 도박꾼들이 자리에 앉아 게임을 진행하고 있었다.

핌도 어서 게임을 하고 싶어 종업원을 찾아 두리번거렸다. 벽 좌우 의자에 조폭 같은 사내 열 명이 앉아 있었다. 그들 중 한 명이 자리에서 일어나 그에게 다가왔다. 인상이 삭막하고 눈빛이 차가운 남자가 웃으며 말했다.

"게임하러 오셨습니까?"

핌이 서툴게 한국말을 했다.

"네. 저도 다음 게임에 넣어주세요."

조직원이 그를 위아래로 훑어보더니 말했다.

"아! 조 사장님이 말씀하셨던 태국 분이시군요. 여기는 회원제라 아무나 출입 못 하죠. 조 사장님이 말씀하셨으니 이제부터 회원으로 등록하겠습니다."

남자는 회원제라는 말을 여러 차례 강조했다.

"다음 게임은 이백 이백인데 괜찮으세요?"

참가비가 이백만 원이고 칩을 모두 잃으면 다시 이백만 원으로 칩을 복구하고 게임을 할 수 있다. 모두 잃으면 두 달 월급이 단 한 시간 만에 사라진다.

핌이 가지고 온 돈은 모두 사백 정도 된다. 절반 이상을 첫판에 넣어야 한다. 금액이 컸지만 어쩔 수 없다.

"네. 넣어주세요."

"닉네임은 뭐라고 하죠."

"타이칸으로 해주세요."

"네. 음료는 뭐로 드릴까요?"

"그냥 시원한 얼음물 한 잔 주세요."

"네. 잘 알겠습니다. 자리가 준비되는 대로 호명하겠습니다."

그는 가게 가장자리에 놓여 있는 라운지 바 의자에 앉아 내부를 찬찬히 둘러보았다. 한 테이블당 열 명 정도 앉아서 게임을 하고 있었는데 여자들도 보였다. 돈을 잃어 자리에서 일어나는 호구들이 하나둘 보였다. 그들도 핌처럼 가장자리 테이블 의자에 앉아 다음 판에 뛰어들 자세를 갖추고 있었다.

이런 그들에게 조직원들이 다가와 조금 전 핌처럼 다음 게임 참가 여부와 닉네임을 물었다. 얼굴이 벌겋게 변한 손님 한 명이 거칠게 소리쳤다.

"산미구엘 맥주 없어?"

"오늘 떨어졌습니다. 다른 맥주 가져다 드릴게요."

"아! 씨팔. 맨날 잃냐? 오늘만 벌써 삼천육백이다. 좆 같네."

미니스커트를 입은 여자 종업원 한 명이 그에게 다가갔다. 그녀는 얼굴도 예뻤지만 다리가 더 매력적이었다. 이 늘씬한 여자 종업원이 얼굴이 벌겋게 변한 호구에게 뭐라고 귓속말을 했다. 그가 조금 누그러진 소리로 말했다.

"좋아. 가져와."

그 남자 앞으로 여자 종업원이 고급 양주와 안주들을 하나둘 놓기 시작했다. 예쁜 그녀가 그의 옆에 앉아 술 시중을 들어주었다. 술도 따라주고 안주도 먹여주며 그의 비위를 맞춰주었다.

핌은 생각했다. 아마 저 호구는 다음 판에 게임을 할 수 없을 것이다. 술에 취해서 어떻게 도박을 할 수 있겠는가. 아마 저 여인과 떡이나 치겠지.

술 시중을 드는 여인도 예뻤지만, 딜러들은 더욱 예뻤다. 모두 모델급 몸매를 갖춘 상당한 미인들이었다. 어디서 이런 미녀 기술자들을 찾아서 고용했을까? 한국은 미녀가 많은 나라인 것을 잘 알고 있지만, 딜러까지 예쁘다니 너무 놀라웠다.

이때 게임을 진행하던 한 곳이 갑자기 소란해졌다. 상황을 보아하니 누군가 사기를 친 모양이다.

4.

홀덤에서 사기도박을 할 수 있다니 놀랍다. 나중에 알게 된 사실이지만 사기꾼은 홀덤 카드에 작은 흠집을 내고 손에 묻혀 놓은 약물을 발라서 게임을 했다. 그는 특수한 안경을 끼고 자신이 표시한 카드의 숫자 등을 확인하면서 카드 게임을 한 것이다. 이것이 어떻게 발각되었는지 알 수 없었지만, 소동이 일어났다.

조직원들이 이 남성을 붙잡으려고 했다. 사기꾼은 도망치다 내실 안으로 도망쳤다. 조직원들이 모두 껄껄 웃었다. 모두 그가 독 안에 든 쥐라고 생각했다. 조직원 중 거구가 소리쳤다.

"사기를 쳤으니 손모가지를 잘라야지. 그게 이 바닥의 룰이니까. 모두 알았나?"

"네. 형님."

조직원들의 표정을 보니 이 남성을 살려 보낼 것 같지 않았다. 조직원들이 잠긴 내실 문을 발로 사정없이 차 문을 강제로 개방했다. 문이 열리자 사기꾼은 내실에 있던 여자 한 명을 칼로 위협하며 소리쳤다.

"가까이 오지 마! 가까이 오면 이 여자를 죽일 거야."

거구뿐만 아니라 조직원 모두가 눈살을 찌푸렸다. 하필 두목이 요즘 아끼는 애인을 인질로 잡고 있다니. 모두 주춤거리며 부두목인 거구를 쳐다보았다. 거구가 망설이지 않고 말했다.

"좋아. 그냥 가게 해줄 테니 여자를 놔줘. 오늘 일은 없던 것으로 하겠어. 모두 저 사람이 여자를 풀어주면 그냥 가도록 해. 알겠어?"

조직원들이 분한 표정을 지으며 대답했다.

"네. 형님."

핌은 저 사기꾼이 조직원의 말을 믿고 여자를 풀어주면 안 된다고 생각했다. 분명 이자까지 더해서 더 가혹한 처벌을 받을 것이다. 자신이라면 여자를 앞에 세우고 천천히 밖으로 빠져나올 것이다. 물론 그 방법도 위험하기는 하지만.

사기꾼도 핌과 같은 생각을 하는지 머뭇거리는 게 보였다. 그러나 뜻밖에도 그는 칼을 바닥에 버렸다. 그리고 바지 주머니에 양손을 넣고 천천히 내실 밖으로 걸어 나왔다. 핌은 사기꾼이 이제 조직원들에게 붙잡혀 구타를 당하는 모습을 상상했다.

핌은 다른 손님들도 같은 생각을 하겠지 하고 주위를 둘러보았다. 하지만 그의 생각은 완전히 틀렸다. 손님들은 거구의 말을 듣고는 금방 흥미를 잃고 카드 게임에 몰두했다.

핌은 곧 깨달았다. 저 부두목은 신의가 있는 사내라는 것을. 그래서 손님들이 이곳을 믿고 게임을 한다. 사기꾼은 정말로 아무런 피해도 없이 가게 밖으로 사라졌다. 핌은 이곳이 마음에 들었다.

이곳에 온 지 한 시간 정도 지나자 드디어 게임에 참가할 수 있게 되었다. 핌에게 닉네임을 물어보았던 조직원이 크게 소리쳤다.

"다음 판 진행하겠습니다. 포카 님. 에어라인 님. 올인 님. 안봤다 님. 망치 님. 타이칸 님. 육짜배기 님…… 자리에 앉아주세요."

판이 크니 긴장되었다. 열 명이 이백만 원을 넣고 시작한다. 이들 중 돈을 잃은 사람은 딱 한 번 더 이백만 원을 넣을 수 있다. 리바인을 안 하는 사람이 있을 수 있지만 모두 한다고 가정하면 한 판에 사천만 원이다.

우승하면 80프로를 따기에 삼천이백만 원을 가져갈 수 있다. 우승 상금을 계산하고 있으니 심장이 빠르게 쿵쾅거리며 뛰었다.

상금을 나눌 수도 있다. 선수가 2명이 남는 경우 가진 칩 비율에 따라 상금을 나누는 경우도 있다. 상금이 높으면 높을수록 이 같은 경우가 자주 발생한다. 이것은 코리아 홀덤 룰이다.

핌은 2등을 해서 상금을 조금 적게 받고 나누는 것도 괜찮아 보였다. 가슴이 움푹 파인 옷을 입은 딜러가 하얀 가슴골을 보이며 말했다.

"게임을 진행할게요."

그녀의 왼쪽 흰 가슴에 나비 모양의 타투가 보였다. 그녀의 몸 안 깊은 곳에 더 많은 타투가 새겨져 있을 것 같았다. 관능적인 딜러에게 얼굴이 작고 동그란 남성이 말했다.

"예인아! 에어라인 좀 주라. 오빠가 우승하면 두둑이 팁 챙겨줄게."

예인이라고 불린 딜러가 웃으며 말했다.

"호호. 네. 에어라인 오빠."

예인은 오늘 처음 온 핌을 보며 부드럽게 말했다.

"오늘 처음 오셨나 보네요."

"네. 처음 왔어요. 잘 부탁드립니다."

예인이 큰 눈을 더욱 크게 뜨며 말했다.

"어머! 한국 분이 아니시구나. 한국 사람과 얼굴이 비슷해서 말하지 않으면 잘 모르겠어요. 근데 오빠 잘생겼다."

핌이 외국인이라는 사실에 테이블에 앉은 모두가 그를 한번 훑어보았다. 그들은 핌이 외국 사람이라는 것은 중요치 않았다. 빨리 그가 돈을 잃고 자리에서 일어나게 만드는 것이 중요할 뿐이다. 하지만 핌의 얼굴을 보니 그게 만만치 않다는 것을 모두 느꼈다.

게임이 진행되었다. 핌에게 낮은 카드가 계속 들어왔다. 어차피 높은 패가 들어와도 죽을 생각이었기 때문에 신경 쓰지 않았다. 그는 게임에 참여한 사람들의 특성을 파악한 후에 베팅할 생각으로 망설임 없이 죽었다.

열 판 정도 게임이 진행되었을 때 그의 손에 퀸 원 페어가 들어왔다. 퀸 원 페어는 죽기 힘든 카드다. 플랍까지 보고 죽을지 말지 결정하자는 생각에 본능적으로 콜을 외쳤다.

"콜."

"콜."

"콜."

순서에 따라 손님들이 콜을 외쳤다. 자연스럽게 콜이 진행되면서 게임이 평화스럽게 핌의 생각처럼 흘러가는 듯 보였다. 이때 마지막 딜러 버튼에 앉아 있던 남자가 이 게임의 흐름을 바꾸었다.

"올인."

닉네임이 에어라인이라던 얼굴이 작은 남성이 병신같이 올인을 외쳤다. 그는 자신 앞에 놓인 수백만 원이 넘는 칩을 모두 테이블 중앙으로 밀었다.

"다이."

"다이."

"아이씨. 다이."

"나도 다이."

에어라인의 베팅에 모두 맞받을 엄두를 못 내고 게임을 포기했다. 금방 핌 차례까지 왔다. 그도 죽어야 하나 고민이 되었다. 원칙은 죽어야 한다.

하지만 퀸 원 페어는 죽기 힘든 강한 패다. 아직 플랍, 턴, 리버 무수히 변수가 많이 남아 있지만, 이 정도 족보면 충분히 강하다. 그가 장고하자 아름다운 딜러가 부드럽게 말했다.

"카운트 세겠습니다."

한국 카지노 바에는 룰이 있다. 오랫동안 시간 끄는 것을 허용하지 않는다. 태국 사람은 느긋하지만, 한국에서 그러면 칼부림이 난다는 것을 그는 잠깐의 한국 생활 동안 체험했다.

카운트는 5까지다. 그녀가 테이블을 주먹으로 두드리면서 천천히 말했다.

"하나. 둘. 셋."

그녀가 천천히 카운트를 세자 우승 상금이 아른거렸다.

"넷."

3천만 원을 먹을 수 있다. 승부는 기세다. 기세가 좋은 운을 만든다. 핌이 기세 좋게 외쳤다.

"올인 콜."

콜을 외치고 말았다. 상금이 곧 그의 수중에 들어올 것 같았다. 빨리 우승하고 돈을 모조리 챙기고 싶었다.

그의 뒤에서 순서를 기다리던 손님 하나가 핌처럼 망설였다. 그는 핌이 죽으면 콜을 외칠 생각이었다. 그런데 핌까지 올인을 하자 망설이다 결국 다이를 외쳤다.

핌과 에어라인 두 사람만 남았다. 딜러가 종달새가 지저귀듯이 말했다.

"두 분 헤즈업(두 사람만 남았다)이네요. 카드 오픈하고 진행할게요."

상대가 흥분했는지 자리에서 벌떡 일어나더니 두 장의 카드를 테이블 바닥에 힘있게 던졌다. 상대방의 카드를 보는 순간 핌은 머릿속이 새하 얗게 변했다. 주위에서 떠드는 소리가 들리지 않을 정도로 말이다.

"진짜 에어라인이네."

"외국 사장님도 퀸 원 페어야."

"저분은 닉네임처럼 맨날 에어라인 들어와."

상대는 에이스 원 페어고 자신은 퀸 원 페어다. 핌이 이기는 수는 딜 러가 펼치는 5장의 카드 중에 퀸이 한 장 더 깔리고 상대는 에이스 원 페어로 끝나는 것밖에 없다. 에어라인이 크게 외쳤다.

"결대로 가자."

에어라인의 바람처럼 이변은 일어나지 않고 에이스 원 페어의 승리로 끝났다.

핌은 10분이 채 되지 않았는데 이 백만 원을 잃었다. 핌이 리바인을 외치자 기다렸다는 듯이 인상이 험악한 남자 종업원이 다가와 그의 돈 을 빨대로 쭉 빨듯이 낚아채어 갔다.

그날 그는 가지고 간 돈을 단 한 경기에 전부 잃었다. 그리고 다음 날 도 또 그다음 날도.

3일 동안 그가 잃은 금액은 신용카드와 아는 지인들에게 빌린 돈까지 모두 합쳐 천만 원가량 되었다. 돈 없는 그가 돈 많은 플레이어들을 상 대하였으니 잃는 것은 당연한 결과였다.

플레이어들의 성향 파악도 제대로 해보지 못하고 전 재산을 잃었다. 그는 가진 재산을 모두 잃자 자살하고 싶다는 생각만 들었다. 계속 자살을 떠올리자 분노와 오기가 몸 안에서 꿈틀거렸다.

그는 고심한 끝에 결국 총포사를 털었고 망설임 없이 사람을 죽였다. 물론 총포사를 턴 이유는 바로 카지노 바를 털기 위해서다. 남자 서너 명 정도는 쉽게 제압할 수 있지만, 그곳은 사람이 너무 많다.

총을 쏘고 겁을 준 뒤 그곳에 있는 현금을 모두 가방에 쓸어 담아서 나올 생각이다. 아마 현금 몇 억 원이 그곳에 있을 것이다. 어쩌면 그 이상이 나올 수도.

그런 생각을 하자 차츰 술에 취한 것처럼 기분이 좋아졌다. 훔친 돈으로 다른 카지노 바에 들러 한 게임 하는 것도 나쁘지 않겠다는 생각마저 들었다.

*

김원우는 이지혜의 호출을 받고 숨도 안 쉬고 커피숍으로 뛰어갔다. 휴대폰을 통해 전해오던 그녀의 목소리가 다급했기 때문이다.

"원우야. 우리가 만나던 커피숍으로 빨리 와."

"왜요?"

"대답할 시간이 없어. 지금 당장."

"빨리 가도……."

전화가 끊어졌다. 그것만으로도 지금 그녀가 얼마나 다급한지 알기에 충분했다. 하지만 김원우는 이 사건이 일분일초를 다투고 있다는 사실까지는 알지 못했다.

오늘도 만화방 같은 커피숍 안은 손님이 없었다. 오타쿠 사장은 보이지 않고 20대 초반 혹은 고등학생처럼 보이는 여자 아르바이트생이 혼자 있었다.

김원우는 주문을 하기 위해 다가갔다.

"어서 오세요. 또 오셨네요."

그녀가 그를 알아보고 반갑게 인사했다.

"안녕하세요. 오늘도 사장님은 안 계시고 혼자 계시네요."

"우리 남편이요? 아침하고 밤에는 나와요. 차는 뭘로 드릴까요?"

오타쿠가 남편이라고? 김원우가 조금 당황했는지 잠깐 침묵했다.

"아!"

"지난번처럼 따뜻한 초콜릿 라떼랑 아메리카노로 드릴까요?"

어떻게 이렇게 어린 여성과 결혼을 한 거야? 그는 주문하는 것을 잠시 잊었다. 늘 무시하던 오타쿠가 능력자로 느껴졌다. 여주인인 그녀가 하얀 치아를 드러내며 말했다.

"초콜릿 라떼랑 아메리카노 맞으시죠?"

그는 대답 없이 고개를 끄덕였다.

주문한 차가 나올 때까지도 이지혜는 오지 않았다. 서둘러 오라고 하더니 왜 이렇게 늦는 거야? 이런 생각을 하며 창밖을 보고 있을 때 그녀가 헐레벌떡 들어왔다. 그녀는 그를 금방 찾고는 다그치듯이 말했다.

"나가자."

"네?"

"지금 시간이 없어서 빨리 가야 해."

"어디로요?"

"남대문시장."

"거기는 왜요?"

이지혜는 하얀 김이 올라오는 초콜릿 라떼를 아쉬운 듯이 쳐다보며 말했다.

"가면서 설명할게."

그녀는 영혼의 수프인 초콜릿 라떼를 뒤로한 채 급히 커피숍 밖으로 나갔다. 김원우도 황급히 그녀의 뒤를 따라 나왔다. 그녀의 보폭에 맞추어 걸으며 궁금한 것을 물었다.

"남대문시장에는 왜 가요?"

"살인범을 목격한 목격자가 있어. 목격자에게서 살인자를 특정할 단서를 얻어야 해. 네가 지난번처럼 목격자에게 최면을 걸어서 단서를 찾아줘."

"목격자가 기억하지 못하나요?"

"자세히 기억하지는 못하나 봐. 시장 특성상 수많은 사람을 만나고 물건을 팔잖아."

"음. 어느 정도 살인범을 특정해주어야 제가 최면을 걸기 좋은데."

"알고 있어. 그래서 흐릿하지만 용의자 사진을 가져왔어. 그녀에게 이걸 보여주고 그와 무슨 대화를 나누었는지 알아봐 줘."

"알겠어요. 서울에 살지만, 남대문시장 진짜 오랜만에 가보네요."

"난 처음 가봐."

"진짜요?"

"응. 남산 타워도 안 가봤어."

"그럼 이 일 끝나면 저랑 남산 타워 가요."

　그녀와 남산 타워에 올라가 데이트하는 상상을 잠깐 했다. 아름다운 서울의 야경을 보면 그녀의 마음이 흔들리겠지. 그때 드라마 화유기 속 주인공 이승기처럼 그녀를 그윽하게 바라보면서 고백하자.

"좀 더 빨리 걷자."

　그녀가 뒤처지는 그에게 재촉하며 말했지만, 김원우는 더 천천히 걸으며 말했다.

"대답해 주세요. 같이 남산 타워 가요."

그녀가 작은 코를 찡그리며 할 수 없이 대답했다.

"알겠어. 그러니 빨리 걸어줘. 급해."

5.

지하철역으로 들어가면서 김원우는 궁금한 것을 계속 물어보았다. 많이 알수록 최면에서 얻을 정보가 많아지기 때문이다. 오후 시간이라 지하철은 한산했다.

이지혜는 그와 이야기하면서도 수시로 단체 카톡방에 들어가 채팅을 했다. 새로운 수사 정보와 각종 자료가 단체 대화방에 수시로 올라오고 있었다. 그녀는 세세하지는 않지만, 대충 수사 정보들까지 그에게 말해주었다.

회현역에 도착하자 그녀는 거침없이 6번 출구로 걸어갔다.

"남대문시장에 가본 적이 없다면서요. 여기로 나가는 거 맞아요?"

"응. 나는 처음이지만 다른 형사들이 먼저 갔어. 목격자를 찾아가는 방법을 단체 대화방에 올려줬어."

김원우는 자신이 아는 내용을 말했다.

"그래도 시장이 커서 쉽게 찾기 힘들 거예요."

"호떡 파는 골목으로 가다 보면 우성이라는 수입 만물점이 있어. 거기가 목격자가 있는 곳이야. 어디인지 알겠어?"

"호떡 파는 데는 대충 알겠어요. 가다 보면 찾겠죠."

김원우는 쉽게 찾지 못할까 걱정했다. 하지만 생각보다 빨리 이지혜가 찾아버렸다.

그녀는 문득 수사연수원에서 수사교육을 받던 기억이 떠올랐다. 범죄학 교수가 아무런 설명도 없이 교육생들을 어느 방으로 안내했다. 그리고 그 안으로 들어가 30초 후에 나오도록 했다.

그녀가 아무 생각 없이 방문을 열고 들어가니 방 안에 여러 장의 사진이 붙어 있는 게 보였다. 특이한 사진은 없었고 그저 꽃, 나무, 의자, 어린이 모습 등이 담긴 사진들이었다.

교수는 교육생들에게 질문했다.

"방 안에 사진이 몇 장 붙었는지 아시는 분?"

대답이 없자, 교수가 다시 말했다.

"혹시 방 안에서 40대 남성의 사진을 본 사람이 있나요?"

모두 대답이 없자 교수가 실망스러운 표정으로 말했다.

"여러분은 지금 살인 현장에 들어가서 아무런 소득 없이 나온 수사관들입니다. 수사관이라면 관찰력이 뛰어나야 합니다."

이 말에 이지혜가 손을 번쩍 들었다. 교수가 고개를 끄덕이며 말했다.

"말해보세요."

"방 안에는 40대 남성의 사진이 없습니다. 60대 남성의 사진만 붙어 있습니다."

교수의 눈이 커지고 환하게 미소를 지었다. 그리고 기대에 찬 목소리로 물었다.

"대단히 훌륭합니다. 혹시 현장에 어린이의 사진도 있었나요?"

"네. 있었습니다."

"어린이의 성별은요?"

그날의 기억을 회상하는 그녀에게 김원우가 말했다.

"선배. 대단해요. 간판이 작아서 나는 보이지도 않는데."

이지혜는 아무것도 아니라는 듯 만물상점으로 다가가 여주인에게 기계적으로 신분증을 꺼내며 말했다.

"서울청 광역수사대 이지혜 경위입니다. 다른 우리 직원들에게 설명

들으셨죠?"

당황하지 않고 여주인 김미숙이 말했다.

"설명은 들었어요. 근데 생각이 안 나요. 생각나는 게 있으면 말해주고 싶은데 워낙 사람들이 많이 다녀가는 곳이라. 그리고 지나가면서 그냥 물건 값만 물어보는 사람도 많거든요."

"이 사진을 보세요."

이지혜가 CCTV에서 현상한 용의자의 사진을 그녀에게 보여주었다. 김미숙이 그 사진을 보더니 한숨 섞인 탄식을 했다.

"아!"

"누구인지 아시겠어요?"

"생각나요. 잘생긴 외국인."

"외국인이라고요?"

"네. 어느 나라 사람인지는 모르겠어요. 근데 한국말을 잘하더라고요."

"그가 무슨 외국말을 썼는지 아세요?"

"아니요."

"무슨 말을 했어요?"

"그때 군용나이프를 팔았는데 돈이 부족하다고 깎아달라고 했어요. 제가 깎아주자 무슨 외국어를 말했는데 우리말이 아니라 뭔 말인지 모르겠더라고요."

"사장님. 잠시 기억을 떠올리게 간단한 최면을 걸게요. 사장님에게 전혀 해가 가지 않아요. 괜찮겠어요?"

"최면이요?"

"그 사람과 나누었던 이야기만 알려고 그러는 거예요. 별거 아니에요."

김미숙은 고개를 설레설레 흔들었다. 그녀는 그때 그 젊은 외국인 남자와 바람을 피워볼까 하는 마음을 가지고 있었다. 왠지 최면에 걸리면 자신의 성적 욕망과 판타지가 드러날 것 같아 불안했다.

이지혜와 김원우는 당황했다. 이런 일을 예상하지 못했기 때문이다. 당연히 그녀가 수사에 협조해줄 것으로만 알았는데.

"저는 최면을 통해 말하고 싶지 않아요. 그냥 돌아가 주세요."

이지혜는 그녀가 무언가를 감추고 싶어 한다는 것을 알았다. 예상치 못한 대답에 당혹스러웠지만 침착하게 말했다.

"아무 이유 없이 세 사람이 죽었습니다. 범인을 검거하지 못하면 또 다른 피해자가 발생할 수 있는 상황입니다. 제발 부탁드리겠습니다. 다른 것은 질문하지 않아요. 당시 그 사람의 생김새와 특징만 알려는 거예요."

"음."

김미숙은 잠시 아픈 환자 같은 표정을 지으며 망설였다. 이지혜는 그런 그녀를 다그치고 싶지 않았지만, 시간이 촉박해도 어쩔 수가 없었다.

"도와주세요. 수사 이외에는 그 어떤 질문도 하지 않을 것이며 비밀을 철저히 지키겠습니다. 사장님이 유일한 목격자입니다."

이지혜는 잠시 기다렸다가 다시 말했다.

"목격자는 아무것도 모른다고 하고 그냥 가라고 합니다. 수사하는 저희가 네 하고 돌아가야 할까요? 그건 아니라고 봅니다. 제발 도와주세요."

김미숙은 가만히 이야기를 듣고 있었다. 김원우도 그런 그녀의 모습에 답답함을 느끼고 나서서 말했다.

"여기서 나눈 대화는 그 누구도 알지 못합니다. 오로지 수사에만 참고할 뿐입니다."

그녀가 마지못해 고개를 끄덕였다. 이지혜가 안도의 한숨을 쉬며 설명했다.

"제 옆에 있는 경찰의 이야기를 집중해서 듣고 그가 묻는 말에 대답만 하시면 됩니다. 금방 끝날 거예요."

김원우가 그녀의 눈을 빤히 쳐다보며 소개팅에 나온 남자보다 더 부드럽게 말을 하기 시작했다.

"심호흡을 깊게 하십시오. 들숨 쓰읍. 날숨 후하고 천천히 뱉으세요. 마음이 안정될 때까지 호흡을 편안하게 합니다. 자, 이제 당신은 제 말을 들으면 마음이 편안해집니다. 마음이 점점 편안해집니다. 제 말을 듣고 점점 마음이 편안해집니다. 제가 하나, 둘, 셋을 외치면 눈을 감고 오른손을 올립니다. 하나, 둘, 셋!"

김원우가 엄지와 중지를 튕겨 경쾌하게 '딱' 하는 소리를 냈다. 이지혜가 바라보니 김미숙의 눈썹이 가늘게 떨리면서 두 눈이 감겼다. 그리고 오른손을 올리는 게 보였다. 그 모습을 보고 재빨리 휴대폰의 동영상 녹화 버튼을 눌렀다.

"외국인 남성이 무슨 말을 했나요? 기억나는 단어를 말해보세요."

김미숙이 천천히 커피색 립스틱이 물든 입술을 벌리며 말했다.

"커런랑. 커러랑. 이런 단어를 말했어요."

"무엇 때문에 커런랑이라고 말했나요?"

"물건을 깎아달라고 했는데 제가 거절하니까 커런랑, 커러랑 이렇게 말했어요."

"다른 외국어 생각나는 단어가 있으면 말해보세요."

김미숙이 인상을 찡그렸다 펴면서 말했다.

"아! 그리고 물건을 싸게 주니까 코쿤막막, 코쿤막막 이렇게 말했어요."

이지혜가 눈이 커졌다.

"막막? 아! 어느 나라 사람인지 알겠어. 컵쿤캅(고맙습니다)."

김원우가 궁금하여 물어보았다.

"어느 나라 사람인가요?"

"그는 태국인이야."

　　　　　　　　　　　　　　　*

　사무실로 돌아온 이지혜는 출입국관리사무소로 태국인 용의자의 사진을 전송했다. 그리고 빠르게 출입국관리사무소에서 연락이 왔다.

　[국적 태국. 성명 핌. 나이 29세.
　취업비자로 고양시 소재 금영 벽돌공장 취업 중 4개월 전 회사 부도로 현재 불법체류 상태임.]

　이지혜가 이 사실을 팀장에게 보고했다. 경찰대학 출신인 조인호 팀장은 궁금한 사항을 그녀에게 자세하게 물어보았다. 그가 자세하게 묻는 이유는 그의 상사인 대장에게 이 사실을 보고하기 위해서다. 상사가 물어보는데 대답이 막히면 안 된다. 물론 지금까지 광역수사대장은 질문을 잘 하지 않았다.
　예전에 모셨던 상사는 보고서를 올리면 사소한 것까지 꼬치꼬치 캐물었다. 당시 그는 노이로제에 걸릴 것만 같았지만 일은 확실하게 처리하는 습관이 길러지게 되었다. 조인호가 대장실의 문을 노크했다.
　"들어오세요."
　조인호가 대장에게 이지혜로부터 받은 출입국관리사무소의 팩스와 수사보고서를 건네며 보고했다. 대장이 조인호에게 물었다.
　"그럼 총포사 사건의 범인이 이 태국인이라는 말씀인가요?"
　"네. 유력한 용의자입니다."
　"그러면 어떻게 조처할까요?"
　보통의 상사들은 명령만 내리지 의견을 잘 묻지 않는다. 조 팀장은 자신의 의견을 존중하는 대장의 태도에 감동했다.

"CCTV 분석팀만 남겨두고, 모든 팀을 핌이 근무했던 벽돌공장 직원들과 핌이 국내에 들어올 때 함께 들어온 태국인 근로자들을 조사하게 하여 현재 핌이 있을 만한 곳을 빨리 수배하는 게 좋을 것 같습니다."

"그렇게 하시지요."

"네. 감사합니다."

조인호가 인사하고 밖으로 나가자, 이충호는 안도의 한숨을 쉬었다.

'다행이야. 빨리 범인을 찾아서.'

이충호 대장은 금방 범인을 검거할 것으로 예상했다. 하지만 이제부터가 시작인 것을 그는 몰랐다.

조인호 팀장의 의견대로 수사팀의 거의 전부가 핌의 행방을 찾는 데 동원되었다. 핌과 가깝게 지냈던 한국 지인들과 외국인들이 하나둘 밝혀졌다. 외국인들은 핌이 요즘 힘들어하면서 돈을 자주 빌리러 다녔다고 말했다. 또 그들은 핌에게 애인이 있다는 사실까지 알려주었다.

이지혜는 한 태국인에게서 핌이 왕립 태국 해군 출신이라는 사실을 알아냈다. 그곳은 우리나라의 특수부대와 같은 곳이다. 모든 것이 그녀의 추리와 맞아떨어지고 있었다.

이지혜는 방탄조끼를 입고 동료와 함께 핌의 애인이 일하는 마사지 업소로 급하게 향했다. 애인만 확보하면 그를 검거하는 것은 시간문제일 것이다. 아직 총소리가 울려 퍼지지 않았으니 서두르면 막을 수 있다.

6.

핌의 애인이 일한다는 마사지 업소는 2층에 있었다. 이지혜가 고개를 들어 건물에 걸려 있는 간판을 올려다보았다. '푸켓 타이 마사지'라고 적혀 있는 핑크색 간판이 눈에 들어왔다.

낡고 오래된 건물 2층에 있는 마사지 업소의 창문이 온통 분홍색으로 덮여 있다. 그리고 분홍색 창문에는 '힐링'이라는 단어가 유난히 크게 써 붙어 있었다.

같이 온 김진영 형사는 차를 주차할 곳이 마땅치 않아 차에서 내리지 못하고 주차장을 찾아 주위를 맴돌았다. 할 수 없이 이지혜 혼자 마사지 가게로 향했다.

그녀가 건물 2층으로 올라가니 입구와 계단에 비밀스럽게 숨겨진 CCTV가 눈에 들어왔다. 아마도 건물 내부에서 자신을 지켜보고 있을 것이다. 그녀는 자신을 감시하는 CCTV가 자꾸 눈에 거슬렸지만, 기분 나쁘지는 않았다.

마사지 가게 입구는 두꺼운 철문으로 막혀 있었다. 철문에 달린 손잡이를 돌려보았으나 굳게 잠겨 열리지 않았다. 문 옆에는 작은 글씨로 '벨을 누르세요'라고 적혀 있었다.

그녀가 문 앞에 서서 인터폰의 벨을 누르자, 인터폰 스피커에서 나이 먹은 여자의 목소리가 들렸다.

"여기는 여자 손님은 안 받아요."

한시가 급한데 또 여기서 시간을 허비하게 생기자, 그녀의 눈살이 찌푸려졌다. 철문의 크기와 두께를 보니 강제로 개방할 수 있을 것 같지 않았다. 경찰이라고 말해봤자 더욱 열어주지 않을 것이 분명하다. 조용히 그녀는 몸을 돌렸다.

다행히 같이 온 김진영 형사가 남자다. 김 형사에게 이야기해서 가게 내부로 들어가도록 하고 자신은 나중에 천천히 들어가야겠다고 생각했다. 마사지 업소에서 볼 수 있으니 그녀는 건물 밖으로 나와 가게 CCTV

의 사각지대로 빠르게 걸어갔다. 그리고 김 형사에게 전화를 걸었다.

"겨우 주차했습니다. 빨리 갈게요."

"가게 안으로 못 들어갔어요."

"아니 왜요?"

"여자는 출입이 안 된다고 하네요."

"퇴폐업소인가 보네."

"김 형사님이 내부로 먼저 들어가시고 저에게 연락 주시겠어요?"

"알겠습니다. 아 잠깐. 혹시 그곳 전화번호 알 수 있나요?"

그녀가 벽담에 몸을 감추고 마사지 업소의 전화번호를 살펴보았다.

"02-3456-XXXX인데요."

"알겠습니다. 보통 그런 곳은 예약을 먼저 하고 찾아가야 의심을 덜 하거든요."

그녀는 김 형사와 전화를 끊고 나서 그가 아는 게 많다고 생각했다. 아니면 이런 곳 출입을 많이 해봤거나. 김 형사에게 전화가 걸려왔다.

"여보세요."

"지금 가능하다고 해서 저는 건물 내부로 들어갑니다. 카운터 장악한 후에 연락드리겠습니다."

"네."

그녀는 건물 벽에 몸을 밀착시키고 김 형사가 건물 안으로 들어가는 모습을 지켜보았다. 용의자의 애인이 이곳에 없으면 어떡하지? 불길한 생각이 들자 그녀가 고개를 좌우로 흔들었다. 무조건 안에 있다. 스스로 주문을 걸었다. 잠시 후 휴대폰 벨이 울렸다.

"이 형사님. 들어오세요."

"네. 지금 바로 들어갑니다."

철컹하는 소리와 함께 너비가 10㎝ 정도 되는 두꺼운 철문이 천천히 열렸다. 이 정도 두께의 철문을 강제로 개방할 수 있을까? 도저히 불가능해 보였다.

이지혜가 가게 안으로 들어가 보니 문 앞에 있는 카운터에서 50대 여성과 김 형사가 이야기를 나누고 있었다. 여성은 약간 겁을 먹은 표정이다. 김 형사가 무슨 말을 했는지 대충 감이 왔다. 그녀가 서둘러 말했다.

"리사라는 태국 여성이 지금 여기 있나요?"

"네. 있어요."

"그녀를 만나게 해주세요. 빨리요."

"잠시만요."

실장이라는 명찰을 차고 있던 50대 여성이 떨리는 손으로 가게 내부 전화로 어딘가에 전화를 걸었다.

"리사. 손님. 초이스. 응. 타이. 아로마 노. 오케이."

실장이라는 여인이 전화 수화기를 내리며 말했다.

"경찰이라고 하면 놀라서 안 나올 것 같아서 그냥 손님이 초이스 한 것처럼 말했어요."

"잘하셨어요."

"정말 단속하는 거 아니죠?"

김 형사가 걱정하지 말라고 다시 한번 강조했다.

"저희 바빠요. 이런 데는 저희가 아니라 경찰서 풍속수사팀에서나 단속하죠. 걱정 붙들어 매세요."

이지혜는 가게 내부가 약간 미로 같다는 생각이 들었다. 도대체 이 많은 방 안에서 무슨 일들이 벌어지기에 문을 잠그고 CCTV로 감시하는 걸까?

상상하기 싫었다. 찜질방에서 보았던 옷들이 카운터 옆에 차곡히 개어져 있는 게 보였다.

곧 리사라는 여인이 카운터로 나왔다. 그녀는 모델처럼 적당한 비율의 몸매를 가지고 있었다. 그리고 눈빛이 당당했다. 이지혜는 휴대폰에 설치된 번역 앱을 켰다. 시간이 없으니 바로 질문을 했다.

"남자친구는 지금 어디 있어요?"

리사의 큰 눈이 깜빡이며 두 형사를 번갈아 쳐다보았다. 이지혜는 설명이 필요하다는 것을 느꼈다.

"지금 남자친구가 매우 위험한 상황에 놓여 있어요. 그를 빨리 찾지 못하면 그가 큰일을 당할 거예요."

"무슨 일이요?"

"그는 돈이 필요해요. 그리고 돈을 구하기 위해 총을 훔쳤어요."

"정말인가요?"

"네. 그래서 우리가 그를 막기 위해 당신을 찾아온 거예요."

리사의 눈에 눈물이 금방 고이기 시작했다. 그리고 풀썩 주저앉아 어깨를 흐느끼며 울었다. 알 수 없는 말들을 주절주절하는데 아마도 애인을 원망하는 말일 거라고 이지혜는 어렴풋이 짐작했다. 하지만 사실은 그 반대였다. 그녀는 자신의 삶을 원망하고 있었다.

이지혜는 조급했지만 인내심을 가지고 그녀가 진정될 때까지 기다렸다. 그녀가 일어나 휴지로 눈물을 닦았다. 눈 화장이 지워지면서 얼굴이 판다처럼 변했지만 여전히 아름다웠다.

리사를 설득한 끝에 핌이 사는 곳의 주소를 알게 되었다. 김 형사는 주소를 알게 되자 급히 누군가에게 전화했다.

"팀장님. 용의자 주소를 알았습니다. 네. 거기가 어디냐면……."

이지혜가 옆에서 끼어들며 말했다.

"김 형사님! 팀장님에게 한시가 급하다고 거기를 우선 포위해달라고 하세요."

*

핌은 공기총을 분해하고 휴대하기 간편하도록 제작하는데 하루를 소비했다. 장비 없이 손수 제작하려니 생각보다 쉽지가 않았다.

실험용으로 총을 발사해보고 싶었지만 그러면 작업하기 전에 잡힐 수도 있으니 그것만은 참았다. 공기총의 머리 부분을 제거하니 작은 가방에 휴대할 수 있게 되었다.

이제 실행하는 일만 남았다. 핌은 군대에서 늘 해왔던 전술 훈련을 생각했다.

'이것은 훈련이야. 정신 차리고 배운 대로만 움직이면 돼.'

그는 자신의 원룸 밖으로 가방을 메고 천천히 걸어 나왔다. 그리고 1층 출입 현관문을 열려고 할 때 눈 앞에 펼쳐진 모습에 당황했다.

'지금 꿈을 꾸고 있는 것인가?'

그의 원룸 주변을 경찰차가 하나둘 도착하여 포위하고 있었다. 세 대, 네 대, 다섯 대……. 점점 많은 경찰차가 몰려들었다. 핌은 자신이 노출되었다는 사실을 빠르게 인식했다. 재빨리 출입문을 닫고 몸을 숨겼다. 무엇이 잘못되었을까?

잠시 숨을 고른 그의 눈에 건물 밖으로 나가려는 베트남 여성이 보였다. 그가 사는 이 건물에는 조선족들이 주로 살았지만, 베트남인들도 거주하고 있었다.

그는 그녀의 눈앞에 군용나이프를 보여주었다. 베트남 여성이 알아들을 수 없는 말을 했다. 반응을 보니 겁을 먹은 것 같지가 않다.

칼날 손잡이로 그녀의 콧등을 사정없이 때렸다. 코가 주저앉고 윗입술이 반으로 갈라지면서 입과 코에서 피가 콸콸 쏟아졌다. 그녀는 참기

207

힘든지 고통에 찬 비명을 질렀다.

칼날을 그녀의 눈앞에 보이자 그녀가 비명을 멈추었다. 눈물을 찔끔 흘리며 겁을 집어먹는 모습을 보였다. 서툰 한국말로 핌이 말했다.

"조용히 해. 그리고 내 앞으로 와."

그녀가 알았다는 듯이 고개를 끄덕이며 그의 앞으로 다가왔다. 그는 일단 그녀의 등 뒤에 서서 바깥 상황을 엿보았다. 사복 차림의 건장하고 민첩한 경찰들이 건물 안으로 들어오려고 하고 있었다.

그는 즉시 그녀의 머리카락을 움켜쥐고 출입구 창문에 들이밀었다. 피가 철철 흐르는 여성이 보이자 건물 내부로 들어오려던 경찰관들이 급히 뒤로 물러났다. 아마도 경찰관들은 인질이 한국인인지 외국인인지 구분하기 힘들 것이다.

그때 깜짝 놀랄 만한 일이 벌어졌다. 태국인 여성이 확성기로 말을 했기 때문이다. 경찰들이 자신의 신원을 파악하고 태국인 통역사까지 데리고 온 것이다. 머릿속이 복잡해졌다. 통역사는 계속 같은 말을 기계적으로 반복했다.

"핌. 당신은 포위됐어요. 순순히 투항하세요. 당신은 최대한 한국 법의 보호를 받을 수 있습니다. 지금 투항하세요."

이제 막 현장에 도착한 이지혜는 난감했다. 원래의 계획은 핌이 거주하는 203호 원룸을 조용히 급습하는 것이었다. 그런데 급습하기 전에 핌이 경찰을 보고 건물 안으로 숨어버렸다.

망원경으로 보니 인질까지 붙잡은 상황이다. 궁지에 몰린 쥐는 고양이를 공격할 수 있다. 아니나 다를까, 대포 같은 총소리가 울려 퍼졌다. 주차된 차들이 총소리에 놀라 경고음을 울리며 주위가 소란해졌다.

아무것도 모르고 현장에 나온 지구대 경찰들이 총소리에 놀라 경찰차 아래로 몸을 숨겼다. 몇몇 형사들도 허리를 숙이고 은신할 곳을 찾았다.

건물 안에서 핌이 태국어로 소리쳤다. 태국인 통역사가 경찰관들에게 그의 말을 한국어로 통역했다.

"가까이 오면 이 건물 안에 있는 사람들을 죽여버리겠다. 도망갈 차 한 대를 내주고 경찰들은 물러나라. 조용히 사라지겠다."

통역사가 그의 말을 전달하자 경찰들은 지휘하는 간부를 바라보았다. 그가 어떤 결정을 내리고 무슨 명령을 내릴지 주목했다. 현장을 지휘하던 광수대장 이충호는 더 높은 간부를 찾았다. 그의 상급자는 현장에 없는지 이충호는 열심히 전화로 누군가와 이야기를 나누었다.

이 모습을 지켜보며 이지혜는 생각했다. 건물 안에 있는 사람들에게 이 사실을 알리고 절대 밖으로 나오지 못하게 해야 한다. 그리고 핌의 애인을 이곳에 데리고 와 그를 설득하자.

이충호가 통화를 마치고 다시 누군가에게 급히 전화했다. 그 모습이 너무 답답했는지 그녀가 대장에게 다가갔다.

"저, 대장님."

대장은 그녀를 무시하고 계속 전화로 상황을 보고하며 상급자가 지시를 내려주기만을 기다렸다. 그녀가 입술을 꽉 깨물고 대장의 휴대폰을 낚아채며 말했다.

"대장님. 지금 건물 안에 있는 시민들에게 밖으로 나오지 말라고 방송을 해주십시오. 그리고 시간을 벌면서 그에게 차를 줄 것처럼 해주십시오. 제가 그의 애인을 이곳으로 데리고 오겠습니다. 애인이 설득하면 순순히 투항할지도 모릅니다."

그가 기분 나쁘다는 표정을 지으며 물었다.

"자네 누구야?"

그의 옆에 있던 광수대 또 다른 팀의 팀장이 말했다.

"광수대 2팀에 근무하는 이지혜 경위입니다. 일전에 연쇄살인범 박정민을 검거하는 데 큰 기여를 한 직원입니다."

이충호도 알고 있었다. 핏불이 경찰관을 살해하고 수많은 여성을 죽였다는 사실을. 그러나 그 범인을 잡은 사람이 자신의 수하로 있는 줄은 몰랐다. 그는 자신보다 아래 직급의 사람들에게 관심이 없었다.

그녀는 그가 여전히 자신을 무시하고 있다는 사실을 느꼈다.

"대장님. 서둘러 방송을 해야 또 다른 인명피해를 막을 수 있습니다. 범인이 흥분하지 않도록 차를 줄 것처럼만 해주십시오."

그는 자신보다 한참 아래의 직원이 명령조로 말하는 게 기분 나빴지만 지금으로선 이보다 더 좋은 방법은 없는 것 같아 참고 말했다.

"박 팀장님. 이 형사 말대로 해주세요."

"네. 알겠습니다. 이 형사. 애인을 이곳으로 데리고 오는 데 얼마나 걸리나?"

"순찰차로 최대한 빨리 다녀오겠습니다. 막히지만 않는다면 삼십 분 안에 도착할 수 있을 겁니다. 범인이 도망가지 못하도록 최대한 촘촘히 포위하고 절대 내부로 들어가지 마시고요."

박 팀장이 고개를 끄덕이며 말했다.

"알겠어. 대장님, 특공대도 지원 요청 하시지요."

"특공대도요?"

"만약 애인의 설득이 실패하면 특공대원들을 건물에 투입시켜 검거해야 할 것입니다. 우리가 섣불리 건드리는 것보다 안전하게 검거하는 게 좋을 것 같습니다."

"좋습니다. 일단 통역사에게 차를 줄 것처럼 시간을 끌라고 말씀하세요. 저는 경비과에 연락해서 특공대를 현장으로 보내달라고 하겠습니다."

"네. 대장님."

이충호가 고개를 돌려 이지혜를 피곤한 눈으로 바라보며 말했다.

"그리고 자네는 최대한 빨리 애인을 데리고 와."

"네. 대장님."

그녀는 빠르게 김용호 형사를 찾았다. 김용호! 그는 광수대 내에서 운전을 잘하기로 소문이 나 있었다. 그녀도 여자 치고는 운전을 매우 잘했지만, 그 앞에서는 새 발의 피다. 원래 꿈이 카레이서였다는 김용호의 별명은 '붕붕이'다. 그가 운전하면 차가 붕 뜬다고 해서 그런 별명이 붙어 있었다.

7.

이지혜는 김용호가 운전석 핸들을 잡자 바로 안전벨트를 꽉 조여 맸다. 그들이 탄 순찰차가 빠르게 현장을 벗어났다.

두 사람이 현장을 벗어나자 다른 순찰차에서 방송을 시작했다.

"행복빌 주민 여러분. 밖에 아주 위험한 범인이 있으니 절대 문밖이나 건물 밖으로 나오시면 안 됩니다. 다시 안내합니다. 행복빌 주민 여러분. 절대 집 밖으로 나오시면 안 됩니다. 누가 초인종을 눌러도 절대로 문을 열어주어서는 안 됩니다. 원룸 밖에 아주 위험한 범인이 있습니다. 절대로……."

태국인 통역사도 핌에게 한국 경찰의 말을 전달했다.

"당신 뜻대로 하겠어요. 차를 준비할 테니 잠시만 시간을 주세요. 당신이 다른 피해를 주지 않는다고 약속하면 경찰들은 물러날 것입니다."

핌이 소리쳤다.

"시간은 많이 줄 수 없다. 30분 안에 차를 대기시켜라. 그리고 경찰들을 물리치지 않으면 이 안에 있는 사람들을 한 사람씩 처단하겠다."

*

이지혜는 현장을 빠져나오면서 시간을 맞추지 못할까봐 걱정이 앞섰다. 그런데 그 걱정이 현실이 되었다. 차들이 꽉 막혀서 앞으로 나갈 수가 없었다. 그러자 붕붕이가 사이렌을 울렸다. 도로에 서 있던 차들이 순찰차가 지나갈 수 있도록 비켜나기 시작했다. 그들의 눈앞에 모세의 기적이 펼쳐지고 있었다. 아주 좁은 차들 사이를 순찰차가 뚫고 나오기 시작했다.

막힌 도로를 빠져나오자 왜 차가 막혔는지 알 수 있었다. 수많은 방송국 차들이 현장으로 몰려오면서 일시적으로 차가 막힌 것이다. 그녀가 탄 순찰차 옆으로 방송국 차들이 스치며 지나갔다. 서울 한복판에서 총기 사건이 벌어졌다는 기사는 대박 뉴스다. 그러니 기자들이 목숨을 걸고 전쟁통 속으로 달려갈 수밖에.

그녀는 문득 우리나라가 참 안전하다는 생각이 들었다. 만일 미국이라면 총격전이 벌어지는 곳에 기자들이 저렇게 벌떼처럼 찾아갈 수 있을까 싶었다. 그녀가 두 주먹을 움켜쥐었다. 안전한 나라가 흔들리기 전에 이를 막아야 한다. 그게 바로 경찰의 숙명이다.

마사지 업소에 거의 도착할 무렵 무전이 날아왔다. 용의자가 도주할 수 있으니 건물 안으로 들어가 검거하라는 내용이었다. 그녀의 입에서 욕설이 튀어나왔다.

"제기랄."

아마 누군가 대장을 자극한 모양이다. 충성심 아니면 공명심 둘 중 하나로 뭉친 누군가가 대장을 자극한 게 분명하다. 카레이서 붕붕이가 그녀를 보며 물었다.

"우리 계속 마사지 업소로 가요? 아니면 현장으로 돌아갈까요?"

마사지 업소에서 애인을 데리고 오면 너무 늦다. 그렇다고 애인을 무시하기도 힘들다. 어떤 변수들이 펼쳐질지 모르기 때문이다. 변수를 대비해서 애인을 데리고 가야 할지 난감하다. 그녀가 잠시 생각에 잠겼다. 문득 기막힌 생각이 떠올랐다.

*

이충호는 생각보다 범인이 위험하지 않을 것 같다는 생각이 들었다. 지금 범인 한 명을 검거하기 위해 이 많은 경찰관이 건물을 포위하고 있다는 게 너무 우스웠다. 그리고 기자들이 현장을 지휘하는 경찰관이 무능하다고 기사를 쓸까 봐 서서히 두려워졌다.

조금 전 중앙방송국 리포터와 간단하게 사건 개요에 대해 인터뷰를 했는데 리포터가 했던 말이 자꾸 신경이 쓰였다.

"범인은 단독범으로 혼자라는 말씀이시죠?"

"네. 그렇습니다."

범인 하나 때문에 이 많은 경찰과 시민들이 불편을 겪고 있다니. 그것도 불법 체류자 아닌가. 이충호는 고개를 설레설레 흔들며 광수대 1팀장 박 경감을 불렀다.

"박 팀장님."

"네. 대장님."

"1팀에서 몸이 날랜 형사들을 몰래 건물 안으로 투입시켜 범인을 검거하면 어떨까요?"

"음. 가능합니다."

"특공대가 오려면 시간이 걸리니 바로 작전을 진행하시죠."

"그럼 곧장 진행하겠습니다."

박 팀장은 대장 앞이라 말은 그렇게 했지만, 솔직히 두려웠다. 몇 년 전에 조폭에게 칼침 맞은 허벅지가 다시 심하게 저려왔다. 자신이 앞장 서야 팀원들도 나설 것이다. 하지만 다리가 너무 덜덜 떨렸다.

"하 형사. 모두 모이라고 해."

목소리도 떨리는 것 같았다.

"네. 팀장님."

목소리가 떨리는 것이 영 불안하다. 불안한 생각을 하니 더욱 불행한 일이 찾아올 것 같다. 박 팀장은 자신이 앞장서면 왠지 좋지 않은 일이 생길 것 같아 이번 일에는 나서지 않기로 했다.

그의 팀원들이 모두 그 앞에 모였다. 박 팀장이 그들을 둘러보며 말했다.

"지금은 공적을 쌓을 좋은 기회다. 연말에 특진 기회가 오면 이번 건으로 바로 특진할 수도 있다. 다른 팀에게 뺏기지 않게 우리가 건물 안으로 들어가 범인을 검거하면 어떨까 싶다. 그리고 대장님께서도 그걸 원한다."

형사라면 범인을 잡아 특진하는 게 가장 큰 보람 아니겠는가.

"좋습니다. 팀장님. 매스컴도 있으니 근사하게 작품 하나 만들죠."

그 누구보다 특진에 목말라 있던 강 형사가 반색하며 적극적으로 나섰다. 그는 작년에 특진에서 아깝게 탈락했다. 그런 그의 눈에는 범인이 마치 크리스마스 선물처럼 보였다.

팀장이 고개를 끄덕이자 강 형사가 파트너에게 말했다.

"우리가 앞장서자. 내가 먼저 들어갈게."

강 형사는 고등학교 시절 씨름을 해서 몸이 건장하고 겁도 없었다. 그가 앞장서서 건물 안으로 들어가기 시작했다. 그의 파트너가 그 뒤에 바짝 붙어 걸어갔다. 두 사람이 건물 내부로 들어가자 남아 있던 팀원들도 건물 내부로 조용히 들어서는데, 순간 귀청을 찢는 총소리가 울려 퍼졌다.

타앙!

건물로 들어가려는 형사들 모두 발이 얼어붙었다. 잠시 뒤 또 한 발의 총성이 울리자, 형사들은 은폐물을 찾아 자세를 낮추었다.

박 팀장이 무전으로 상황을 물어보았다.

"어떻게 됐어?"

막내 정 형사가 무전을 받았다.

-치직. 강 형사님과 박 형사님이 건물 안으로 들어갔는데 총성이 터졌어요.

"누가 총에 맞았어?"

-아직은 잘 모르겠습니다.

"확인하고 무전 해줘."

그때 소화기의 흰 분말을 머리에 뒤집어쓴 남성이 누군가를 등에 업고 건물 밖으로 뛰어나왔다. 모두 그를 살펴보니 검은색 방탄조끼를 착용하고 있어 방금 들어간 형사라 판단했다. 그리고 그가 업고 있는 남자는 총에 맞았는지 피를 철철 흘리고 있었다.

정 형사가 팀장에게 무전을 했다.

-누군가 총에 맞았습니다. 상당히 위중해 보입니다.

"빨리 구급차에 태워."

-네.

정 형사가 몸을 낮추고 뛰어나온 남자에게 손짓으로 구급차가 있는 곳을 가리켰다. 그 남자는 흰 분말을 머리에 뒤집어써서 누구인지 알아보기가 힘들었다. 피를 흘리고 있는 동료는. 맙소사!

머리에 총을 맞은 듯 머리 가죽이 덜렁거렸다. 모두 동료가 흉측하게 당한 모습을 보자 분노에 가득 찬 눈으로 건물 안의 사내를 노려보았다.

환자를 업은 남자가 걸을 때마다 머리카락과 함께 피부 가죽이 들썩였다. 불안하게도 피부 덩어리가 바닥에 떨어질 것 같았는데 결국 검은 피부 덩어리 하나가 땅 위로 떨어졌다. 얼굴 전체는 진한 검붉은 피로 덮여 있어 누구인지 확인하기 힘들었다.

환자를 업은 남자가 미리 대기시켜둔 구급차에 올라탔다. 구급대원들이 접이식 의자의 머리 부분을 30도 올리고 환자의 머리에 식염수를 뿌리며 조심스럽게 피를 닦아내려고 했다. 구급대원들도 이런 끔찍한 모습은 처음 보는지 손을 쓰기 힘들어했다. 그들은 이미 환자의 가슴이 뛰지 않는 것을 보며 그가 사망했을 거라는 사실을 어렴풋이 알았다.

구급대원들은 더 알고 싶지 않은지 빠르게 현장을 벗어났다. 하지만 머릿속에는 의문이 가득했다. 총을 쏘고 얼굴을 알아볼 수 없도록 난도질한 이유가 뭘까? 불안한 생각이 구급대원들의 머릿속을 파고들었다.

*

김원우는 이지혜의 연락을 받고 유체이탈을 시작했다. 그의 영혼이 핌이 사는 행복빌 원룸 안으로 이동했다. 그리고 형사들이 들어가자 핌이 망설임 없이 총을 쏘는 모습까지 보았다. 한 방에 한 사람씩 쓰러졌다. 핌은 쓰러진 형사들을 내려다보더니 건물 복도에 세워진 간이 소화기의 안전핀을 뽑았다. 그리고 소화기를 출입구 쪽으로 쏘더니 자신의 얼굴과 몸에도 뿌렸다.

김원우는 그가 경찰들의 눈에 띄지 않기 위해 소화기를 뿌린다고 생각했다. 경찰들의 시야를 가리기 위해 연막탄을 터뜨리고 있다. 좋은 방법이기는 하지만 그 정도로 경찰들의 시야를 가릴 수 있을까?

핌은 소화기의 흰색 분말이 다 떨어질 때까지 뿌린 뒤 쓰러진 형사의 얼굴을 칼로 난도질했다. 김원우는 그 잔인한 모습을 보고 충격이 너무 커 유체이탈을 포기하고 싶었다. 하지만 그녀의 부탁이 떠올라 간신히 버텼다.

건물 복도에 얼굴이 망가진 여성이 두려움에 몸을 떨며 두 손으로 얼굴을 가리고 있었다. 그녀는 성형수술을 받아도 이전의 모습으로 돌아오기 힘들 것처럼 얼굴이 많이 망가져 있었다.

핌이 죽은 형사 한 명을 창가에 세우고 그녀를 불렀다. 그녀가 덜덜 떨며 다가왔다. 핌은 죽은 형사가 쓰러지지 않도록 그녀에게 붙잡게 지시했다. 그녀는 사람까지 망설임 없이 죽이는 그의 행동에 극도의 공포감을 느끼고 아무런 생각을 할 수가 없었다. 지금 그의 말을 따르지 않는다면 자신도 죽일 것이다. 살기 위해서라면 살인도 같이 해야 할 것 같았다. 그녀는 죽은 형사의 몸이 쓰러지지 않도록 꽉 움켜잡았다.

핌은 그녀가 한동안 시체를 넘어뜨리지 않고 잘 세워둘 거로 생각했다. 이제 과감하게 모험을 할 시기다. 그는 얼굴 가죽을 벗겨낸 형사를 업고 천천히 건물 밖으로 걸어 나갔다.

핌이 밖으로 나오자 모두 그는 보지 않고 그가 업은 남자의 상태를 살피느라 정신이 없다. 그리고 경황없이 구급차에 타도록 했다. 그들이 구급차에 타자 구급차도 다급하게 병원을 향해 출발했다. 이런 일들이 정말 순식간에 이루어졌다.

김원우는 그가 쉽게 현장을 탈출하는 것을 보고 깜짝 놀라 원룸에서 눈을 번쩍 떴다. 그리고 재빨리 그녀에게 전화했다.

*

"뭐?"

217

이지혜는 김원우의 이야기를 듣고 깜짝 놀랐다.

"그 구급차는 어디로 갔어?"

"그건 모르겠어요. 빨리 선배에게 알려야겠다는 생각에 그 뒤까지는 쫓지 않았어요."

"좋아. 고생했어."

"뭘요."

"이따 다시 통화하자."

이지혜는 팀장에게 전화하여 이 사실을 보고하려다 급히 생각을 바꿨다. 현장에 있지 않은 자신의 말을 믿지 않을 게 분명하다. 차라리 구급차를 쫓아가 그를 검거하는 게 더 빠르겠다는 생각이 들었다. 119 전화번호를 눌렀다.

"긴급출동 119 상황실입니다."

"서울청 광역수사대에 근무하는 이지혜 경위입니다. 방금 대림동에서 환자 두 명을 실은 구급차가 어느 병원으로 갔는지 확인 부탁드립니다."

"네. 잠시만요."

잠시 침묵이 이어졌다.

"성심병원으로 갔습니다."

"네. 고맙습니다."

이지혜가 운전하고 있는 붕붕이에게 말했다.

"서둘러서 성심병원으로 가주세요."

뜬금없이 성심병원이라니 붕붕이가 반문했다.

"성심병원이요?"

"네. 서둘러 주세요. 최대한 장기를 발휘해서요."

붕붕이가 씩 하고 웃으며 대답했다.

"네!"

그의 운전하는 모습을 보며 그녀는 생각했다. 형사는 운전도 잘 해야 한다고.

*

원룸에서 탈출한 핌은 이대로 병원으로 갈지 아니면 중간에 다른 곳으로 갈지를 생각했다. 일단 원룸에서 멀어지면 멀어질수록 안전하다는 생각이 들었다. 급하게 구급차에서 나가거나 구급차의 경로를 바꾸면 금방 노출되어 위험해질 것 같았다.

우선은 병원까지 간 다음에 분위기를 봐서 다른 곳으로 피신하는 게 좋을 것 같았다. 문제는 지금 자신의 모습이다. 흰색 분말을 뒤집어써서 어디를 가나 쉽게 눈에 띈다. 그는 눈알을 이리저리 굴리며 생각했다.

'병원에 도착하면 병원 화장실로 들어가 세수를 하고 환자나 의사 간호사들의 옷을 탈취해서 바꿔 입고 나와야겠어. 병원 밖으로 나와 흔적 없이 사라지자.'

이때 구급차가 급정거했다.

'왜 멈춘 거지? 벌써 병원에 도착한 건가?'

뒤쪽에 타고 있던 구급대원도 의아해하며 운전석 쪽을 바라보았다. 대원의 표정을 보니 아직 도착할 때가 아니라는 게 느껴졌다. 곧 구급차의 옆문이 열리고 단아해 보이는 한국 여성이 눈에 들어왔다. 그녀는 구급차 내부를 살피더니 핌이 앉아 있는 곳으로 다가왔다. 핌은 그녀가 의사 혹은 간호사일 거로 생각했다. 빠른 응급처치를 위해 중간에 차를 세웠을 것이다.

'한국이라는 나라는 의료시스템이 잘 구비된 나라다.'

그런데 아름답고 도도해 보이는 그녀의 입에서 뜻밖의 말이 흘러나왔다.

"핌. 당신을 살인혐의로 체포합니다. 당신은 변호사를 선임⋯⋯. 유어 바디 턴. 풋 유어 핸즈 업. 턴 유어 바디 어라운드. 오케이? 핸즈 업. 퀵크리. 퀵크리."

핌은 순간 이 장면이 영화 속의 한 장면 같다고 생각했다. 여배우의 입에서 손을 들으라는 대사가 계속 그의 귀에 울렸다. 배우를 해도 될 정도로 아름다운 외모를 지닌 여성이 경찰이라니 놀랍다. 그녀는 한 손에 무거워 보이는 권총을 들고 있다. 그녀의 뒤쪽으로 또 다른 조연 배우가 보였다. 네모난 얼굴을 가진 액션 배우가 권총을 들고 자신을 겨누고 있다.

저항할 것인가, 순순히 투항할 것인가? 수 초간 많은 생각이 빠르게 지나갔다. 어차피 검거되면 사형일 것이다. 그러니 마지막 발악을 하자.

그가 생각을 정하고 몸을 움직이자, '탕' 하고 총소리가 크게 울렸다. 이지혜는 이미 그가 투항하지 않을 것을 예상했다. 구급차 내부에 핌의 피가 폭죽처럼 퍼져 나갔다.

*

오타쿠의 커피숍에서 김원우는 이지혜와 간만에 데이트를 즐겼다. 그녀는 많이 피곤해 보였다.

"내가 총을 쐈어. 그 사람이 죽었으면 한동안 트라우마에 시달렸을 거야. 다행히 죽지 않았지만 그래도 충격이 크네."

"제가 최면 치료 해드릴까요."

"아니야. 이 정도는 나 스스로 극복해야지. 형사가 총도 쏘면서 범인도 잡아야 하지 않겠어."

"선배. 멋있어요."

"진짜?"

"진짜예요."

그녀는 김원우 덕분에 총포사 살인범을 무사히 검거했다고 말했다.

그는 그녀가 경찰관을 살해한 범인을 또 검거하면서 동료들에게 엄청난 환심과 인기를 얻고 있다는 사실을 알았다. 세평이 좋으면 특진도 쉽게 할 가능성이 크다. 그는 그녀가 승진해서 높은 자리로 가기를 바랐다. 그래야 능력을 충분히 발휘할 수 있다. 꼭 그렇게 되도록 자신이 도울 것이다. 하지만.

"저. 선배."

"응."

"우리 관계가 도대체 뭔지 모르겠어요."

"그게 무슨 말이야?"

그가 부끄러운지 고개를 숙이고 말했다.

"직장 동료인지 그냥 선후배 사이인지. 아니면."

그가 망설이다 어렵게 말을 했다.

"아니면 연인관계인지. 알고 싶어요."

그녀가 눈을 깜빡이며 그를 뚫어지게 바라보았다.

귀여워. 그의 외모가 무척 귀엽다는 생각을 수없이 했다. 오늘은 귀엽기도 했지만, 전보다 더 잘생겨 보였다. 이 생각이 바뀌지 않을까? 아마 당분간은 변하지 않을 것 같다. 그가 늙어도 귀여울 거라는 확신이 들자 그녀가 마음을 정하고 말했다.

"우리는 연인이야."

그는 자신의 귀를 의심했다.

"네?"

"연인이라고. 하지만 널 위해서 치마 따위는 입지는 않겠어. 안 입어도 상관없지?"

그가 들뜬 표정을 지으며 말했다.

"그럼요. 치마가 뭐가 중요하다고 그래요. 오늘부터 하루라고 할까요? 백일도 기념하고 그래야 하니까."

아마 그는 괜찮을지 모르겠지만 그의 부모는 나이 많은 그녀를 좋아하지 않을 것이다. 그녀는 벌써부터 그런 걱정을 하는 자신이 우습기도 했다.

현재가 중요하다. 남의 시선을 느끼지 않는 자세 또한 중요하다. 그걸 깨달으면서 생활했지만, 연애는 처음이라 조금 감정이 복잡하다. 힘든 업무에 지쳐 기댈 수 있는 든든한 어깨가 필요했는지 모른다.

그녀는 그런 감정을 들키기 싫어 무관심하게 졸린 표정을 지으며 말했다.

"너 알아서 해."

사실 그녀도 기념일을 정하는 것에 마음이 설레었다. 재미있을 것 같다. 사랑하는 사람을 위해 선물을 준비하고 알콩달콩 데이트도 하고 싶다. 그런 날이 올 것 같지만 아직은 그런 마음을 표현하고 싶지는 않았다. 이 설레는 감정을 들키기도 싫었다.

김원우는 그녀와 가까워진 계기가 바로 연쇄살인마 박정민이라는 것을 잘 알고 있다. 그를 검거한 후 그녀와 첫 키스를 하지 않았던가. 두 사람에게는 사랑의 은인이라고 해야 할지도 모른다.

"그런데 그 자식은 어떻게 되었을까요?"

"누구?"

"연쇄살인마 박정민이요."

＊

박정민이 어둡고 좁은 방안에서 두꺼운 심리학책을 보며 앉아 있다. 그의 턱선이 조금 날렵해져 있다. 항아리처럼 볼록하던 배도 들어가 예전 살인을 즐기던 모습으로 돌아와 있었다. 아니, 그전보다 더 건강해 보였다. 책장을 넘기자 그의 내부에서 메아리 같은 울림이 퍼져 나갔다.

'나의 성실한 추종자여! 너를 잡은 자보다 강한 능력을 갖추고 나가야 한다. 최면술과 염력을 익혀라. 선택받았기에 가능하다.'

박정민이 주먹을 움켜쥐며 고개를 끄덕였다.

"그렇게 하겠습니다."

박정민이 고개를 돌리고 두꺼운 양자물리학 서적을 노려보았다. 눈이 충혈되도록 책을 집중하여 보자 그의 이마에서 땀방울이 맺혔다. 신기하게도 책이 들썩거렸다. 잠시 후, 백과사전처럼 큰 책이 허공에 둥실 떠올랐다. 떠오른 책이 천천히 그의 손으로 날아왔다. 그와 동시에 그의 이마에 무수히 맺혔던 땀들이 턱 아래로 흘러내렸다.

Episode Ⅳ
〈빨간 벽돌의 연쇄살인마〉

1.

지구대 출입문을 활짝 열고 김원우와 박두만이 들어왔다. 두 사람 뒤로 50대 후반으로 보이는 아주머니가 따라 들어왔는데 마치 넋이 나간 표정이다.

서충길 팀장이 이 여성의 상태를 빠르게 스캔했다. 키 165㎝ 몸무게 55㎏, 고생을 별로 안 했는지 피부가 깨끗하고 주름이 없는 게 사모님 소리를 제법 들었을 것 같다. 이 여성은 박두만의 안내를 받아 지구대 소파에 손을 덜덜 떨며 앉았다.

서 팀장은 아주머니를 안심시키고자 부드럽게 말을 걸었다.

"괜찮아요. 금방 잡을 수 있으니까 여기 경찰관에게 천천히 진술해 주세요."

그러고는 김원우를 보며 물었다.

"용의자 인상착의는 나왔어?"

김원우가 휴대폰으로 전송받은 CCTV 영상을 팀장에게 보여주었다.

"검은 모자, 마스크, 그리고 검은색 등산복을 착용한 25세 정도 되는 남자입니다. 신흥어린이공원 방향에서 와서 신사동성당 방면으로 갔습니다."

"키는?"

"175㎝ 정도 되는 것 같습니다."

"일단 상황보고서 만들고 빨리 수배 요청해."

박두만이 끼어들며 말했다.

"상황실에는 이미 전파했습니다."

아주머니가 김원우와 박두만을 번갈아 보며 재차 물었다.

"근데 진짜 보이스피싱 맞아요? 믿겨지지가 않아서 그래요."

"아까 그렇게 설명해드렸잖아요. 보이스피싱 맞다니까 그러시네."

"네. 맞아요. 한국인 알바를 사서 중국에서 사기 전화를 거는 거예요. 조선족 말투로 하면 누가 속겠어요."

"요즘은 한국 조폭들도 보이스피싱 합니다. 예전과는 많이 달라졌어요. 스마트폰에 앱 같은 거 설치하라고 하면 절대로 해서는 안 됩니다. 설치하는 순간 이미 끝장나는 거예요. 개인정보든 뭐든 싹 보이스피싱 조직에 넘어가요."

이 말을 듣고 아주머니 속 터진다는 표정이다.

"한국 사람처럼 말을 너무 부드럽게 하고 알기 어려운 용어까지 섞어가며 말하니까 진짜인 줄 알았죠. 아이고, 그 돈이 어떤 돈인데."

사무실 의자에 앉아 듣고 있던 부팀장이 말했다.

"그런데 그렇게 많은 돈을 한꺼번에 찾는데 은행에서 아무런 의심도 안 했어요?"

"의심하더라고요. 자꾸 은행원이 왜 현금을 인출하는지 물어봤는데 제가 아들 사업자금으로 꺼내는 거라고 말했어요. 아유, 그놈들이 금융감독원이라고 하도 정신이 없게 만들어서. 그러면서 그렇게 말하라고 시키더라고요. 통장이 해킹 당했다고 빨리 돈을 찾으라며 전화도 끊지 못하게 하니, 지금이야 이상했지만 그때는 진짜 꼭 뭐에 홀린 기분이었어요. 흑흑."

자세한 내용을 모르는 부팀장이 물었다.

"그래서 돈을 그놈들에게 송금했어요?"

아주머니 눈물을 흘리며 고개를 흔들었다.

"그놈들이 돈을 집 세탁기 안에 넣어두라고 한 것도 이상했지만, 그럴 수 있겠다 싶어 시키는 대로 9천만 원을 찾아서 세탁기에 넣어두었는데……. 아유, 내가 미친년이지. 등본이 필요하다고 해서 잠깐 주민센터에 갔다 와보니 집이 엉망이잖아요. 그래서 혹시나 하고 세탁기를 보니 돈이 없어졌지 뭡니까? 아이고, 속 터져……. 아니, 보이스피싱 조직이 중국에 있다면서요. 그런데 어떻게 돈이 세탁기 속에 있는 걸 알고 가져간대요? 그 돈이 어떤 돈인데."

부팀장은 대충 사건 내용을 알게 되었다. 뭐 이런 황당한 보이스피싱이 다 있나 싶었지만 그런 내색을 하지 않고 피해자에게 말했다.

"보이스피싱 조직 운반책은 한국에 있고요. 전화 거는 놈들은 중국이나 해외에서 전화를 걸어요. 아마 세탁기에 돈이 있다는 것을 알고 집에 들어와서 가져갔을 거예요."

김원우가 자리에서 일어나 출력한 사진을 팀장에게 보여주며 말했다.

"근처 커피숍에 설치된 CCTV에 용의자가 잡혀 있었습니다. 검은 모자에 마스크를 착용하고 검은색 등산복 차림을 하고 쇼핑백을 들고 가는 모습입니다. 이 사진을 상황보고서에 첨부하고 빨리 공조 요청하겠습니다."

팀장이 고개를 가로저으며 말했다.

"일단 모든 순찰차에 신사동성당 주변을 수색하도록 무전을 치고, 자네들은 CCTV 관제센터에 가서 범인이 어디로 갔나 조사하도록. 상황보고서는 부팀장에게 만들라고 할 테니까."

"네. 그럼 저희는 CCTV 관제센터에 가서 범인의 동선을 찾아보도록 하겠습니다."

김원우가 지구대 사무실을 나서면서 피해자를 돌아보았다. 그녀는 멍한 표정으로 자리에 앉아 있었다. 그 모습을 보자 더욱 애잔한 마음이 들었다. 그 누구도 보이스피싱 조직에 걸리면 벗어나기 힘든 세상이 되어가고 있다. 개인정보가 조금만 누출되면 그 빈틈을 보이스피싱 조직들이 교묘하게 파고든다. 그래서인지 타인을 믿지 못하는 불신의 시대로 점점 바뀌고 있는 것 같다. 스마트폰이 편리하긴 하지만 이런 것을 보면 예전 아날로그 시대가 좋았다는 생각마저 들었다.

팀장은 이 보이스피싱 사건의 범인을 검거하지 못하더라도 피해자를 최대한 안심시켜주고 싶었다.

"지능범죄수사팀에 연락해서 범인을 꼭 잡으라고 할 테니까 너무 걱정하지 마세요."

아주머니가 기대에 찬 눈으로 그를 바라보며 말했다.

"정말 잡을 수 있을까요?"

팀장은 불가능하다고 생각했지만 지금은 피해자를 안심시키고 돌려보내는 게 중요하다고 판단했다. 그가 힘있게 말했다.

"물론이죠."

*

CCTV 관제센터.

수많은 관제 요원들이 자신의 책상 위에 놓인 모니터를 주시하고 있다. 관제 요원 한 명당 모니터 3개 또는 5개의 화면을 보고 있었다. 모니터 속에는 수많은 CCTV 영상이 실시간으로 나타나고 있다.

김원우는 처음 와본 CCTV 관제센터의 모습을 경이롭게 바라보았다. 박두만도 그와 마찬가지로 처음 왔는지 주위를 신기하게 구경했다. 그들이 두리번거리자 경찰 복장을 한 남성이 다가와 물었다.

"어디서 오셨어요?"

"서부경찰서 고담지구대에서 왔습니다."

김원우가 사설 CCTV에 찍힌 범인의 사진을 관제센터에 근무하는 경찰관에게 보여주며 말했다.

"이 검은 모자와 마스크를 착용한 남자가 10시 56분에 응암로 30번길 11 앞 도로를 지나갔는데요. 그 후 행방을 좀 알고 싶습니다."

관제센터에 상주하는 경찰관 경사 최준열이 고개를 끄덕이며 말했다.

"공문 가져오셨습니까?"

박두만이 물었다.

"무슨 공문이요?"

"공문이 있어야 CCTV를 열람할 수 있습니다. 처음 오셔서 모르시나 보네요."

김원우가 급히 나서서 말했다.

"저희가 급해서 그러니 이해 좀 해주세요. 범인은 보이스피싱 조직원으로 피해자 집에서 돈을 가져간 놈입니다. 공문은 지구대에 돌아가서 바로 작성하여 보내드리겠습니다. 우선은 이놈 행방이 중요하니 먼저 부탁 좀 드리겠습니다."

최준열이 대단히 거만하게 말했다.

"그럼 처음부터 보이스피싱 건이고 공문은 곧 해서 준다고 말을 하셔야지요."

김원우가 고개를 조아리며 말했다.

"저희가 처음이라서."

최준열이 용의자 사진을 관제센터 요원들에게 보여주고 검은 모자를 찾도록 지시했다. 이런 일을 자주 겪어보았는지 관제센터 요원들이 5분도 채 되지 않아 금방 검은 모자를 찾아버린다.

30대 중반으로 보이는 여성이 손을 번쩍 들며 소리쳤다.

"찾았습니다. 응암로 11번길 24 앞에 있는 모텔로 들어갔어요."

"어느 모텔인지 알 수 있을까요?"

이 여성은 전문가답게 CCTV 화면을 크게 확대했다. 그러자 모텔 간판이 또렷하게 잘 보였다. 박두만이 모텔 이름을 확인하고 수첩에 적었다.

"샹크모텔이네요. 감사합니다. 김 순경! 빨리 가보자고."

그런데 김원우가 화면을 유심히 보더니 고개를 꺄우뚱하며 관제요원에게 물었다.

"어! 검은 모자 옷이 바뀌었네요. 이 사람이 확실하게 맞나요?"

"네. 공중화장실에 들어갔다 나온 후에 옷이랑 모자가 바뀌었어요. 그래도 이 사람 맞아요. 옷은 바꿔 입을 수 있어도 신발까지 바꿔 신는 경우는 거의 없거든요."

김원우는 지금까지 경찰들이 범인을 검거하는 줄 알았다. 하지만 여기 이 사람들의 도움이 없다면 범인을 쉽게 검거하기 힘들겠다는 생각이 들었다.

가만 지켜보던 최준열이 말한다.

"쇼핑백이 없어지고 학생용 백팩으로 바뀌었네요. 돈을 저 백팩에 넣은 것 같습니다. 빨리 잡지 않으면 분명 다른 전달책에게 돈을 건넬 겁니다. 그리고 혹시 범인이 다른 곳으로 이동하면 서부서 상황실로 알려드리면 되겠죠?"

"네. 서부서 상황실로 범인 동선을 알려주십시오."

"걱정하지 마세요. 주변에 CCTV가……."

두 사람은 그의 말이 끝나기도 전에 밖으로 용수철처럼 튀어나갔다.

김원우는 어깨에 부착된 무전기로 서부경찰서 상황실에 급히 무전을 쳤다.

"서부 상황실, 여기 순345호."

—치칙, 여기 상황실.

"신고번호 987번 관련 용의자가 응암로 11번길 24 샹크모텔에 있다. 인상착의는 검은 모자에 학생용 그레이 백팩, 남색 아디다스 상하의 운동복, 흰색 운동화 착용했다."

—치칙. 순345호! 다시 천천히 말해주기 바란다.

"다시 말하겠다. 987번 용의자가 응암로 11번길 24 샹크모텔에 있으며 인상착의는……."

관제센터를 나온 두 사람은 급하게 순찰차를 타고 샹크모텔로 출발했다. 조수석에 앉은 박두만이 서충길 팀장에게 전화했다.

"팀장님. 보이스피싱 조직원이 모텔에 있는 것을 확인했습니다."

"나도 무전 들었어. 순343호가 근처에 있어서 빨리 가라고 보냈는데 자네들도 혹시 모르니까 가보라고."

"네. 팀장님."

전화를 끊은 박두만이 신이 난 듯이 파트너 김원우에게 말했다.

"사이렌 울리고 밟으라고."

"네. 선배님!"

삐용 삐용.

순찰차에서 시끄럽게 사이렌 소리가 울려 퍼지자 앞차들이 길을 비켜주기 시작했다. 두 사람은 같은 생각을 했다. 자신들이 검거는 못 하더라도 피의자의 도주로는 차단할 수 있을 거라고. 서두르는 그에게 박두만이 차분하게 말했다.

"너무 서두르지 말자. 그러다 사고 나면 우리 책임이니까."

"다른 근무자들이 벌써 도착했다고 무전 나오네요."

"응."

"범인이 다른 곳으로 가지 않았다면 곧 검거하겠네요."

"그렇지."

두 사람이 무전 소리에 귀를 기울였다. 금방이라도 범인을 검거했다는 무전이 나올 것으로 예상하면서.

–치칙. 상황실에서 일방 지시한다. 관내에 코드 제로 사건이 발생했다. 코드 제로로 각 순찰차는 긴급배치. 고담지구대 순찰차들은 그대로 샹크모텔로 이동 바람.

갑자기 코드 제로라니. 코드 제로는 살인, 강도, 강간, 납치 등 중요사건이 발생했을 때 지령하는 무전 암호다. 도대체 관내에 무슨 사건이 벌어진 것일까?

이런 마음을 알았는지 부팀장에게서 전화가 걸려왔다.

"우리 지구대 관내에 살인사건이 발생했다. 순343호가 보이스피싱 범인 잡았다고 하니까 너희는 샹크모텔로 가지 말고 곧장 지구대로 와. 와서 팀장님 모시고 사건 현장으로 가도록."

"네. 알겠습니다."

방향을 바꾸어 지구대로 향했다.

두 사람이 도착하니 보이스피싱 조직원이 검거되어 지구대에 이미 와 있었다. 그는 의아한 눈으로 계속 경찰관들에게 질문했다.

"제가 거기 있는 거 어떻게 알았어요? 옷도 갈아입었는데. 그리고 아주머니를 제가 직접 만난 것도 아닌데. 어떻게 알았어요?"

그는 양손으로 머리를 감싸 쥐며 자신의 완전 범죄가 어디서부터 잘못되었는지 알아내려고 애썼다. 그 모습을 보며 김원우는 실소를 금치 못했다. 얼마 전에 검거한 고등학생 차량털이범과 같은 모습이다. 그 고등학생도 저렇게 자신의 범행을 어떻게 알았는지 몹시 놀라워했다.

그 학생은 길가에 주차된 차량의 문을 열어보고 열리면 차 안의 물건을 훔쳤다. 그는 당연히 아무도 본 사람이 없을 줄 알았다. 저기 앉아 있는 보이스피싱 전달책처럼 완전 범죄라 생각했다. 하지만 보이스피싱 전달책처럼 그 학생은 CCTV가 지켜보았다는 사실을 뒤늦게 알게 되었다.

팀장이 허둥대며 김원우에게 소리쳤다.

"빨리 현장으로 가자. 무슨 살인사건이 터지고 난리인지 모르겠네."

팀장뿐 아니라 다른 직원들도 살인이라는 단어에 허둥대며 어찌할 바를 모르고 있었다.

"김 경사와 권 순경은 전달책 검거보고서 작성하고 서류랑 신병 넘겨. 남은 사람은 현장에 가보자고."

김원우는 팀장을 순찰차에 태우고 사람이 죽어 있다는 현장으로 급히 출발했다.

*

먼저 도착한 지구대 경찰관들은 빨리 형사과 직원과 과수반이 오기를 기다리는 중이었다. 부동산 업자가 제일 먼저 피해자를 발견하고 신고했다. 그곳은 재개발 지역이라 빈집들만 가득하고 행인도 거의 없는 곳이었다. 시신은 빈집에서 발견되었다.

팀장을 모시고 현장에 도착한 김원우는 피해자가 있다는 집을 슬쩍 쳐다보았다. 곧 무너질 것 같은 빈집이다. 대문 사이로 피해자가 마당에 쓰러져 있는 모습이 보였다. 곧 감식반이 도착하여 피해자를 그대로 둔 채로 사진부터 촬영하였다. 또 다른 감식반원이 피해자의 머리 가죽이 떨어져 있는 것을 찾아 여러 각도에서 사진 촬영하였다.

피해자는 둔기로 맞았는지 얼굴이 퉁퉁 부어 있었다. 코와 입은 피가 검게 굳어 있었다. 덩치가 좋아 힘깨나 쓸 거 같은 남자인데 힘도 못 쓰고 맞아 죽은 모습이다. 범인이 여러 명인가?

이런 생각을 하는 동안 또 다른 감식반과 형사과 강력팀이 속속 도착했다. 강력팀장이 지구대 경찰관들에게 폴리스 라인을 넓게 설치하고 현장을 통제해 달라고 요청했다.

김원우가 강력팀장을 보니 지난번 연쇄살인범 박정민과 보험설계사 김순희를 함께 수사한 독사 박영철이었다. 여전히 그의 맹금류 같은 눈빛에서 카리스마가 뿜어져 나오고 있었다. 박영철도 김원우를 알아보고 먼저 아는 체를 했다.

"김 순경. 고생하는구먼."

"아닙니다. 팀장님이 더 고생하시네요."

"그렇지. 이제부터 이놈을 검거할 때까지 피똥 싸게 생겼어."

"혹시라도 제가 도울 일이 있으면 연락해주십시오."

"그래. 잘 알겠어. 고마워."

박영철도 그가 최면술을 구사하는 것을 잘 알고 있다. 이 사건에 그의 도움이 필요할지도 모르겠다. 박영철은 여기 오기 전까지 한가로웠던 일상을 떠올렸다. 아무 일도 없다고 원망하지 않았나. 하지만 일이 막상 터지니 당분간 일상의 소중함을 그리워할 것만 같다.

*

– 7시간 전.

침대에서 눈을 뜨자 창밖이 아직 어둡다. 박영철의 아침은 늘 좀 이른 시간에 시작된다. 빛보다 어둠이 많은 시간에.

또 하루가 시작되는구나. 힘든 하루겠지만 또 하나의 새로움이 있다는 것에 희망을 걸고 날이 밝기 전에 집을 나선다. 지하철에 몸을 싣고 사람들의 모습을 보며 그들의 일상을 그려본다. 얼마나 고통스럽게 또는 얼마나 행복하게 살아왔는지가 보인다.

이른 새벽부터 지하철 안으로 모여드는 사람들로 인해 열차 칸이 북적인다. 한 무리의 상인들이 열차에 오르자 그들의 얼굴에서 행복과 희망이 보였다. 자신들의 삶에 만족하는 얼굴들이다. 그런 얼굴들을 뒤로하고 사무실에 도착했다.

사무실 분위기는 그가 생각하는 분위기가 아니다. 너무 조용하고 한가롭다. 한가롭다는 것은 형사에게 좋지 않다. 형사는 항상 긴장하면서 근무해야 한다. 나태해지면 자신에게 위험이 찾아왔다고 스스로 느껴야 한다.

출근하면 언제나 그랬듯이 먼저 하는 일들이 있다. 지난밤 어떤 사건들이 벌어지고 또 어떤 사건의 범인이 검거되었는지 파악하는 것이다. 그리고 벌어진 사건에 대해서 지원을 해주어야 하는지도 살펴봐야 한다. 그의 아침은 항상 전쟁의 서막과 같았다. 이런 생활은 형사 생활 25년 동안 변하지 않았다.

이렇게 지난밤 사건들을 살펴보고 있자니 팀원들이 하나둘 출근하기 시작했다. 요즘은 세대가 달라진 것인가? 젊은 직원들은 출근 후 사건들에 관심을 보이지 않는다. 출근하자마자 모여서 가지고 온 커피나 마시며 떠든다. 도대체 저런 직원들은 업무에 관심이나 있는 것일까? 불현듯 짜증이 나 소리쳤다.

"내 것은 없냐?"

팀원들이 반가운 듯이 달려와 말했다.

"팀장님, 따뜻한 아메리카노 대령했습니다."

"팀장님, 어제 절도 4건 들어온 거 말고는 특별한 일이 없었네요."

"금요일에 일어난 퍽치기 용의자 소재 파악했는데 팀장님 얼굴 봤으니까 준철이랑 나가서 검거하고 오렵니다."

박영철의 표정이 밝아졌다. 기특한 새끼들이다. 오늘도 이렇게 믿음직한 식구들을 믿고 조용히 하루가 지나갔으면 좋겠다. 아니 조금 심심하지 않을 정도의 사건만 일어났으면 좋겠다.

하지만 그의 바람은 그리 오래가지 않았다. 점심을 먹는 와중에 살인사건이 발생했다는 무전이 터졌다. 하필 그가 좋아하는 대구탕을 먹기 직전에 말이다. 막 대구탕 국물을 뜨려던 수저를 내려놓았다.

박영철은 팀원들을 사무실에 모두 모이게 하고 곧바로 현장으로 달려갔다. 팀원들도 제대로 식사를 못한 눈치다. 팀원들이 투덜거렸다. 밥이나 먹고 나서 무전이 나왔으면 좋았을 것을.

살인 현장은 모든 것을 말해준다. 범행이 계획적인지 우발적인지, 면식범인지 아닌지, 범인이 이 지역을 잘 아는지 모르는지 모두 알려준다. 현장에 도착한 박영철은 시신을 살펴보았다.

피해자의 얼굴이 많은 폭행을 받아 퉁퉁 부어 있었다. 계획적이라면 저렇게 폭행을 하지 않았을 것이다. 여기서 면식범인지 아닌지 헷갈린다. 왜 이렇게 많은 폭행을 하였을까? 피해자의 지갑이 없는 것을 보면 강도에게 당했나? 우발적이라는 말인가? 현장에서는 모든 가능성을 열어두어야 한다. 그래야 실수를 줄일 수 있다.

현장 조사를 마친 박영철이 사무실로 먼저 돌아왔다. 박영철은 현장에서 늦게 돌아온 김준철에게 재차 물었다.

"주변에 CCTV는 찾았어?"

"한 군데 있습니다."

"다행이네. 까봤어?"

"동네 슈퍼마켓에서 달아놓은 CCTV인데 밤이라 어두워서 선명하지가 않습니다."

"슈퍼마켓은 왜 CCTV를 설치한 거야?"

"지나가는 차들이 가게 앞에 쓰레기를 무단 투척하곤 했던 모양입니다."

"그걸 잡으려고 설치했군. 그런데 선명하지 않아?"

"네. 다만 남자가 두 명이라는 것과 보통 체격에 걸음걸이 정도만 식별할 수 있습니다."

"일단 그거라도 어디야. 나가서 비슷한 인물을 찾아보고 탐문해야지."

박영철이 생각하는 이 사건은 대충 이러했다. 어디선가에서 함께 술을 마시고 나온 두 사람이 무슨 이유로 다투다가 한 사람이 죽었다. 그 동행했던 일행이 현재 유력한 용의자로 보인다. 그런데 그가 누구인지 전혀 알 수가 없다.

형사들이 피해자가 죽은 현장 일대의 술집과 포장마차를 뒤졌다. 두 사람이 술을 마셨다고 하면 닥치는 대로 찾아가 조사했다. 단순히 술을 마셨다는 이유로 조사를 받으니 기분이 나빠 협조하지 않는 사람들이 많았다. 그래도 형사들이 어떻게든 그들을 물고 늘어져 알리바이를 조사했다. 또 CCTV나 블랙박스 영상이 있으면 모조리 수거하여 일일이 확인했다.

박영철은 두 사람이 단순한 시비로 티격태격하다 사건이 벌어졌을 거로 생각했다. 술에 취해서 이성을 잃고 싸우는 경우를 많이 봤기 때문이다. 우발적으로 벌어진 일이 분명하다. 시체가 보여주는 특성이 그런 말을 하고 있었다.

박영철의 강력1팀이 탐문수사에 집중하는 동안 다른 강력팀들은 피해자의 휴대폰에서 사건 당일의 통화기록을 조사했다.

통화기록에 남겨진 모든 사람을 용의자로 보고 한 명 한 명 당일 알리바이를 조사했다. 대부분의 경우에 피해자가 마지막으로 통화한 사람이 범인인 경우가 많다.

박영철의 책상 위에 놓인 전화기가 시끄럽게 울렸다. 전화를 받으니 반갑지 않은 형사과장이다. 또 무엇으로 귀찮게 하려고 전화한 것일까? 형사과장의 목소리를 듣자 박영철의 미간이 저절로 좁아졌다.

2.

어느 고시원.

한 평이 조금 넘는 공간에 다목적 용도로 쓰이는 침대가 놓여 있다. 이 침대 하나만으로 방이 꽉 차 보였다. 침대 밑으로 소지품을 넣는 보관함이 빈 곳을 가득 메우고 있었다. 방 주위에는 성을 쌓듯이 빈 소주병과 컵라면들이 널려 있었다. 침대 위 이불이 꿈틀거렸다. 이불에는 담배 구멍이 여러 군데 나 있고 오랫동안 빨래를 하지 않았는지 지저분했다.

이불 속에서 58세 서길준이 땀을 흠뻑 흘리며 잠을 자고 있다. 그는 악몽에 시달리고 있었다. 그가 꾸는 꿈은 항상 일정했다.

과거 살인을 저질렀던 집에 그가 다시 들어가 살인을 저지르는 꿈이었다. 집 안에 있던 현금들을 모두 가방에 담았다. 가장으로 보이는 남성이 그를 붙잡았다. 망설임 없이 부엌에 있던 식칼로 그자의 배와 가슴을 찔렀다. 그의 아내와 세 살쯤 되어 보이는 딸이 눈에 들어왔다. 원래는 그냥 가려고 했는데 사람을 죽이자 갑자기 성욕이 발동했다.

어린 딸이 보는 앞에서 그녀를 강간했다. 피 냄새와 그녀의 소변 냄새가 그를 무척 흥분시켰다. 꿈속이었지만 냄새가 너무 강렬했다. 강간 후에 그녀의 유방에 칼질을 했다. 그녀의 딸은······.

그리고 묵직한 가방을 들고 나왔는데 재수 없게 밖으로 나오자마자 경찰차가 도착해 있었다. 순찰차에서 키가 큰 순경이 내려 자신을 검거하려고 했다. 도망치다 순경에게 잡히고 말았다.

물론 꿈속에서는 검거되었지만 실제로는 아니다. 검거되는 순간 꿈에서 깨어난다.

그는 이 꿈을 자주 꾸었다. 처음에는 무서워서 자수할까 하는 생각도 들었지만, 지금은 아니다. 그는 시간이 지나면 기억이 희미해지듯 이 일도 잊힐 거로 생각했다. 공소시효가 있는 것처럼 그의 악몽도 점점 사라질 것이다. 아니면 그가 검거되는 순간 악몽이 사라질지 모르겠다.

목이 말랐다. 먹다 남은 생수병을 들어 물을 입안으로 털어 넣었다. 물이 그의 식도를 넘어가는 순간 어젯밤에도 누굴 죽인 것 같다는 생각이 번쩍 들었다. 누굴? 왜? 무엇 때문에? 어떻게?

그는 마시던 생수병을 급히 바닥에 내려놓았다. 그리고는 두 손으로 머리를 감싸 쥐며 어제의 일들을 바둑기사가 복기하듯이 시간의 동선에 따라 차분히 떠올리기 시작했다.

*

서길준은 미성년자와 채팅앱으로 조건만남을 하다 아청법(아동청소년의 성보호에 관한 법률)에 걸려 교도소에 들어갔었다.

조건만남으로 나온 여자는 가출 청소년이었는데, 그녀는 패거리와 함께 돈을 벌려는 목적으로 조건만남을 하고 있었다. 그녀가 먼저 남자의 상태를 보고 돈을 뜯을 수 있을 것 같으면 일행에게 연락한다. 그러면 일행들은 모텔방으로 찾아와 여자의 오빠인 척 협박하여 돈을 뜯어냈다. 하지만 돈이 없을 것 같으면 여학생은 상황을 보아 나오든지 아니면 경찰에 신고해서 나온다. 이런 계획으로 이들 무리는 여러 건의 범행을 저질러왔다.

이런 사실을 모르는 서길준은 어린 여학생을 만나자 발정난 개처럼 흥분했다. 어린 여학생은 돈부터 요구했고, 그는 섹스 먼저 하고 준다고 하며 서로 티격태격했다. 느낌이 이상했는지 여학생은 그냥 모텔방에서 나가려고 했다. 서길준은 그녀가 자신을 무시하는 것 같아 무지막지한 주먹을 휘둘렀다. 그녀는 실신했고 서길준은 그런 그녀를 무참히 강간했다. 만일 경찰관이 출동하지 않았다면 그녀는 사망할 수도 있었다.

여학생의 패거리들이 근처에서 망을 보고 위험이 없는지 살펴보는데 연락이 안 되자 경찰에 신고했다. 그가 검거되어 불행 중 다행이지만 여학생의 상태는 매우 심각했다. 항문은 파열되었고 얼굴 광대뼈는 함몰되어 예전의 얼굴로 회복하기 힘들어 보였다. 이 일로 그는 7년형을 선고받고 감방에 들어갔다.

서길준은 그렇게 교도소에서 복역했다. 복역하면서 그는 다행이라고 생각했다. 이미 그 전에 사람을 죽여 피할 곳을 찾아 헤매던 중이었기에 교도소는 그에게 좋은 피난처 아니, 좋은 휴식처였다. 그곳에서는 악몽에 시달리지 않았다. 악몽에 시달리지 않자 건강도 회복했다. 죗값을 받는 동안 모처럼 그에게 마음의 평화가 찾아왔다.

그러다 사기죄로 수감된 40대 중반의 김광운을 만나게 되었다. 수감번호 4116호 김광운은 화려한 전과 기록을 가지고 있었다. 그는 공문서 위조로 검거되었다. 그는 경찰신분증을 위조해서 형사처럼 활동하고 다녔다. 대단한 배포다. 그리고 그는 남들을 속이는 데 뛰어난 감각을 지녔다. 서길준은 그에게 사기 기술들을 많이 배웠다.

그중에서 가장 마음에 드는 것은 그가 성인오락실에서 돈을 갈취하는 방법이었다. 서길준의 유일한 취미가 성인오락실에서 게임을 즐기는 것이기에 4116호의 이야기는 무척 흥미로웠다.

보통 게임장에 게임기가 70대에서 150대가량 있다. 이 게임기 한 대의 값이 50만 원에서 150만 원 선이다. 하루 평균 게임장에서 유통되는 현금이 일이천만 원가량 되지만 그보다 게임기 기계 값만 적게는 1억에서 많게는 2억이다. 위법 사항이 발각되면 경찰에게 현금과 기계를 압수당하고 순식간에 돈 몇 억이 사라진다.

업주들은 이런 사실들을 잘 알고 있지만 위험을 감수하고 게임장을 연다. 게임장으로 쉽게 돈을 벌어봐서인지 다른 사업은 생각하지 않는다. 오로지 경찰의 단속을 피하고 돈을 벌 생각만 한다. 4116호는 그 점을 노렸다.

단속 경찰관들은 업소의 불법행위를 적발하기 위해 손님으로 위장하기도 하고 정보원들을 게임장에 몰래 보내기도 한다. 게임장 업주는 그런 사실을 잘 알기에 인증된 회원들만 출입하도록 회원제로 게임장을 운영한다. 정말 창과 방패의 싸움이다.

한쪽은 단속하려고 온갖 방법으로 찌르고 다른 한쪽은 갖은 꾀를 동원해서 막는다. 경찰관으로 보이거나 뜨내기손님은 잘 받지 않는다.

가끔 뜨내기손님을 받는 경우도 있다. 호구로 보이거나 가게에 단골로 오는 손님이 데리고 오면 받는다. 일종의 보증인처럼. 하지만 그들에게 쉽게 환전을 해주지는 않는다. 어느 정도 신뢰가 형성되면 생색을 내며 환전해준다.

게임장에서 돈을 환전해주면 불법이다. 4116호는 그 점을 노렸다. 게임 점수를 돈으로 바꿔주는 장면을 몰래 촬영해 업주들을 협박하고 돈을 뜯어냈다. 그는 몰래카메라 장비도 여러 개 가지고 다녔다. 만년필, 자동차 키, 안경 등 다양한 장비들을 갖추고 있었다.

4116호의 설명을 들으면서 서길준은 감탄했다. 자신이 호구처럼 인생을 살아왔다는 생각에 마음의 평화가 깨지기도 했다.

"게임장에서 돈을 딸 확률이 몇 퍼센트나 될 거 같아요?"

예전에 갔던 게임장의 모습을 생각해보니 손님 30명 중에서 5명 정도는 따는 것 같았다.

"20프로는 따지 않을까."

"손님이 딸 확률은 0프로예요."

"0프로면 누가 게임장에 가서 게임을 해."

"왜 0프로인지 제가 설명해드릴게요. 보통 처음 게임장에 찾아간 손님이 돈을 딸 확률은 20프로예요. 그럼 그 손님이 다시 찾아가서 딸 확률은 몇 프로겠어요? 다시 찾아가서 게임을 하면 100프로 잃어요. 결국은 잃은 돈에서 조금 따고는 오늘 돈을 땄구나 하고 생각하는 거예요. 결과적으로 보면 계속 잃고 있는데도 말이죠."

그의 말은 사실이다. 자신도 본전 생각에 게임장에 노예처럼 가지 않았던가. 게임장을 찾아가는 사람들 대부분이 돈을 잃는다. 불법 게임장에 가는 손님들은 한 번 맛본 대박을 잊지 못해 날마다 수십에서 수백만 원을 잃는다. 자신도 그런 손님 중 하나였다. 단돈 몇 만 원으로 수십에서 수백만 원의 돈을 따본 사람이라면 안 할 수가 없다.

비록 자신은 한 번도 대박을 터뜨리지 못했지만, 옆에서 대박을 터뜨리는 것을 보는 것만으로도 흥분되었다. 같이 돈을 따는 느낌이 들었다. 그는 막노동으로 번 돈 수백만 원을 게임장에서 며칠 만에 날린 적도 많았다.

그냥 재수가 없어서 잃었다고 생각하고 툴툴거리며 자리에서 일어났었다. 하지만 4116호의 이야기를 듣자 잘못되었다는 사실을 깨달았다. 게임장의 게임기가 조작되어 돈을 딸 수가 없는 구조라는 것을.

"원래 게임물관리위원회에서 게임기를 허가해줄 때는 손님이 이길 확률이 80프로였어요. 80프로만 해도 업주가 돈을 버는 구조이지만 그렇게 벌려면 시간이 오래 걸리니 업주들이 게임기 승률을 20프로 아니 10프로까지 낮춰놨어요. 그러니 게임기에 돈만 들어가는 거죠."

"그것도 불법이겠네."

"아니요. 승률 조작은 불법이 아니에요. 업주 재량이에요."

손님이 무조건 잃는 구조라는 것을 어느 정도 알았다. 이제 그들에게서 갈취하는 방법을 배우고 싶었다.

"그럼 어떻게 갈취해? 나도 좀 써먹자."

"먼저 돈을 투자해야 해요. 게임장에서 환전하는 모습이 잘 나오도록 촬영하려면 자주 가서 돈을 잃어야겠죠. 그리고 갈취할 거면 작은 가게는 가지 마세요. 돈도 없어서 배 째라고 나오니까."

4116호는 게임장의 기계가 고가이고 규모가 있으면 일천에서 삼천만 원을 요구하고, 규모가 작은 게임장은 오백에서 천 정도를 요구했다. 게임장 사장은 절대로 경찰에 신고하지 않는다. 돈으로 해결하는 경우가 대부분이고 간혹 건달들을 동원해 겁을 줄 때도 있다. 이때 그는 슬쩍 위조한 경찰신분증을 보여주고 말했다.

"이 바닥에서 평생 장사 못하도록 만들어버릴 수 있어. 어떻게 할래?"

그는 4116호에게서 갈취 방법 배웠고 출감하면 곧장 써먹으려고 마음먹었다.

그는 모범수로 5년 만에 출소한 후 만만한 게임장을 찾아갔다. 그의 행색을 보고 게임장 사장과 종업원들은 전혀 의심하지 않았다. 딱 보아도 게임에 중독된 호구 같았다. 단지 그의 몸에서 싸늘한 기운이 도는 게 기분 나빴지만, 게임을 못 하게 막을 정도는 아니라고 생각했다.

그는 3일 동안 게임장에서 모은 게임 점수를 돈으로 환전했다. 물론 그 장면을 자신의 만년필로 된 몰래카메라로 촬영했다. 동영상이 잘 촬영된 것을 확인한 그는 종업원에게 사장을 만나고 싶다고 했다.

"너희 사장에게 할 말이 있으니까 요 앞 커피숍에서 보자고 전해줘."

"무슨 말인데요?"

"내가 환전하는 걸 비디오로 찍었는데 잃은 돈 안 돌려주면 경찰에 신고한다고 말 전해. 알아들었냐?"

그리고 몇 시간 뒤에 게임장 사장을 만났다. 사장은 그에게 술이나 한잔하며 이야기를 나누자고 말했다. 게임장 사장은 그가 돈을 많이 잃어 그런 줄 알고 돈 몇 푼 주어서 돌려보낼 생각이었다.

돈을 주려고 한 이유는 그의 눈빛이 싸늘해서 뭔가 큰일을 낼 것 같았기 때문이다. 차비 명목으로 몇 십만 원 주고 돌려보내는 게 낫겠다고 생각했다.

두 사람은 손님이 없는 한적한 식당으로 장소를 정해 술을 마셨다. 사장은 어서 이 노숙자 같은 손님에게 돈을 주고 빨리 돌려보낼 생각으로 술을 계속 권했다.

서길준은 그의 앞에 있는 게임장 사장에게 얼마를 요구해야 할지 잠시 머뭇거렸다. 이미 설계된 답안지가 있었지만 곰 같은 사장의 모습에 선뜻 말을 꺼내기가 어려웠다. 그는 4116호처럼 말하지 못해 답답했는지 술이 자꾸 술술 들어갔다.

'불타는 사오정'과 '황금수저'라는 게임기는 성인 게임장에 설치된 게임기 중에서도 고가에 속한다. 그런데 이 게임장에는 고가의 게임기가 150대 있었다. 150대면 2억 원 정도 투자한 게임장이다.

이 정도 게임장이면 얼마를 불러야 할까? 삼천 아니 오천? 사장이 승낙할 수 있게 융통성 있게 부르자. 산수에는 약하지만 돈 계산은 빠른 그가 답안지를 내밀었다.

"어이, 김 사장. 신고 안 하는 조건으로 이천만 원만 주소."

김 사장의 두꺼운 손에 있던 작은 소주잔이 놀랐는지 바닥에 떨어졌다. 이십만 원으로 쇼부를 치려는 찰나에 무슨 뚱딴지같은 소리인가 싶어 자신의 귀를 의심했다.

"내가 환전상에게 환전하는 영상을 가지고 있어. 여기 USB 보이지? 깨끗하게 잘 찍혔지. 돈 주면 이 증거물 바로 폐기 처분할게. 안 주면 바로 경찰서로 가지고 갈라니까 이천만 원에 쇼부 보세."

김 사장은 대답하지 않고 눈만 깜빡였다. 조금 놀라서 두뇌가 일시적으로 가동이 멈췄다. 곧 그의 두뇌가 회전하기 시작하자 김 사장은 흥분하여 소리쳤다.

"거시기, 이십만 원이라면 차비나 하라고 주겠지만, 머시여 이천? 이천이면 나가 다른 곳에 가게를 차려불것네. 마음대로 신고해 봐. 별 미친 새끼가 와서 지랄하네."

표정이 단호해 보였다. 순순히 주지 않을 줄은 알았지만 김 사장의 말투가 영 거슬렸다. 그의 말투가 마음에 들지 않아 그대로 경찰서로 가고 싶었다. 하지만 그는 경찰들을 만나는 것도 또 경찰서를 찾아가는 것도 너무나 싫었다.

4116호처럼 아쉬울 게 없는 표정으로 말해야 하지만 그게 쉽지 않았다. 그가 약간 떫은 감을 씹은 표정으로 말했다.

"저, 그럼 김 사장. 천만 원에 좋게 해결하지."

김 사장이 그의 약해지는 모습을 보자 더욱 기세등등해졌다. 자신이 전라도 사투리를 쓰니까 상대가 겁을 먹는다는 생각마저 들었다.

"뭐라고라. 천? 시방 장난하시나? 앞으로 우리 가게 얼씬거렸다가는 눈구멍을 파버릴라니까 그리 알고 좋게 가시오. 아따, 살다 살다 별 좆 같은 소리를 다 듣네. 나가 협박을 받아보고 겁나 무서워 불구만."

김 사장이 곰처럼 자리에서 일어났다. 그가 이대로 가버리면 며칠간의 고생이 헛물만 켠 것이 된다. 아쉬운 사람은 김 사장이 아니라 바로 그였다. 그가 허름한 술집을 나가려는 김 사장의 손목을 잡으며 다시 애원조로 말했다.

"어이, 김 사장. 내가 출소해서 모은 돈을 거기 게임장에다가 모두 꼬라박았어. 거기에 넣은 돈이 삼백이 넘어. 이 사람아! 그렇게 무정하게 할 것이여?"

"나가 우리 가게 오라고 했어? 나가 우리 가게에다 돈 꼬라박으라고 했어? 네가 좋아서 아니 내 돈을 갈취하려고 온 것이잖아. 그거 가지고 경찰서 가서 신고 백날 해봐. 나가 한 가지 사실 알려줄게. 경찰서에 내가 상납한 돈이 얼만 줄 알아? 경찰들 나 못 건들어. 그러니까 꺼지라 이 거지새끼야. 니한테 돈 줄 바에는 차라리 짭새들에게 뺑 좀 뜯기는 게 낫지."

그는 일이 틀어진 것을 알았다. 하필 작업하려는 곳이 사나운 들개 사장과 경찰이 뒤를 봐주는 업소라니.

사실 김 사장은 경찰과 친하지 않았다. 그런 척만 한 것이었다. 그는 휴대폰을 꺼내 전화했다. 이것도 연기지만 서길준의 귀에는 진짜로 들렸다. 김 사장은 앞에 앉은 그의 눈빛이 마음에 들지 않았다. 그런 티를 내지는 않았지만, 솔직히 무서웠다. 그래서 겁먹지 않은 티를 내고 싶었다.

"아이고, 김 형사님. 요즘 도통 안 오시네. 바쁘신가 봐요. 가게 한번 들러서 상납금 받아 가셔야지요. 다른 형사분들 것까지 두둑이 챙겨 두었습니다."

서길준은 술상 테이블에 남겨진 소주를 마시고는 두 주먹을 움켜쥐며 인상을 찌푸렸다. 사기는 자신과 맞지 않는다. 술이나 마시고 자리에서 일어나자. 이런 생각으로 술을 연거푸 마셨다. 그런데 통화를 마친 김 사장이 선을 넘고 말았다.

"양아치 새끼가! 다시 우리 가게 얼씬거리면 그땐 발기발기 찢어불랑께. 개노무시키."

그가 가장 싫어하는 말이 양아치 같다는 말이다. 양아치라는 소리를 들으면 자신이 초라하게 느껴지기 때문이다. 그가 작은 소리로 중얼거렸다.

"나 양아치 아닌데."

곰 같은 사장은 일어나 계산도 치르지 않고 밖으로 나갔다. 서길준은 뭔가에 홀린 듯이 계산을 치르고 게임장 사장의 뒤를 따라갔다. 아무 생각 없이 뒤따라갔다. 그러다 어두운 골목이 나오자 자신도 모르게 주먹을 날렸다.

덩치가 있는 김 사장이었지만 뒤에서 날아온 주먹은 피하지 못했다. 한번 맞기 시작하니 반격할 엄두를 낼 수가 없었다. 비록 나이가 있지만 서길준의 주먹은 돌덩어리처럼 단단하고 묵직했다. 그렇게 일방적으로 한참을 두들겨 맞았다.

"아악! 살려줘."

김 사장의 얼굴이 피떡이 되어 형체를 알아보기 힘들었다. 그는 숨을 간신히 쉬며 애원했다.

"제발. 돈은 원하는 대로 드릴게."

그러나 그의 얼굴과 몸에 날아오는 주먹과 발길질의 수는 많아졌고 그의 목소리는 점점 사라져갔다. 얼굴이 퉁퉁 부어서 누구인지 알 수가 없어졌을 때 비로소 폭행이 멈추었다. 김 사장이 누워서 그렁그렁하며 겨우 숨을 쉬었다.

그는 그런 김 사장을 가만히 내려다보다가 발을 들어 사장의 얼굴을 사정없이 짓밟았다.

"나는 양아치가 아니야. 양아치가 아니라고."

그는 숨이 끊어진 김 사장의 머리를 붉은 벽돌로 찍어 확인 사살까지 했다.

"양아치 새끼가 누굴 보고 양아치라고 그래? 아! CCTV."

그는 무의식적으로 주위를 세세하게 살폈다. 술에 취해 있었지만, 본능적으로 나온 행동이었다. CCTV 찾는 것은 자신의 전문분야다. 그리고 다행히 이곳에는 CCTV가 없었다.

일단 돈이 필요하기도 했고 강도에게 당한 것처럼 꾸미고 싶었다. 시체의 품에서 지갑을 꺼내고 자신의 흔적을 지웠다. 만취 상태지만 흔적을 지우며 주위를 다시 살펴보니 이곳은 재개발되는 지역이었다.

근처에 있는 집들 대부분이 놀랍게도 빈집들이었다. 벽돌을 집어서 멀리 있는 빈집에 던졌다. 그리고 시체를 좁은 빈집 안으로 옮겼다. 경찰이 찾을 수 있겠지만 시간이 오래 걸릴 것이다.

*

고시원의 작은 방.

방을 꽉 채운 좁은 침대에 걸터앉아 어제 일을 생각하자 손이 떨렸다. 두 손에 마른 핏자국이 보였다. 곧 경찰들이 시신을 발견하고 자신을 찾을 것 같았다.

사건 현장에 다시 가서 증거를 지워야 하나 고민이 되었다. 다시 찾아가서 시체를 다시 보고 싶었다. 어쩌면 죽지 않았을지도 모른다.

고시원 좁은 방에서 벌떡 일어나 입을 옷을 찾았다. 물티슈로 손을 닦고 옷을 챙겨 입었다. 그곳에 가서 정말로 죽었는지 확인하고 싶어 미칠 것 같다.

고시원에서 필요한 물품을 모두 챙겼다. 바지 주머니가 볼록하여 그곳에 손을 넣어보니 오만 원짜리 지폐가 30장 정도 들어 있다. 돈을 보는 순간 확신할 수 있었다.

"씨팔. 죽였네. 죽였어."

시체를 파묻었어야 했는데 술 취해서 그냥 두고 온 것이 마음에 걸린다. 단순히 CCTV 확인만 하고 왔으니 '어서 잡아가세요.' 하고 온 것이나 다름이 없었다. 분명 경찰들이 사건 주변에 깔렸을 것이다.

'만일 경찰들이 보이면 그냥 튀어야지. 다시 이곳으로 돌아올 수도 없다. 이 고시원도 금방 찾아올 것이다.'

돈은 김 사장의 지갑에서 훔쳤다. 지갑에서 분명 지문을 찾을 것이다. 지갑은 어떻게 했지? 이곳으로 오기 전에 어딘가에 버렸나? 이미 엎어진 물을 주워 담을 수도 없고 지금으로선 잡히지 않는 게 최선이다. 그는 고시원 방에 남아 있는 흔적을 천천히 지웠다. 빈 소주병들을 면장갑을 끼고 깨끗이 닦았다. 침대 밑에서 죽은 김 사장의 지갑은 발견했다. 다행이다.

지갑을 쓰레기봉투에 넣었다. 먹다 남은 컵라면도 그대로 쓰레기봉투에 담았다. 현장에 갈 생각은 잊고 자신의 자취를 지우는 일에만 두 시간 동안 몰두했다. 웬만한 물건들은 다 쓰레기봉투에 넣었다.

50리터 쓰레기봉투 세 개를 꽉 채우고 골목 쓰레기장에 버렸다. 침대 위에 체모 한 가닥이라도 떨어져 있지 않은지 꼼꼼히 살피고서야 오후 늦게 고시원을 나왔다.

그는 고시원을 나와 한참 걸어간 후에 택시를 잡았다. 택시를 탈 때도 주변에 CCTV가 없는 곳에서 택시를 잡았다. 그가 택시를 잡기 위해 기다리는 동안 형사들이 탄 승합차가 빠르게 반대차선에서 지나가는 게 보였다. 재빨리 고개를 숙였다.

서둘러 택시를 타야 하는데 왜 이렇게 택시가 안 잡히는지 모르겠다.

그리고 지나가는 빈 택시마다 예약이다. 그 많던 택시들이 어디로 갔나 생각할 때 택시 한 대가 그의 앞에 멈췄다. 택시기사가 뒷좌석에 앉은 그에게 물었다.

"어디로 갈까요?"

"터미널이요."

터미널로 향해 가는 도중에도 그는 쉴 새 없이 바깥 동정을 살폈다. 택시기사가 의심하지 않도록 자연스럽게 행동을 했지만, 몸이 떨렸다.

3.

김준철이 찾아낸 슈퍼마켓 CCTV 덕분에 수사에 활력이 붙었다. 관내 모든 지구대, 파출소에 흐릿하지만 두 사람의 사진이 담긴 수배 전단이 배포되었다.

서장이 적극적으로 나서서 지휘했다. 서장이 나서니 그 아래 형사과장은 더더욱 형사들을 쪼아댔다. 과장은 범인을 검거하기 위해 형사들뿐 아니라 지구대 순경들까지 수배 용지를 가지고 순찰하게 했다.

지구대 경찰들을 독려하니 비슷한 옷차림과 체격을 가진 용의자가 보이면 형사과로 연락이 오기 시작했다. 인근 경찰서에도 수배 전단이 배포되기 시작했다. 범인 검거는 시간문제 같았다.

김원우도 수배 용지를 들고 다니며 순찰했다. 용의자와 비슷한 인물을 찾기 위해 행인들을 유심히 살펴보았다. 그러다 '도를 아십니까' 신도들이 길에 서서 전도하는 것이 눈에 들어왔다. 도화교 같은 사이비는 아닐지라도 사람들에게 피해를 주는 종교인 것은 맞다. 순찰차를 그들 앞에 주차했다.

"이봐요."

사이비 청년들이 고개를 돌렸다.

"네?"

"도로에서 타인에게 미신 행위를 강요하는 것은 경범죄처벌법으로 처벌받을 수 있어요. 그러니 그런 짓 하지 마세요."

"저희 아무것도 안 했는데요. 그리고 그게 무슨 죄가 되나요?"

"혹시 모르실까 봐 말씀드립니다. 행인들에게 몸이 안 좋아 보인다고 말하고 조상님께 제사를 지내야 한다고 이런 식으로 꼬드기면 바로 죄가 되니까 하지 마세요. 경범죄처벌법에는 미신요법으로 사람을 꼬드기면 처벌하는 규정이 있어요. 그리고 금전 손해를 입은 피해자가 사기로 고소하면 사기죄로도 처벌받을 수 있으니까 그런 위험한 종교를 전도하지 마세요."

말로는 경찰관을 이길 수 없을 것 같았다. 사이비 신도 두 사람이 쭈뼛거리며 김원우를 피해 다른 곳으로 걸어갔다.

사이비 신도가 걸어가는 방향에서 서길준이 탄 택시가 스치며 지나갔다. 서길준은 택시 안에서 김원우를 보고 순간 감전되는 듯한 느낌이 들었다. 꿈에서 언뜻 본 키 큰 순경의 실루엣이 연상되었다. 그는 순경의 모습이 시야에서 사라질 때까지 끝까지 신기한 듯이 돌아보았다. 그리고 자신이 꾼 꿈이 예지몽이라는 생각이 들었다.

'터미널에 가면 경찰들이 깔려서 불심검문을 할 거야. 차라리 모텔에 숨어 있는 게 안전할지도 몰라. 맞아. 터미널은 곳곳에 CCTV가 설치되어 있어. 불심검문을 받지 않더라도 내가 무슨 버스를 타고 어디로 갔는지 금방 경찰들이 알아낼 거야.'

이런저런 생각을 해보니 터미널에서 버스를 타고 지방으로 내려가는 것은 현명한 생각 같지 않았다. 그는 심신이 피곤하여 쉬고 싶기도 했다.

"기사님, 죄송한데 가까운 모텔로 가주세요."

택시기사가 고개를 끄덕이며 인근 모텔촌으로 핸들을 돌렸다.

*

김준철과 이현성이 타고 있는 승합차의 무전기에서 팀장의 목소리가 흘러나왔다.

─치칙, 강 하나. 강 둘. 여기 강 제로.

조수석에 앉아 있던 김준철이 재빨리 무전기를 잡고 말한다.

"여기 강 하나."

─치칙. 여기 강 둘입니다.

무전기를 잡고 김준철이 빙긋 웃으며 말했다.

"뭔가 좋은 정보가 들어왔나 보네요. 팀장님이 웬만하면 무전 안 하시는데."

그의 말대로 팀장은 범인의 정보를 알려주기 위해 무전을 한 것이었다.

─상황실에서 112 신고기록을 살펴보니 의심스러운 신고가 있는 것 같아.

"그게 무슨 말입니까?"

"어떤 신고입니까?"

─쓰레기를 많이 버렸다고 신고한 사람이 있는데 지구대에서는 무시했는데 아무래도 거기가 고시촌이고 하니 한번 조사해볼 필요가 있겠어.

"쓰레기를 많이 버릴 수 있지 않습니까?"

─일단 전화로 물어봤는데 쓰레기를 버린 사람 인상착의가 우리가 찾는 용의자와 비슷해. 그러니까 신고자를 만나 봐. 용의자가 다른 지역으로 이동하기 전에 서두르기 바람. 강 하나, 강 둘 입감했나?

"강 하나 입감."

-치칙. 강 둘 입감했습니다.

승합차가 대림동으로 방향을 돌렸다. 운전하던 이현성이 한숨을 쉬며 말했다.

"휴. 고시촌 뒤지려면 며칠 고생할 것인데."

김준철이 그를 위로하며 말한다.

"빨리 검거해야죠."

"내일모레가 장인 생신인데 그 안에 잡았으면 좋겠다. 요즘 마누라와 사이가 안 좋은데 장인 생신으로 회복할 기회인데. 일이 이렇게 안 풀리냐."

김준철의 표정이 굳어졌다. 이 선배를 위해서라도 빨리 그놈을 검거하고 싶었다. 수배 용지를 다시 꺼내어 살펴보았다. 어두운 옷차림과 슈퍼마켓 CCTV에서 본 특이한 팔자걸음. 사진 속에 배경으로 서 있는 전봇대를 보아 용의자의 키는 175㎝ 정도 되어 보였다. 하지만 팔자로 걷는 사람이 어디 한둘인가. 그리고 이런 보통 체격의 남자는 매우 흔하다. 그래도 용의자를 마주치면 형사의 촉이라는 게 발동하여 알 수 있지 않을까?

대림동 고시촌에 도착한 두 사람은 곧바로 신고자를 만났다. 신고자는 고시원을 관리하는 실장이었다.

"보통 청소를 잘 안 하는데, 쓰레기봉투를 여러 개 갖다 버리더라고요."

"누가요?"

"506호실 아저씨가요."

김준철이 수첩을 꺼내며 물었다.

"그거 말고 더 의심스러운 점은 없나요?"

실장이 주위를 살피며 속삭이듯이 말했다.

"그리고 그 사람이 평소에 교도소에 다녀왔다는 말을 자주 했어요. 옆

방에 거주하는 천 씨 말로는 함께 술을 마셨는데 오래전에 일가족을 죽인 적도 있다고 말하는 것을 들었다더라고요. 그 일로 교도소를 다녀왔다고 했지만 꺼림칙해요. 아니, 사람을 죽였는데 어떻게 벌써 나올 수가 있죠? 그게 가능한가요?"

이현성이 당연하다는 듯이 대답했다.

"네. 반성하고 초범이면 가능해요."

"그런 사람들이 반성하겠어요? 우리나라 법이 문제라니까."

"그 사람 방을 확인할 수 있을까요?"

"네. 지금 확인시켜드리죠."

고시원 실장이 고시촌 내부를 안내하며 고시원 환경을 설명했다.

"이곳은 갑자기 사람들이 죽는 경우가 많아요. 여름보다는 특히 겨울에요. 기온이 떨어져도 전기장판이나 전기난로로 생활해야 해요. 가끔 방에서 썩는 냄새가 나는 경우가 있어요. 그러면 죽어 있는 거죠. 그것을 방지하기 위해서 안 보이면 살았는지 죽었는지 확인을 해야 해요. 그래서 이곳은 문을 잠그지 못하게 돼 있어요."

506호 앞에 도착하자 고시원 실장이 노크했다.

"아저씨. 계세요. 계세요?"

인기척이 없자 망설임 없이 그가 방문을 열었다. 506호의 방문을 여는 순간 고시원 실장은 소변 냄새를, 형사들은 역한 피 냄새를 맡았다.

*

호텔 같은 모텔에 방을 잡은 서길준은 안심이 되었다. 고시촌같이 칙칙한 곳에 있다가 고급스러운 모텔방 안에 있으니 긴장도 풀려버렸다. 이곳에 숨어 있으면 경찰들이 전혀 알지 못할 것 같았다. 겨우 한숨 돌리고 침대에 누우니 스르륵 잠이 들었다. 그리고 3일 동안 모텔에서 쥐 죽은 듯이 있었다. 모텔에서 음식을 시켜 먹고 전혀 밖으로 나가지 않았다. 잠시지만 이곳에 있으니 그의 몸은 편안했다. 비록 마음은 불안하지만.

그가 눈을 뜨니 아침 9시였다. 엊저녁부터 지금까지 아주 기분 좋게 꿀잠을 잤다. 긴 잠을 자고 나니 스트레스를 풀고 싶어졌다. 술 생각이 났지만 취하면 긴장이 풀려서 잡힐 것 같아 참았다. 당분간 좋아하는 술을 마시지 않을 생각이다.

술까지 계속 참으려니 울컥하는 감정이 들었다. 어금니를 꽉 깨물었다. 그래도 스트레스를 풀고 싶어졌다. 섹스로 자신을 위로하고 싶었다. 밖으로 돌아다니는 것은 너무 위험하다.

채팅 앱 조건만남으로 쉽게 여자를 불러올 수 있다. 하지만 몇 년 전에 그렇게 하다 경찰에 잡히지 않았나. 참아야 한다고 뇌가 수없이 말했지만, 그의 손은 꺼진 휴대폰을 켜고 채팅 앱을 실행시키고 있었다. 아침이지만 자신처럼 즐기고 싶은 여성이 있을 것이다.

채팅 앱을 실행시키자 심장의 박동이 빨라지고 혈압이 상승했다. 마치 맞선을 보러 나가는 것처럼. 그의 채팅 닉네임은 '청풍'이다. 자신이 살던 고향 충북 제천의 청풍호수를 따 그냥 그렇게 지었다.

채팅 앱에 들어가면 성별, 거리, 나이와 접속시간이 나온다. 가장 가까운 거리에 있는 여성을 찾아 휴대폰 키패드를 꾹꾹 눌렀다.

[안녕하세요.]

쪽지를 보내고 상대의 나이를 다시 확인했다. 32세. 자신이 좋아하는 나이이다. 답장이 오지 않아 갑자기 짜증이 밀려왔다. 휴대폰 화면을 보며 혼자 욕지거리를 중얼거렸다.

"씨팔, 좆같네. 왜 답장을 안 보내는 거야."

그는 다시 쪽지를 보냈다. 잠시 후, 32세 귀요미에게 쪽지가 왔다.

[하이.]

서길준의 표정이 금방 환해졌다. 그는 재빨리 쪽지를 보냈다.

[혹시 ㅈㄱ만남 가능하세요?]

[뭐래?]

[ㅈㄱ만남이요.]

쪽지가 전송되지 않았다. 아마 상대방이 자신을 차단한 것 같다. 괜찮다. 아직 자신에게 선택받고 싶어 하는 여자들이 넘쳐나기 때문이다. 수차례 여러 여성에게 말을 걸고 차단을 당했다. 점점 채팅에 대한 흥미를 잃어가기 시작했다. 이 짓을 포기하고 성인방송을 보며 자위행위나 해야 하나 싶은 생각이 들었다.

마지막이라는 생각으로 '달콤이'라는 닉네임을 쓰는 여자에게 쪽지를 보내보았다. 다른 여성들과 다르게 곧장 답장이 왔다.

[28세. 얼굴은 보통. 키 165에 몸무게는 60. 한 번 하는 데 15.]

서길준은 달콤이라면 자신의 스트레스를 풀어줄 것 같았다.

[좋습니다.]

[오빠 어디세요?]

모텔 주소가 적힌 모텔 용품을 확인하고 쪽지를 보냈다.

[은평구 응암로 11길 23 시크모텔 309호.]

[한 번 하는 데 15만 원이고 콘돔은 필수예요.]

[네.]

[만나면 바로 돈부터 주셔야 해요.]

[네.]

쪽지를 보내자 곧 삽입할 것 같아 몸이 흥분되었다.

[애무는 안 돼요.]

물론이다. 애무가 무슨 필요가 있나. 바로 삽입할 생각이다.

[네.]

샤워하면서 달콤이를 기다렸다. 얼마 지나지 않아 차임벨이 울렸다. 팬티 차림으로 문을 열자 그의 눈에 155㎝에 65㎏ 정도 되는 매우 작고 뚱뚱한 여성이 서 있었다. 46세 오수경은 빨리 일을 끝내고 대학생 딸의 점심을 차려주러 가야겠다고 생각하며 방 안으로 들어섰다. 오수경이 겉옷을 벗으며 말했다.

"돈부터 주세요."

그가 5만 원권 돈다발에서 세 장을 그녀에게 주었다. 오수경은 그의 손에 쥐고 있는 돈뭉치를 보자 욕심이 생겼다.

"아무래도 안 되겠어요."

"뭐가?"

그녀의 시선은 서길준의 손에 있는 돈뭉치에 꽂혀 있었다.

"아침부터 이 짓을 하려니까 마음이 불편하네요."

오수경은 이렇게 말하면 그가 돈을 더 주지 않을까 싶었다. 그의 발기된 몸 상태로 보아 그녀가 순순히 돌아가는 것을 원치 않을 것 같았다. 서길준은 순간 울컥했다. 하지만 지금 그녀가 나가면 스트레스를 풀 방법이 없다.

"5만 원 더 줄게."

오수경은 못 이기는 척 천천히 옷을 벗었다.

*

서부서 강력팀.

독사 박영철이 형사과장 임동수에게 유력한 용의자 서길준에 관해서 설명하고 있다.

"전과 16범이고 살인 빼고는 다 있는 놈입니다. 평소에 일가족을 죽였다고 술 마시면 떠들기도 한다고 합니다. 저희 팀이 첩보를 입수하고 그가 사는 고시촌을 방문했지만 한발 늦었습니다. 그리고 이번에 살해된 성인오락실 사장의 혈흔이 그가 버린 옷들에서 발견됐습니다."

"그럼 빨리 찾아서 검거해야죠. 범인이 확실하죠?"

"네. 거의 99프로 확실합니다."

"옷은 그가 살던 곳에 그대로 있던가요?"

"아니요. 옷을 버려서 그걸 찾느라 애 좀 먹었습니다. 쓰레기를 수거한 차의 운행 시간대를 파악해서 난지도를 뒤져 겨우, 찾아냈습니다."

박영철이 '겨우'라는 단어에 힘주어 말했지만, 과장은 무덤덤한 반응을 보였다.

"지금 그놈은 어디 있나요?"

"휴대폰 위치추적을 해보니 마지막으로 은평구 응암로 142에서 와이파이 값이 뜹니다. 지금은 휴대폰이 꺼져 있지만 아마 그 주변에 있을 것 같습니다."

"모든 팀에게 다른 수사는 중단하고 범인을 잡으라고 지시 내려야겠어요. 팀장들을 모두 소집해주세요."

임동수 형사과장이 팀장들을 소집해 수사 회의를 열었다. 과장은 독실한 기독교인이지만 형사들에게는 교인처럼 보이지 않았다. 민간인들에게는 친절하고 형사들에게 항상 차가웠다. 그의 별명이 처음에는 '얼음 장로'였는데 6개월 후에는 '얼음 집사'로 바뀌었다. 형사들이 그의 계급을 강등시킨 것이다. 팀장들이 자신의 방에 다 모이자 임동수가 입을 열었다.

"모두 수사 중인 사건을 중단하고 우리 관내에 일어난 살인사건의 용의자 서길준을 검거하는 데 집중해주시기 바랍니다. 강력1팀에서 찾은 용의자 서길준의 최종 휴대폰 와이파이 위칫값이 은평구 응암로 142에서 떴다고 하니까 모두 그곳을 수색해주면 될 것 같습니다."

독사 박영철 팀장이 있는 강력1팀은 CCTV 분석 능력이 탁월하다. 능구렁이 김희철 팀장이 있는 강력2팀은 휴대폰 위치추적 능력이 뛰어나다. 김희철은 속이 조금 상했다. 자신의 팀이 아닌 다른 팀에서 휴대폰 위치를 파악했다고 하니 거슬렸다.

"위치 값이 정확해요? 와이파이는 조금만 움직여도 수시로 바뀌는데."

공갈9단 조태성 팀장의 강력3팀은 탐문수사의 달인들이 모여 있다. 그는 그곳을 수색하면 자신의 팀원들이 검거할 확률이 높다고 판단했다.

"그런 거 여기서 따져 뭐해요. 시간 없으니까 빨리 가서 수색해야지요."

맥가이버 이은범 팀장의 강력4팀은 잠복, 미행 등 뻗치기 근무의 달인들이다. 수색 역시 몸 쓰는 근무라 자신 있다.

"그래요. 빨리 나가서 찾아봅시다."

모두가 독사의 말을 따르니 김희철이 얼굴이 빨개지며 자리에서 일어났다.

＊

여자의 비명이 들렸다는 신고가 접수되었다. 박두만이 투덜거렸다.

"아니 뭐 여자가 소리만 내면 신고하고 지랄이네. 이번에는 또 뭐야?"

김원우도 짜증내는 박두만의 심정을 충분히 이해했다. 엊그제도 여자가 울면서 걸어간다는 긴급 신고를 받고 출동했다가 허탈함을 느꼈기 때문이다. 성인 여성이 울면서 걷고 있으니 행인들이 무슨 안 좋은 일이 일어난 줄 알고 112에 신고했다. 하지만 그 여성은 연인과 헤어져 술을 마시고 단순히 주사를 부린 것이었다. 이 모든 사실을 알기까지 김원우는 얼마나 진땀을 흘렸던가!

그가 출동하여 그 여성에게 왜 우는지 물어보았다. 그러자 그 여성은
버럭 소리를 질렀다. 왜 경찰관이 간섭하냐면서. 불난 곳에 기름을 부은
것처럼, 아니 화풀이할 곳을 찾았다는 듯이 그에게 화를 내었다. 겨우
술 취한 그녀를 진정시켰다. 술에 취해 최면도 안 통해 진땀을 흘렸다.
그 일을 생각하니 이 신고 또한 비슷한 해프닝으로 보였다.

두 사람이 도착한 곳은 모텔 밀집 지역이었다. 신고자에게 전화를 걸
어 비명 소리가 난 위치를 물어보았다.

"저도 자세한 위치는 모르고, 시크모텔 아니면 런던모텔 근방에서 끔
찍하게 비명을 지르는 여자의 목소리를 듣고 다급하게 신고한 거예요."

"무슨 소리를 질렀는데요?"

"악! 하고 소리를 냈는데 너무 고통스럽게 느껴졌어요."

장난치다 비명을 지를 수도 있지만 예감이 좋지 않다. 점심 무렵이라
근처 사무실에서 나온 사람들과 차 소리가 주변을 시끄럽게 만들었다.
경찰이라고 해서 모텔방 안을 함부로 수색할 수도 없다.

박두만이 투덜거리며 말했다.

"이걸 우리가 어떻게 찾아. 슈퍼맨도 아니고. 무슨 일이 있으면 경찰
에 신고하겠지. 돌아가자."

"그냥 돌아가도 괜찮을까요?"

"조용하잖아."

"그래도 불안하네요."

"뭐가 불안해. 뭔 일이 있으면 아마 또 신고 들어올 거야."

"그래도."

"그럼 잠시 여기 대기하고 있다가 별일 없으면 돌아가자. 어때?"

"네. 그렇게 하시죠."

두 사람은 순찰차 안에서 대기하다가 시간이 지나면 복귀하기로 했다. 하지만 김원우는 가만히 앉아 있으면 안 될 것 같았다. 자신의 능력을 쓰지 않는다면 양심에 가책을 느낄 것 같았다.

"선배님."

"응."

"저 화장실 좀 다녀오겠습니다. 갑자기 설사가."

"그래. 천천히 갔다 와."

김원우가 순찰차에서 내려 급히 명상할 수 있는 곳을 찾아보았다. 그가 주위를 둘러보자, 경찰서 형사들이 보였다.

*

형사들이 서길준의 사진을 들고 휴대폰 최종 위치 근처를 수색하고 있었다.

수색 구역이 방대하여 각자 구역을 나누었다. 1팀은 응암동 감자국거리, 2팀은 거꾸로 놀이터, 3팀은 응암3동 주민센터, 4팀은 은평 문화예술정보학교 주위를 수색했다. 사람들이 많이 모여 사는 서울 한복판인지라 용의자를 찾는 게 쉽지가 않았다.

이때 김준철 형사의 눈에 중국집 배달원의 모습이 보였다. 김준철은 불현듯 아이디어가 번쩍하고 떠올랐다. 범인은 혼자 이 근처 어딘가에 숨어 있다. 분명히 돌아다니지 않고 숨어서 음식을 시켜 먹을 것이다. 그는 근처 중국집마다 전화를 걸었다. 다행히 중국집이 몇 군데 되지 않았다.

"서부서 형사과에 근무하는 김준철 경사입니다."

"네. 그런데요."

"혹시 음식을 1인분만 배달 주문한 곳이 있는지 알려주실 수 있나요?"

"조금 전에 짜장면 하나 주문한 곳이 있는데."

"거기가 어디예요?"

"음. 런던모텔 304호실이요."

"감사합니다."

김준철이 런던모텔로 입구로 향했다. 그의 모습을 김원우의 영혼이 허공에서 내려다보았다. 김원우는 김준철이 런던모텔을 수색하니 자신은 다른 모텔을 살펴보아야겠다고 생각했다.

김원우의 영혼이 시크모텔로 빠르게 이동했다. 복도 객실 문에는 방마다 손님이 있는지 없는지 나타내는 알림 등이 켜져 있었다. 2층을 거쳐 3층을 살펴보았다. 오전 시간대라 객실 대부분이 비어 있었다. 청소하는 아주머니들이 분주히 모텔 일회용품들을 채우는 모습이 보였다.

301호, 302호를 지나 맨 끝에 있는 309호 앞에 이르니 손님이 있다는 알림 등에 불이 켜져 있다. 309호 안으로 그의 영혼이 들어가는 순간, 너무나 끔찍한 광경에 그의 영혼이 순간 육체로 돌아갈 뻔했다.

한 여인의 얼굴이 무참히 폭행당하여 얼굴 일부분이 함몰되어 있다. 그녀의 치아들은 입 밖으로 튀어나와 바닥에 뒹굴고 있었다. 심지어 그녀의 치아가 볼에도 박혀 있었다. 방 안은 피가 낭자했고, 침대 위 하얀 시트는 붉게 물들고 있었다.

*

어느 건물의 화장실에서 김원우가 눈을 번쩍 떴다. 309호로 빨리 가야 한다. 지금 가도 사람을 구할 수 있을지 모르겠지만 빨리 가야 한다. 김원우가 시크모텔로 뛰어가는 도중에 런던모텔에서 나온 스포츠머리를 한 김준철과 마주쳤다.

"헉헉. 저기 김 형사님."

김준철이 자신을 부르는 소리에 돌아보니 서춘식 사건 때 보았던 김원우가 있었다.

"어? 김 순경. 여긴 어쩐 일이야?"

"저. 신고가 들어왔는데 여자가 비명을 지르고 살려달라고 외쳤다고 해요."

"뭐? 어디인데?"

"시크모텔 309호실이요. 저를 따라오세요."

두 사람은 단거리 육상선수처럼 전력 질주를 했다. 김원우는 평소에 운동을 많이 한 덕에 체력 하나는 자신 있었다. 김준철 역시 마찬가지였다. 두 사람은 시크모텔까지 한시도 쉬지 않고 뛰었다. 달리면서 김원우가 유체이탈로 본 객실 상황을 말했다.

"문이 잠겨 있을 거예요. 여자는 분명히 안에 있고요. 신고자가 그랬어요."

"내가 카운터에서 객실 마스터키를 받아서 올라갈게. 그리고 김 순경은."

"네."

"김 순경은 따로 할 일이 있어."

"저는 어떻게 할까요?"

"혹시 범인이 창문으로 도망칠 수 있으니 밖에서 망 좀 봐줘."

"저도 같이 도와드리고 싶은데요."

"그렇게만 해줘."

"알겠습니다."

대답은 했지만 '설마 범인이 3층 창문에서 뛰어내리겠어?'라는 생각이 들었다.

두 사람은 시크모텔에 도착하자마자 재빨리 김준철의 계획대로 움직였다. 김준철은 곧바로 객실 마스터키를 가지고 올라갔다. 김원우는 엘리베이터가 3층에 도착하는 것을 확인하고 건물 밖으로 나가 309호 객실 창문이 있는 곳을 올려다보았다.

잠시 후, 309호에서 리모델링 공사하는 것처럼 쿵쾅거리는 소리가 밖에까지 들렸다. 김원우는 같이 올라가야 하는 것이 아닌가 하는 불안한 생각이 들었다.

안 되겠다 싶어 지원 요청을 하기 위해 무전기에 손을 대는 순간, '챙' 하는 소리가 크게 들리더니 시커먼 그림자가 창문을 깨고 뛰어내리는 게 보였다. 범인이 도망치려고 하는 것을 알았다.

1층짜리 편의점 건물 옥상으로 뛰어내린 서길준은 다시 지상으로 뛰려다가 멈칫했다. 지상으로 내려오면 바로 지구대 경찰관 부딪혀야 한다. 그것도 꿈에서 본 키 큰 순경이다. 불길하다. 그는 고개를 돌려 다른 건물을 향해 훌쩍 껑충 뛰어올랐다. 저층 주택들이 붙어 있어 이렇게 도망가기가 수월했다.

김원우는 애가 탔다. 그를 따라 건물 옥상으로 올라가면 그는 바닥으로 뛰어 도망칠 것이다. 그러니 아래에서 그가 도망가는 동선을 추격할 수밖에 없었다.

김준철은 방 침대에 쓰러진 여성을 살펴보았다. 다행히 숨은 붙어 있다. 119에 연락하여 객실에 쓰러진 여인을 구조해달라고 요청했다.

창문 밖을 보니 범인은 다행히 멀리 도망가지 않아 그의 뒷모습이 보였다. 지구대 경찰관이 아래에서 그를 몰아가며 추격하는 게 보였다.

김준철이 몸을 날렸다. 그도 서길준처럼 망설임 없이 창문 밖으로 뛰어내렸다. 무조건 잡는다, 김준철의 머릿속에는 이 생각 하나만 있었다. 서길준이 건물 도시가스관을 타고 올라가는 모습이 보였다. 김준철도 그와 똑같이 가스관을 타고 뒤쫓았다.

조금 전 모텔에서 두 사람은 격투를 벌였다. 서길준이 평소의 몸 상태였다면 충분히 형사 한 명쯤은 제압했을지도 모른다. 하지만 그는 심신이 지쳐 있었다. 그 와중에 쓰러진 여성과 몇 번의 성관계로 인하여 체력이 고갈되어 있었다.

그 상태에서 형사가 들어오니 간신히 밀치고 도망치는 수밖에 없었다. 그는 한 번은 운 좋게 형사의 손에서 빠져나왔지만, 다시 붙잡히면 두 번의 기회는 없다는 것을 잘 알고 있었다. 사력을 다해 고층 건물 위로 올라갔다. 그리고 다시 옆 건물 지붕 위로 훌쩍 뛰었다.

'푹' 하는 소리와 함께 그의 몸 절반이 건물 안으로 들어가고 상반신만 밖으로 나왔다. 그는 슬레이트 지붕에 몸이 박힌 사실을 알았다. 조립식 판넬인 줄 알고 뛰었는데 슬레이트 지붕이었다. 조금만 잘못 움직이면 그대로 건물 안으로 추락할 상황이다. 떨어지지 않은 게 다행이라고 생각하고 몸을 빼려고 두 팔에 힘을 주어보았다.

몸이 제대로 지붕에 박혀 옴짝달싹할 수가 없었다. 두 팔에 힘을 주어도 안 되자 두 발을 움직이며 발버둥을 쳤다. 조금 전에 너무 많은 힘을 쏟아내는 바람에 자신의 몸무게가 너무 버거웠다. 간신히 힘을 주어 하체를 빼내는 순간, 한쪽 손이 꺾이는 것이 느껴졌다. 차가운 수갑의 촉감과 함께 듣기 싫은 소리가 귓속을 파고들었다.

"살인, 시체 유기 등의 혐의로 체포한다. 너는 변호인을 선임하고 씨발 불리한 진술을 하지 않아도 된다. 너 같은 새끼에게도 인권이라는 게 필요한지 모르겠다. 에이 씨발. 개좆같은 인권 때문에 못해 먹겠네."

김준철은 조금 전 모텔 객실에 쓰러진 여성이 의식은 있었지만 깨어나도 한동안 정상적 생활이 불가능할 것을 알았다. 아마도 이 살인마에 대한 트라우마로 평생 고통 받으며 생활할 거라는 사실을 알고 있었다.

그런데 이 살인마의 인권을 위해 피의자의 권리를 말하는 자신이 지금 무척 싫었다. 이 악마를 아무도 없는 곳에 가둬두고 죽을 때까지 패고 싶었다.

*

서길준이 포승줄에 묶인 채 형사들과 함께 재개발구역에 도착했다. 현장검증을 하러 온 것이다. 유족들은 서길준이 어떻게 피해자를 죽였는지 지켜보다가 그가 벽돌을 집어 드는 모습에 분노가 폭발했다.

"저놈을 죽여야지. 왜 막아!"

"놔. 놔보라고! 제발 저 악마 새끼를 죽이게 놓으라고!"

"야! 이 개새끼야."

"우리 아빠를 살려내. 하느님 제발 살려주세요."

박영철은 유족들의 고함을 뒤로한 채 살인을 재현하는 서길준에게 물었다. 서길준은 쓰러진 마네킹을 발로 밟고 주위에 있는 돌멩이를 들어 머리를 찧는 행동을 보여주고 있었다.

"그러니까 마지막에는 벽돌로 죽였다는 말이죠?"

"네."

"그럼 그 벽돌은 어디 있어요?"

"모르겠어요."

"가지고 갔어요?"

"아니요. 아마 버린 것 같습니다."

"어디다 버렸습니까?"

"이 근처에 던졌는데 잘 모르겠습니다."

벽돌을 찾아야 한다. 중요한 살인 증거물이기 때문에 꼭 필요하다. 이래서 현장검증을 하는 것이다. 인근을 수색하기 시작했다. 형사만으로는 부족하다고 느낀 박영철은 경찰서 의경 대원들을 수색에 동원했다.

의경들이 1미터 간격으로 촘촘히 현장 주변을 수색했다. 모두 서길준이 말한 빨간 벽돌을 찾기 위해 혈안이 되었다. 의경 대원 중 김의혁 수경은 어서 증거물을 찾고 부대로 빨리 복귀하고 싶었다. 수색 시간이 길어지면 저녁 근무가 변경된다. 저녁에 방범 지원을 나가는데 지원 근무하는 곳이 여자친구 집 근방이다. 상황을 봐서 여자친구를 불러 만날 생각이다. 이 좋은 기회가 틀어지기 전에 어서 찾아야 한다.

하지만 벽돌이 생각처럼 쉽게 보이지 않았다. 요령 피우는 이 상경의 모습이 보여 화가 치밀었다. 김의혁은 다짜고짜 이 상경의 엉덩이를 걷어찼다.

"너 똑바로 안 찾아? 빨리 찾고 부대로 복귀해야 할 거 아니야."

후임들 보는 데서 엉덩이를 차이자 이 상경의 얼굴이 홍당무처럼 변했다. 그는 부대로 복귀하면 바로 상급자에게 구타당했다는 내용으로 소원수리를 해야겠다고 마음먹었다.

한데 자신의 모습을 보고 막내 김 이경이 고개를 숙이고 웃는 게 보였다. 이제 막 들어온 신임이 웃어? 어디서 감히 건방지게 웃는단 말인가. 이 상경은 막내를 사정없이 발로 걷어찼다. 김 이경이 몸의 중심을 못 잡고 넘어졌다. 그런데 쓰러진 막내 김 이경이 비명을 질렀다. 아파서 내는 소리가 아니라 놀라서 나오는 소리다.

"으악!"

넘어진 김 이경 앞에 빨간 벽돌이 있었는데 그것을 무심코 보다 놀라 소리를 지른 것이었다. 다른 의경들은 그가 소리치자 모두 그의 앞에 놓인 빨간 벽돌을 보았다. 곧 김 이경이 왜 비명을 질렀는지 알 수 있었다. 누군가가 벽돌을 집어 들었는데 벽돌에 사람의 머리 가죽이 엉겨 붙어 있었다.

모두가 눈살을 찌푸릴 때 김의혁 수경은 기쁜 마음으로 급히 무전을 쳤다.

"반장님, 증거 찾았습니다. 벽돌 찾았습니다!"

"오케이. 그 자리 그대로 보존해. 알겠지?"

무전을 하던 김 수경이 급히 소리쳤다.

"야! 그거 만지지 말고 원래 자리에. 야! 그거 그 자리에 그대로 똑같이 내려놔."

4.

박영철은 사무실 책상에 앉아 수사 서류를 묵묵히 검토하고 있었다. 뭔가 미비한 것이 있는지 독사 같은 눈으로 살펴보았다.

그는 살인사건을 해결했지만 마음이 찝찝했다. 서류가 잘못되어서인가 싶어 다시 여러 번 검토했다. 뭔가를 놓치고 있다는 느낌이 강하게 들었다. 이때 한 사람이 생각났다. 그는 자리에서 일어나 선배 조태성에게 다가갔다.

"형님, 바쁘신가요?"

"아니, 안 바빠."

"물어볼 말도 있고 해서 저녁에 시간 되세요?"

"그래, 그럼. 오늘 일찍 퇴근하지. 내가 살인범 검거 축하기념으로 소주 한잔 살게."

"안 그래도 술 생각이 간절했습니다. 경찰서 앞 곱창집으로 가시죠. 제가 사겠습니다."

"아니야. 형인데 내가 사야지."

"알겠습니다. 빨리 정리하겠습니다."

박영철과 조태성은 곧 사무실 밖으로 나왔다. 그리고 단골 식당으로 향했다. 마침 이른 시간이라 손님들이 없었다. 이곳은 애주가 사이에서 맛집으로 유명하여 늦게 오면 줄을 서서 기다려야 한다. 박영철이 황급히 주문했다.

"이모! 여기 소주 한 병 하고 곱창구이 2인분이요."

조태성이 손을 흔들며 말했다.

"오늘 내가 거하게 쏠 테니까 특 모듬으로 시켜."

"진짜요? 알겠습니다. 이모! 여기 특 모듬으로 바꿔주세요."

이모라고 불린 뚱뚱한 아줌마가 밑반찬을 테이블 위에 빠르게 세팅하며 물었다.

"특으로 시키면 두 사람이 먹기에는 양이 많을 텐데요."

박영철이 손사래를 치며 말했다.

"소주를 많이 마시려면 안주가 푸짐해야죠."

"알겠습니다."

아줌마가 소주도 금방 가져다주었다. 조태성이 소주병을 잡으려고 하자, 박영철이 그보다 더 빠르게 소주병을 낚아채며 병뚜껑을 땄다.

"형님. 잔 받으십시오."

조태성이 술잔을 들며 말했다.

"그래. 고생 많았어."

"고생은요. 팀원들이 고생했는걸요. 전 한 것도 없는데요."

"그렇지만은 않아. 좋은 팀장 밑에 있으면 팀원들도 따라가는 법이니까."

"제가 뭘 한 것도 없는데요. 자꾸 칭찬하시네."

"내가 모를 줄 알아. 자네 수백 건의 112 신고기록을 훑어봤다면서.

그 많은 기록 중에서 의심스러운 것을 하나 콕 집어서 수사 지시했다는 말을 들었어. 어떻게 그런 생각을 다 했어?"

"평소에 살인했다는 전과자가 쓰레기를 많이 버렸다. 좀 의심스럽잖아요."

바로 앞에서 대놓고 칭찬을 들으니 조금 부끄러웠다. 박영철이 묵묵히 소주잔을 비웠다. 칭찬을 들으니 기분이 좋은지 술도 술술 넘어갔다. 그렇게 몇 잔을 비우고 드디어 본론으로 들어갔다.

"오늘 제가 형님에게 술 한 잔 하자고 한 이유가 있어요."

조태성도 뭔가를 눈치채고 있었다. 갑자기 시간을 내달라고 한 이유가 있겠지. 그도 그게 궁금하던 참이었다.

"뭔데?"

"범인을 잡았고 현장검증도 마쳤는데 찜찜합니다."

"왜 찜찜해?"

"그게. 뭔가를 놓치고 있는 것 같은 느낌이 들어요."

"그놈이 실토를 안 해? 아니면 자백을 번복해?"

"이번 사건은 모두 순순히 다 말했습니다."

"그런데 뭐가 문제야?"

"잘 모르겠습니다. 그냥 느낌이 이대로 검찰로 넘기면 안 되겠다, 뭐 이런 느낌이요."

"너 그 자식이 또 다른 누군가를 죽였구나 하고 의심하고 있는 거 아니야?"

박영철은 그의 말에 몸이 벼락에 감전된 느낌을 받았다. 자신의 마음 한 곳에 자리 잡고 있던 찜찜함이 바로 그것이었다.

"맞아요. 딱 그런 느낌이에요."

조태성은 지그시 두 눈을 감았다. 변태 살인마 방문식을 검거할 때 그도 그런 감정을 경험했다. 시체 간음을 즐기던 변태 살인마를 떠올리자 저절로 인상이 구겨졌다.

"너 변태 살인마 방문식 알지?"

박영철이 고개를 까우뚱거리며 생각하려고 노력하는 모습을 보였다.

"방문식⋯⋯. 방문식. 아 맞다. 시체와 섹스를 했다는 놈 말입니까?"

"맞아."

"이야기는 들었습니다. 형님이 검거하셨잖아요."

"내가 그놈을 검거했을 때 딱 자네와 같은 느낌이었어. 그놈이 피해자를 어떻게 죽였는지 알아?"

시체 이야기를 하는 중에 식당 이모가 잘 익은 곱창, 대창, 염통 등이 가득 담긴 모듬 구이를 테이블 위에 올려주었다. 테이블 위에 휴대용 가스레인지를 켜고 안주가 식지 않도록 불 조절까지 마친 그녀가 말했다.

"염통은 지금 드셔도 됩니다."

안주가 나오자 두 사람은 자연스럽게 젓가락을 들었다. 붉은 색깔이 모두 사라지고 검은색으로 변한 염통을 젓가락으로 집었다.

"마셔. 캬. 좋다. 그놈은 죽은 피해자의 몸통을 발로 밟아서 피를 빼냈어. 왜 그렇게 피를 뺐냐고 물으니까 무게를 줄여서 시체를 유기하려고 했다는 거야. 그 말을 듣고 사람을 처음 죽여본 놈이 아니라는 감이 왔지. 그런데 자백을 안 해. 증거도 없어서 그놈이 5년간 살아온 주소지 근처에 실종 등 강력사건이 있었는지 조사해봤지. 그래도 아무것도 안 나왔어."

"그래서 그냥 송치했나요?"

"응. 자네도 알다시피 우리가 계속 한 사건만 주물럭거릴 수는 없잖아. 구속 만료 시간 전에 다시 설득해봤지만 안 되어서 하는 수 없이 검찰로 송치했어. 그런데 마치 똥을 눴는데 몸 안에 대변이 남아 있는 것 같은 찜찜함이 드는 거야. 이건 아니라고 가슴 속에서 말하는데 어쩔 수가 없었어."

박영철은 선배의 심정을 충분히 이해했다. 설사 그가 자백해도 피해자와 증거를 찾아야 한다. 그래야 모든 퍼즐이 완성된다. 그게 쉽지가 않다. 시체와 섹스를 즐기던 놈이니 충분히 여러 명을 죽였을 거라는 것은 형사 물을 먹은 경찰이라면 누구나 생각할 것이다.

박영철은 그 뒤가 궁금했다.

"그래서 어떻게 되었습니까?"

"뭐 어떻게 되겠어. 그냥 똥을 덜 누고 화장실 나왔지. 그런데 그렇게 몇 년이 지나서 누가 나를 찾아와 그 녀석에 관해서 묻는 거야."

"누가요?"

"불독."

"불독이요?"

조태성이 고개를 끄덕이며 빈 소주잔에 술을 따르려고 했다. 두 사람 모두 이야기하느라 소주잔이 빈 줄을 몰랐다. 박영철이 급히 조태성의 손에서 소주병을 뺏어 빈 잔을 채웠다.

"죄송합니다. 잔이 빈 줄 몰랐네요."

조태성도 박영철의 소주잔에 술을 따라주며 말했다.

"너무 격식 따지지 말고 편하게 마시자고."

"알겠습니다. 불독이라면 혹시 과수반에 있다가 서울청으로 들어간 이지혜 경사, 아니 이지혜 경위를 말하는 겁니까?"

"맞아. 이지혜가 날 찾아왔어. 그녀가 망치 귀신을 검거해서 서울청 강력반으로 들어갔잖아. 거기서 미제사건 하나를 들고 나를 찾아온 거야."

"무슨 사건이데요?"

"은평구 여대생 살인사건. 거기서도 피를 뺀 피해자의 시신이 나왔어."

"딱 봐도 그놈이 한 것 같은데요."

"아니야. 그놈은 거기서 핏불을 도와주기만 했어."

"핏불이요? 연쇄살인마 박정민 말인가요."

"맞아. 그놈을 도와주고 그놈 수법을 모방했던 거지. 이 사실을 어떻게 밝혀냈는지 궁금하지?"

"네. 궁금합니다."

"이지혜와 함께 다니는 김원우라는 지구대 순경이 있어. 그놈이 물건이야. 최면술을 하더라고. 나는 자네에게 그 두 사람을 이용해서 서길준의 과거 범행을 밝혀보라고 말해주고 싶어."

핏불을 잡은 불독이라면 충분하다. 그녀는 프로파일러가 아닌가. 충분히 서길준의 과거 범죄들을 파헤쳐 줄 것이다. 형사를 죽인 범인을 검거한 우리의 영웅. 거기다 플러스로 최면술사까지 얹으면 금상첨화가 되겠군. 박영철의 입가가 올라가기 시작했다.

*

어두운 방 안에 한 남자가 앉아 있다. 그는 마치 고승이 명상 수련을 하듯이 바른 자세로 앉아 두 눈을 지그시 감고 있었다. 그의 몸 안에 몽환적인 울림이 퍼졌다. 인간이 내는 소리는 절대 아니다.

"나의 아들아. 강해져야 한다. 세상을 타락시키는 암캐무리들을 죽여야 한다. 너는 아무런 잘못이 없어. 옳은 일을 하다 이곳에 갇혀 있는 것이다. 억울하지 않은가. 그 억울함을 풀려면 강해져야 한다. 강해져서 복수하라."

박정민이 감았던 눈을 떴다.

"네. 아버지."

그는 몇 개월 전의 뚱뚱했던 몸은 사라지고 근육질의 몸으로 변해 있

272

었다. 가슴은 탄탄해졌고 어깨는 떡하니 벌어져 있었다. 눈은 총기로 빛이 났다.

발걸음 소리가 들리더니 그의 독방 앞에 멈췄다.

"선생님."

서울구치소 독방 담당인 김정길 교사였다. 그가 조심스럽게 말했다.

"선생님이 지시하신 곳에 여자 옷과 운동화를 놔두었습니다."

"고맙습니다."

"정말로 제가 선택받은 것이 맞나요? 영원한 생명과 최고의 행복을 누릴 수 있는지요?"

"선택받으셨습니다. 영원한 생명과 최고의 행복으로 갈 마음의 준비를 하세요."

교도관이 만족스러운 표정으로 돌아섰다. 박정민은 그로부터 자신이 곧 청송교도소로 이감된다는 사실을 알았다. 그 전에 이곳을 탈출할 결심을 했다. 염력을 더 강화한 후에 나가고 싶었지만, 시간이 너무 오래 걸릴 것 같았다. 시간이 아깝다는 생각에 서둘러 탈출을 결심했다.

자신의 심복과도 같은 김정길 교사로부터 구치소의 구조와 교도관들의 위치 및 근무 형태는 이미 파악을 마쳤다.

명상을 마친 그가 자리에서 일어나 물구나무를 섰다. 자주 연습했는지 동작이 부드럽고 자연스러웠다. 거꾸로 서 있는 상태로 탈출하는 상상을 했다. 생각으로는 수십 번 아니 수백 번도 더 탈출을 시도했다. 생각으로 답을 얻었다. 이제 행동만 남았다.

이대로 진행하면 무리가 없을 것이다. 순간 잘못된 부분이 떠올랐다. 자신이 문제가 아니었다. 바로 자신의 심복이 문제다. 분명 교도소 측에서 김정길을 조사할 것이다.

그를 제거하면 몇 시간은 더 안전하겠다는 생각이 들었다. 그가 돌아오면 최면을 걸어 스스로 목숨을 끊도록 만들어야겠다.

*

이지혜는 박영철의 연락을 받고 무척이나 기뻤다. 자신의 능력을 높이 평가해주니 기분이 좋았다. 그리고 그로부터 서길준에 관한 정보를 전달받았다. 충분히 김원우의 도움 없이 자백을 받을 수 있을 것 같았다.

–나이 58세. 주거지 부정. 고향 충청도.

–전과 16범. 도박과 폭행이 많으며 최근에 미성년자를 강간하여 교도소에 갔다가 7년 만기 출소함.

–가족으로 형이 한 명 있지만 오래전 소식을 끊고 지냄. 친척들도 그가 교도소 출입이 잦은 뒤로 연락을 단절하고 있음.

–결혼 없음. 사귀는 여성 없음.

–혈액형 O형.

–취미 도박(성인오락실 출입하는 것을 좋아함.)

–재산은 없음.

–성격은 말이 없는 은둔형이지만 자신을 무시하는 언행을 보이면 포악해지고 잔인해지는 경향이 있음.

이지혜는 그를 만나러 가기 전에 최대한 많은 정보를 수집했다. 전에 그에게 강간당한 여성의 피해진술서를 확보하여 읽고 또 읽어 보았다. 그는 왜곡된 성의식이 형성되어 성폭력 피해 여성에게 매우 공격적으로 폭력을 사용했다. 하지만 이후에 피해자가 저항하지 않으면 친밀감을 표시하고 사귀려는 듯한 언행을 보였다. 그의 대인관계 기술이 매우 부적절함을 알 수 있었다.

이러한 성격의 서길준에게는 범행에 대해 추궁하듯이 물어보는 것은 매우 비효과적이다. 특히 과거에 누군가를 성폭행하고 살해했는지를 물어본다는 것은 매우 어려운 일일 것이다.

서길준은 부모에게 사랑을 받은 적이 없다. 친모에 대한 원망과 그리움이 그를 폭력적으로 만든 것인지 모른다. 이러한 그의 불행한 처지들을 충분히 공감하자. 무섭다는 표정과 어설픈 동정심도 안 된다. 일단 그가 입을 열게 만드는 게 중요하다.

처음부터 간 보려는 시도를 하면 그 면담은 반드시 실패한다. 이것은 그녀가 실전에서 다른 프로파일러 선배들이 실수하는 것을 보며 깨달은 것이다. '문간에 발 들여놓기(foot in the door)' 기법을 잘 활용해야 한다.

그녀는 자신이 할 일들을 정리해보았다.

−그가 자신과 면담을 하도록 양해를 구해야 한다. 매우 정중하게.

−만나게 되면 위엄을 가지고 대하되 가족인 것처럼 친밀감을 표현하자.

−거리를 유지하면서 그의 사적인 공간을 존중해주자.

−천천히 조용히 이야기하고, 면담하는 이유에 대해서 충분히 설명해야 한다. 이때도 천천히, 상대의 상태를 보면서 자극하지 않도록 신경을 쓰자.

−내가 도움을 줄 수 있는 사람이라는 것을 각인시키자. 작은 요구를 들어주면서.

*

조사실에 들어가자 피곤해 보이는 얼굴로 서길준이 앉아 있다. 그는 이지혜가 조사실 안으로 들어오자, 고개를 숙였다. 매우 귀찮아하는 표정이다.

"요즘 게임장에 게임기들이 예전 같지가 않아요."

이지혜가 처음 꺼낸 말이 게임장이었다. 그는 게임장 이야기에 숙였던 고개를 들었다.

"게임기를 조작했는지 잘 터지지 않아요. 만 원 넣으면 한 시간 정도는 놀아야 정상인데 어떨 때는 30분도 안 돼서 끝나버려요."

"크크. 100원짜리 게임을 해봤나 보네."

서길준은 형사들과 거의 말을 섞지 않았다. 입을 열지 않아 피의자신문조서를 작성할 때 무척 애를 먹었다고 들었다. 조서에는 그의 답변 대부분에 '묵묵부답하다.' 아니면 '고개를 끄덕였다.'라는 식으로 작성되어 있었다.

그러니 조사실 밖에서 두 사람을 지켜보던 박영철 팀장과 형사들은 놀라서 입을 딱 하고 벌렸다. 박영철도 그녀가 왜 프로파일러이고 전문가인지를 새삼 느꼈다.

"네. 황금성포커 게임을 좋아해요. 나비가 나오면 괜히 심장이 쿵쾅거려요. 곧 뭔가가 터질 것 같은 짜릿함이 느껴지면서요."

"크크. 아가씨가 생긴 거하고 다르게 게임하는 맛을 아는데. 그거 할 때 시간이 잘 가지?"

"네. 쉬는 날이면 게임장에 가서 시간을 때우는 게 일이죠. 거기서 공짜로 먹는 라면은 아마 어떤 라면보다 더 맛있는 것 같아요."

"크크. 요즘은 공짜로 라면과 밥을 주는 데가 없는데. 서울이 아니라 지방에서 게임을 했나 보군."

이지혜는 한 번도 게임장을 가보지 않았다. 하지만 그와 유대감을 형성하기 위해 그가 좋아하는 게임장 이야기를 꺼낸 것이다. 게임장 이야기는 모두 풍속수사팀에 근무하는 형사들에게 들은 것이다.

계속 이야기를 하면 정보의 한계가 드러날 것이다. 그녀는 슬쩍 화제를 돌리고 싶었다.

"선생님, 혹시 드시고 싶은 음식이 있으세요? 제가 시켜드릴 수 있는데."

"자네 말이야. 얼마까지 크게 먹어봤어?"

이지혜는 당황했다. 뭘 얼마까지 먹어봤다는 말인가? 게임장에 돈을 얼마나 땄냐고 묻는 것 같다. 게임기에서 얼마까지 딸 수가 있는 거지. 너무 오래 머뭇거리면 그가 의심할 텐데, 뭐라고 말을 하나.

"아마도 십만 원까지 먹어봤습니다."

서길준이 살짝 인상을 찌푸리며 말했다.

"십만 원."

이지혜는 일이 이렇게 된 것 그냥 밀어붙이자는 심정으로 고개를 끄덕이며 대답했다.

"네."

"크크. 겨우 십만 원밖에 못 따봤다는 말이야. 나 이것 참! 나도 뭐 그닥 많이 먹어보진 못했지만, 최대 이백까지는 뽑아봤어."

"정말입니까?"

"자네는 백 원짜리만 해봐서 잘 모를 거야. 오백 원짜리 게임을 해봐야 진짜 게임의 참맛을 알지."

"저도 선생님과 함께 게임장에 가서 배워보고 싶습니다."

그녀의 말에 서길준은 무척 아쉬운 표정을 지으며 말했다.

"그럴 기회가 있으려나."

두 사람은 게임장 이야기를 하면서 차츰 유대감을 쌓았다. 모든 것을 포기하고 말을 하지 않던 서길준이 입을 연 것은 놀라운 일이었다. 그리고 이지혜는 그에게 작은 희망마저 심어주었다.

"선생님이 밖으로 나갈 기회를 만들면 되죠. 이를테면 현장검증을 나간다든지. 그러면 제가 어떻게든 자리를 만들 수 있지 않겠어요."

"말도 안 되는 소리."

"어차피 밑져야 본전 아닙니까."

서길준이 믿지 않는 투로 말했지만 내심 다시 게임장에 앉아 게임기를 돌리고 싶은 모습이다. 이래서 도박이 무섭다. 도박은 쾌락을 숫자로 정한 지수에서 마약을 빼고 단연 1위에 있다. 섹스가 주는 쾌락지수가 55라면 도박은 115라는 연구결과도 있다.

서길준은 차츰 그녀에게 마음의 문을 열고 허물없이 이야기했다. 그녀는 미소를 잃지 않고 그의 이야기를 들었다. 정말 곤욕스러운 시간이었다. 그녀는 프로파일러가 극한직업이라고 소리치고 싶었다. 잔혹한 살인마를 마주 보고 그의 이야기를 들어준다는 것은 어지간한 강심장이 아니면 하기 힘든 일이다.

살인자가 미소를 지으면 섬뜩하기까지 하다. 그는 자신의 가정사도 숨김없이 이야기했다. 그녀는 그의 말을 공감하듯이 고개를 끄덕이고 때로는 그의 말을 따라 하기도 했다.

"내가 나이는 들었지만 지금도 어디 가서 맞고 들어온 적이 없어. 아마도 우리 집안이 뼈대가 튼튼한가 봐. 크크. 싸움질을 잘해서 좋은 점이 하나도 없어. 이 주먹이 항상 나에게 손해만 끼친다니까. 여자들을 보면 손이 먼저 나갈 때도 있어."

"손이 나갈 때는 언제에요?"

"항상 그런 건 아니고 조금 나를 싫어하는 눈빛을 보인다거나, 무시하는 모습이 보이면 그러는 것 같아."

"그렇군요."

그녀는 더는 그의 구역질 나는 이야기를 듣고 싶지 않았다. 이제 슬슬 그에게 과거의 범행을 자백 받아야겠다고 생각을 굳혔다.

"선생님. 이번 살인 말고도 왠지 사람을 더 죽였을 거 같아요. 선생님은 뭔가를 숨기는 인상이 강해 보여서요."

한참 망설이던 그가 입을 열었다.

"그렇게 보여?"

그녀가 부드럽게 그를 응시하며 말했다.

"네. 언젠가 다른 사람에게 말씀하실 거라면 저에게 말씀해주세요."

"그렇게 말하니까 그런 적이 있어. 크크. 교도소에서 잠꼬대를 심하게 하니까 빵 동기가 무슨 개꿈을 꿨냐고 물어봤어. 그래서 내가 과거에 도둑질을……."

중요한 순간에 그가 입을 다물고 잠시 생각에 잠겼다. 이럴 때 다그치면 틀어진다. 그녀는 그가 다시 입을 열기를 차분하게 기다렸다.

"선생님은 솔직하셔서 그런 꿈도 꾸시는 거예요."

"음. 7년 전에 내가 수원에서……."

그는 담담하게 이야기했지만 듣고 있는 이지혜는 그의 충격적인 범행에 저절로 인상이 구겨졌다. 다행히 조사실이 어두워 그 같은 모습을 그에게 들키지 않았다.

"선생님. 그 사건을 자백하고 죗값을 치른다면 더는 꿈을 꾸는 일은 없을 거예요."

"좋아. 그렇게 해야겠어."

이지혜가 자연스럽게 휴대폰을 꺼내 그의 모습을 촬영하며 말했다.

"그때가 언제였나요?"

서길준은 아무도 없는데 자꾸 뒤를 돌아보면서 불안한 증세를 보이며 머뭇거렸다. 다시 그날의 기억을 떠올리니 불안한 모양이다.

"7년 전이니까 2015년 9월이야."

다행히 그렇게 오래되지 않았다. 피해자를 특정하고 피의자가 맞는지 확인하기 위해서는 시간과 장소가 일치해야 한다.

"혹시 정확하게 며칠인지 기억하세요?"

"그냥 9월인데 비가 많이 내렸지."

"그럼 어디였는지 주소는 아시나요?"

"주소까지는 모르겠고 대충 어디인지는 알아. 수원 영통역에서 걸어서 10분 정도 거리에 있는 다세대 주택이야."

"근처에 큰 건물 기억나는 거 있으세요?"

"음. 맞다. 근처에 황골마을 주공아파트가 있어."

"그때 일을 자세히 이야기해주세요."

"오락실을 다녀왔어. 모두 잃어서 수중에 돈이 하나도 없었지. 어딘가를 털어야겠다는 생각을 하면서 걷고 있었어. 그때 대문이 조금 열린 다세대 주택이 보였어. 나는 그곳 1층으로 들어가려고 했는데 현관문이 닫혀 있고 방범창으로 둘러싸여 들어가기가 어려웠어. 할 수 없이 2층으로 올라가니까 더워서 그랬는지 거기는 문이 열려 있더라고. 그래서 안으로 들어갔지."

그는 자신이 벌인 끔찍한 일들에 대해서 자세하게 설명했다. 이지혜는 아무렇지 않은 표정을 유지했다. 조금이라도 그의 범행을 놓치고 싶지 않아 그의 시선을 피하지도 않았다.

그는 언변이 뛰어나지 않았지만, 실제 경험을 말하고 있어 이야기가 굉장히 사실적이었다.

"아기 엄마는 이미 기절해 조용했는데 아이가 너무 시끄럽게 울어대서 어쩔 수 없이 베개로 눌러 죽였지."

"어쩔 수 없었다고요?"

"응. 어쩔 수 없잖아. 누가 듣기라도 하고 찾아오면 안 되니까."

그녀는 고개를 끄덕이며 당연하다는 듯이 맞장구를 쳐주었다.

"그렇죠."

"그리고 아이 엄마는 죽이지 않았는데 나중에 뉴스에서 일가족이 죽었다고 기사가 나와 나도 조금 당황했어. 내가 죽였는데 죽이지 않았다고 착각하는 것인지 모르겠어."

"잘 생각해보세요. 아이 엄마도 죽였는지."

"나도 그때를 가끔 생각해봤는데 모르겠어. 그냥 아이 엄마 보지에서 피가 많이 났다는 생각만 나. 그래서 관계를 마치고 자지에 묻은 피를 한참 닦아내고 나왔거든. 죽였는지는 정말 기억이 안 나."

그의 표정을 보니 사실이다. 그리고 더 들을 것도 없다.

"좋아요."

이지혜는 휴대폰을 챙기고 자리에서 일어났다. 그녀는 조사실 문을 열고 나가려다 돌아서서 서길준을 향해 소리쳤다.

"야! 이 개새끼야!"

이것은 어디까지나 그녀의 환상이다. 돌아서서 조사실 안이 가득 차도록 욕설을 내뱉고 싶었지만, 꾹 참고 아무 일 없는 듯 걸었다.

5.

김원우는 퇴근하고 집에 돌아오니 몸이 너무 피곤했다. 오늘은 신고가 많지 않았지만, 악성 민원인 한 명이 그를 괴롭게 만들어 피곤한 하루였다. 퇴근하고도 그 민원인의 얼굴이 자꾸 눈앞에 아른거렸다.

씻기도 귀찮아 그냥 누워서 텔레비전을 켰다. 연예인들이 맛있는 음식을 먹는 장면이 화면에 나왔다. 아무 생각 없이 그들이 먹는 모습을 멍하니 지켜보았다. 그들의 표정에서 음식의 맛이 느껴졌다.

그때 그녀에게서 전화가 걸려왔다. 만사가 귀찮던 그가 벌떡 일어나 전화를 받았다.

"어디야?"

"집이요."

"나올래. 술 한잔 하자."

"진짜요?"

"응. 피곤하면 그냥 쉴래?"

"아니요. 전혀 안 피곤해요. 나갈게요."

"오늘은 취해서 아무 생각 안 하고 자고 싶다."

"나랑요?"

"호호. 그럴까."

순간 공허함이 한순간에 모두 사라지고 몸 안에 기운이 넘쳐났다.

"어디로 갈까요?"

"아무데나."

아무데나가 제일 어렵다. 그는 평소에 그녀가 삼겹살을 좋아하는 것을 알고 있었다. 이런 날이 있을 줄 알고 고기 맛집을 검색해두길 잘했다.

"새절역 2번 출구에서 만나요. 근처에 통삼겹 김치 구이점이 있는데 맛이 괜찮아요."

"나도 거기 한번 가보고 싶었는데. 어딘지 아니까 거기에서 7시 30분에 만나."

"좋아요."

그녀를 만날 생각에 가슴이 콩닥콩닥 뛰었다. 서둘러 준비를 마치고 약속 시간보다 조금 빠르게 만날 장소에 도착했다. 이곳은 맛집으로 소문이 나 예약도 안 된다. 김원우는 번호표를 받아 대기하는 손님들 줄 뒤에 섰다.

시계를 보니 아직 30분 정도 여유가 있었다. 그녀가 도착할 때쯤이면 아마도 자리가 날 것이다. 서둘러 온 보람이 있다.

휴대폰 이어폰을 귀에 꽂고 요즘 흠뻑 빠져 듣고 있는 음악을 틀었다. 노래를 들으며 기다리고 있자니 한편으로 마음이 아련했다.

'그녀는 내가 이런 노력을 하는 것을 알고 있으려나. 당신을 사랑하는 나의 마음을 아시려나. 아시나요. 내가 얼마나 그대를.'

갑자기 슬픈 노래 가사에 눈물이 핑 돌았다. 아마 집이라면 눈물을 흘렸을지도 모른다. 행인들과 기다리는 손님들을 의식하며 고개를 숙였다.

"빨리 왔네."

음악에 푹 빠져 듣고 있을 때 그녀도 곧 도착했다. 그는 자리를 잡지 못한 것이 못내 아쉬웠다.

"예약이 안 되네요. 아마 곧 자리가 날 거예요."

그녀가 웃으며 말했다.

"괜찮아. 곧 나겠지."

"오늘 무슨 일 있었어요?"

"술 마시면서 얘기해줄게. 정말 더러운 인간을 만났어."

김원우는 그녀가 불러낸 이유를 알았다. 쓰레기를 잠시 잊고 싶은 모양이다. 얼마나 힘들면 술을 마시려고 할까? 곧 김원우가 받은 번호를 호출하는 소리가 들렸다.

불판 위에서 두툼한 삼겹살 고기가 맛있는 소리를 내며 익어간다. 이지혜는 고기를 뒤집는 그를 보며 말했다.

"그래도 너랑 술 마시는 게 제일 편해."

"당연하죠. 제가 이렇게 맛있게 구워주니까 그러죠."

"나랑 있으면 좋아?"

"제가 묻고 싶은 말이에요. 저는 정말 좋아요. 선배는요?"

"좋아. 그리고 단둘이 있을 때는 선배라고 하지 마."

"그럼 뭐라고 하죠?"

"네가 부르기 좋은 것으로 생각해 봐."

"자기?"

"자기?"

"아니면 베이비?"

"조금 간지러운데."

"자주 만나서 들으면 괜찮을 거예요."

"베이비는 그렇고. 그냥 자기로 하자."

"정말이죠?"

"응."

"자기야."

"음. 조금 어색하다. 자주 만나서 들으면 괜찮겠지. 너 나 자주 만나면 귀찮지 않을까?"

"제가요? 평생 그럴 일 없을 거예요."

"진짜?"

김원우가 힘있게 말했다.

"진짜요. 맹세."

이지혜는 그와 먹고 자고 성관계하는 상상을 해보았다. 그가 갑자기 동물스러워 보였다. 열심히 자기를 위해 삼겹살을 굽고 먹기 좋은 크기로 자르는 그가 갑자기 동물처럼 보이다니. 이성적이지 않은 생각을 지우려고 시선을 다른 곳으로 돌렸다.

고깃집 내부에는 커다란 벽걸이 텔레비전이 설치되어 있었다. 소리는 들리지 않지만 스포츠 방송이 나오고 있었다. 아마도 국내외 빅 스포츠 경기가 있을 때 손님들을 위해 틀어주는 것 같다. 지금은 재방송으로 국내 야구 경기가 나오고 있었다.

이지혜가 갑자기 벌떡 일어났다. 그녀의 행동에 놀란 김원우가 그녀의 눈길을 따라 등을 돌렸다. 돌아본 등 뒤로 텔레비전이 보였다. 도대체 무엇을 보았기에 저러는 것일까? 그러다 그의 동공도 커졌다. 텔레비전 화면 하단에 뉴스 속보 자막이 나왔다. 다른 사람에게는 모르겠지만 그와 그녀에게는 너무 충격적이었다.

[속보. 연쇄살인범 박정민 오늘 아침 서울구치소 배식구를 이용해 탈출. 구치소 밖으로 나온 탈주범은 현재 오리무중인 것으로 파악 중.]

이지혜는 서빙하는 아르바이트 남성에게 다급히 외쳤다.
"저기요. 티비 좀 뉴스 방송으로 바꿔주세요."
아르바이트 남성이 머리를 긁적이며 말했다.
"저 오늘이 첫날이라 채널 바꾸는 거 할 줄 모르는데."
그녀의 큰 눈이 동그랗게 커졌다.
'아니, 리모컨으로 버튼만 누르면 되는데 그게 첫날이랑 무슨 상관이야. 이런 바보 같은 아르바이트생이 있나. 더 말해봐야 나만 손해다.'
눈치 빠르게 김원우가 자신의 휴대폰으로 실시간 뉴스 방송을 틀어 그녀에게 내밀었다. 그녀가 그의 휴대폰을 뚫어지게 보며 말했다.
"소리 좀 더 키워봐."
휴대폰의 볼륨을 최대한으로 올리고 뉴스를 진행하는 아나운서의 목소리에 집중했다.
"오늘 저녁 수감 중이던 살인범 박 모 씨가 몸에 오일을 바르고 알몸으로 배식구를 통해 탈출했습니다. 현재 알려진 바로는 구치소 내에 근무하는 교도관의 옷을 입고 자연스럽게 탈출한 것으로 파악되고 있습니다. 하지만 그 후 그의 행방은 오리무중인 것으로 알려졌습니다."

그녀의 휴대폰이 울렸다.

"강력계 이지혜입니다. 네. 곧바로 들어가겠습니다. 네. 네. 알겠습니다."

통화를 마친 그녀가 김원우에게 말했다.

"아무래도 당분간 휴일은 없을 거 같아."

"빨리 잡으면 되잖아요."

"느낌이 안 좋아."

김원우가 손을 뻗어 그녀의 손을 잡으며 말했다.

"걱정 마세요. 다 잘될 거예요. 제가 꼭 검거하도록 도울게요."

그의 손끝에서 전해지는 따뜻한 온기에 놀란 마음이 진정되었다. 비록 자신보다 나이가 어리지만, 지금은 그가 믿음직스러웠다.

그녀가 자리에서 일어서며 아쉬움이 가득 담긴 눈으로 말했다.

"미안. 나 가봐야겠어."

"저."

"응."

그가 한참을 머뭇거리더니 말했다.

"자기야. 힘내."

그녀가 빙긋 웃으며 대답했다.

"고마워. 우리 자기."

6.

수사본부.

박정민의 탈출로 서울구치소를 관할하는 의왕경찰서에 수사본부가 차려졌다. 국민적 관심이 큰 사건이라 경찰수뇌부에서는 이곳에 모든 프로파일러를 총동원했다. 최대한 빨리 검거하여 국민을 안심시키고자 수사경력이 높은 베테랑 형사들까지 긴급 소집하니 수사관만 100명이 넘었다.

이곳에 박정민을 조사한 이지혜도 참여했다. 수사관들이 소집되고 첫 수사 회의가 열렸다. 의왕경찰서 대회의실에 모인 이들의 눈빛은 수사 열의로 빛이 났다. 회의가 끝나면 금방이라도 검거할 것 같은 분위기다.

잠시 후, 수사본부장인 의왕경찰서장이 단상에 올라가 탁자 위에 놓인 마이크를 손가락으로 두드리자 모두 그를 쳐다보았다. 마이크가 잘 작동되는 것을 확인한 서장이 입을 열었다.

"서울구치소에서는 처음에 협조적이지 않다가 교도관 두 명이 자살하자 곧 태도를 바꾸었습니다. 교도관 두 명은 내부에서 박정민이 탈출하도록 조력한 것이 분명해 보이는데 현재 무슨 이유인지는 밝히지 못했습니다."

모두 서장의 말에 박정민이 어떤 방법으로 탈출하게 되었는지 머릿속으로 대충 감이 오기 시작했다.

"서울청 광수대는 한팀이 되어서 자살한 교도관들에 대해 조사해 주십시오. 경기북부 광수대는 서울구치소 주변을 수색하고 CCTV 등 모든 여건을 다해 조사해 주십시오. 경기남부 광수대는 박정민의 탈출로를 파악해서 추적해 주십시오."

호명되지 않은 프로파일러들은 약간 어리둥절했다. 자신들은 할 일 없이 여기서 대기하는가 싶었다.

"남은 프로파일러들은 한팀이 되어서 박정민이 수감되었던 구치소를 살펴보십시오. 그의 수감 생활을 분석하고 도주 방향 등을 연구 분석하여 수사팀에게 피드백 해주시기 바랍니다. 그리고 경정급이 한 명씩 팀마다 배치되어 있습니다. 그분들은 이제 여러분의 팀장입니다. 팀장님들은 제가 단체 톡방을 만들어서 초대하겠습니다. 앞으로 보고 등은 여기로 해주시기 바랍니다."

의왕경찰서장이 말하는 동안 경찰서 직원들이 박정민의 정보와 수사 자료가 담긴 서류를 수사관들에게 배포했다. 서장은 서류가 모두 배포된 것을 확인하고 말했다.

"일단 14페이지를 보십시오. 자살한 김정길 교도관의 모습이 보일 것입니다."

이지혜는 서장의 말에 따라 방금 경찰서 직원이 나누어준 수사 자료에서 해당 페이지를 펼쳤다. 교도관이 욕조에 누워 있다. 그의 팔목에서는 피가 흘러 욕실 바닥을 붉게 물들이고 있었다.

김정길이 죽어 있는 모습은 정말 특이했다. 표정이 너무나 행복해 보인다. 얼굴만 보면 반신욕을 즐기는 사람의 모습이다. 자살한 사람들의 표정을 수없이 보았지만, 이것은 너무 의아하다.

김정길처럼 자살한 사람의 경우에는 주저함 때문에 팔목에 여러 군데 상처가 나 있는 경우가 대다수다. 하지만 김정길은 한 치의 망설임도 없이 깊게 동맥을 잘랐다. 상당히 고통스러웠을 텐데 미소를 짓고 있다. 전혀 공포심이 없다. 왜?

"이 사람이 박정민이 수감된 방의 책임자 5급 교정감 김정길입니다."

다들 5급이라는 말에 상당한 직위라 생각했다. 박정민에게 도움을 줄 이유가 전혀 없다는 생각마저 들었다.

"그 뒤 페이지에 보면 9급 이상엽 교도관의 모습이 보일 것입니다."

다음 장을 넘기자 목을 맨 젊은 남자의 모습이 보였다. 이 사람은 김정길만큼은 아니지만 그래도 표정이 밝았다.

"서울청 광수대 팀을 앞으로 A조라 부르겠습니다. A조는 두 교도관의 시체를 부검 의뢰하고 교도관들의 행적들을 수사해 주시기 바랍니다. 경기남부청 광수대인 B조는……."

*

회의가 끝난 후, 이지혜는 프로파일러들과 함께 박정민이 수감되었던 구치소로 향했다. 프로파일러들은 경찰서에서 준비한 미니버스에 올라타 구치소로 가는 동안 자료들을 살펴보았다.

이지혜는 경찰서 대회의실에서 일어서니 머리가 어지러웠다. 장시간 피의자를 조사한 것처럼 극도로 체력 소모가 심했다. 평소 피의자를 하루에 많게는 4명까지 조사한다. 오늘 수사 회의는 장시간 혐의를 부인하는 피의자를 조사한 것처럼 힘들었다. 함께 버스를 타고 이동하는 프로파일러 선배들도 그런 모습이다.

하지만 모두가 그런 것은 아니고 몇몇은 박정민이라는 제품의 설명서를 열심히 탐독하고 있다. 이들 중에는 실제로 박정민을 조사한 프로파일러도 있었다. 그들 중 한 사람이 프로파일러들에게 말했다.

"저는 박정민을 면담한 적이 있어요. 그때 작고 연약해 보이는 사람이 어떻게 살인을 했을까? 하고 생각했어요. 아주 특이한 케이스더라고요."

그러자 현재 대학교수로 있는 프로파일러가 말했다.

"저도 그를 만난 적이 있어요. 정말 그 말에 공감합니다. 처음에 사람을 많이 죽였다고 해서 만나기 전에는 무서웠는데 만나보니 보호해주고 싶은 생각마저 들더라고요."

그러자 누군가가 궁금한 것을 참지 못하고 물었다.

"그럼 사진처럼 평범한 모습인가요?"

"사진을 보시면 위축되어 눈꼬리가 아래로 처져 겁을 먹고 있는 듯한 모습입니다. 실제로는 인상이 이렇지 않습니다. 그냥 시골 청년 같아요."

"맞습니다. 순박한 인상에 대화를 나누면 인성이 따뜻하다고 느껴집니다."

"범행에 대해서 반성하고 후회하나요?"

"네. 깊이 반성하고 뉘우치는 모습이에요."

"맞아요. 어렸을 때 끔찍한 학대를 받고 자라서 여성에 대한 증오심이 대단한 것 말고는 특별하지는 않았어요. 그의 살인 동기는 단순해요. 엄마와 비슷한 여성을 죽여야 한다는 생각의 그물에 사로잡혀 있더라고요."

"그럼 그가 왜 탈옥을 했을까요?"

이 질문에 두 프로파일러가 대답하지 못했다. 두 사람이 꿀 먹은 벙어리처럼 있자 이지혜가 대답했다.

"그것은 그가 연쇄살인마이기 때문입니다. 구치소 안에서는 살인 욕구를 풀 수 없잖아요. 그러니 살인을 하기 위해 탈옥한 것이죠."

모두 이지혜를 쳐다보았다. 아름다운 외모 때문에 그녀가 경찰관인지 아니면 외래 자문 교수인지 궁금해하는 눈치였다. 서둘러 그녀가 자신을 소개했다.

"저는 서울청 강력팀에서 미제사건을 담당하고 있는 이지혜 프로파일러입니다."

"아! 당신이군요."

"전문가가 오셨네요."

"박정민을 검거하셨던 분이구나."

"박정민을 처음에 어떻게 검거하게 되었나요?"

"이 수사관님. 지금 수사의 초점을 어떻게 잡아야 할까요?"

이들은 동시에 여러 개의 질문을 던졌다. 이지혜는 남아 있던 체력마저 고갈되는 느낌이 들었다. 구치소까지 가는 동안 쉬고 싶었지만 이제 그럴 수 없게 되었다.

물론 이들을 무시할 수 있다. 하지만 과학수사반에 처음 들어가 선배들에게 호되게 야단맞으며 배운 경험 때문에 무시할 수가 없다. 당시 멘토였던 선배의 말은 지금도 그녀의 뇌리에 자리 잡고 있다.

'간혹 자신이 알고 있는 정보를 동료들에게 알려주지 않는 이들이 있어. 만약 그런 동료가 있다면 두 번 다시 그와는 현장에 나가지 마라. 자신이 알고 있는 것을 동료들에게 알려주어야 원활한 현장 감식이 이루어질 수 있기 때문이다. 그런데 혼자 공을 세우려고 동료를 무시하면 어떻게 팀워크가 이루어지겠어. 다시 한번 말하지만 그런 동료가 있다면 함께 일하지 말고 너 또한 그런 쓰레기가 되지 말라고 말하고 싶다.'

이지혜는 혼자 공을 세우고 싶은 마음은 추호도 없었다.

"박정민은 보기와 다르게 무척 영리한 자입니다. 제가 놀란 것은 그는 운전을 배우지 않았는데도 운전을 잘 했고, 컴퓨터를 따로 배우지 않았지만 혼자 인터넷 카페와 블로그를 돌며 살인 의뢰를 받았습니다. 또한, 여러 건의 살인을 저지르고도 들키지 않는 방법들을 책과 인터넷을 통해 스스로 연구하였습니다. 그가 썼던 휴대전화도 외국인 선불폰입니다. 전과가 없는 자가 그 정도로 치밀하다면 정말 범죄에서는 천재라고 할 수 있죠."

박정민을 면담했던 프로파일러가 물었다.

"그러나 제가 만났을 때는 포악한 모습은 없고 오로지 지난 일들을 반성하는 모습이었습니다. 다른 사이코패스 살인마들과는 전적으로 달랐어요."

또 다른 프로파일러 교수가 공감하며 말했다.

"그건 저도 공감합니다. 다들 자신의 살인을 합리화하는데 그 사람은 진심으로 후회했거든요. 이 수사관님, 설마 이게 다 연기였을까요?"

그녀가 잠시 생각을 하고 말했다.

"그건 저도 잘 모르겠습니다. 일단 우리는 그가 머물렀던 교도소에서 어떤 생활을 했는지 조사해보고 판단하는 게 좋을 것 같습니다."

에필로그

이틀 전.

교도관 두 명이 박정민이 수감 중인 독방 앞에 서 있다. 거구의 김정길과는 대조적으로, 같이 온 마른 체형의 교도관은 박정민처럼 키가 작았다. 김정길 교사가 웃으며 같이 온 교도관에게 말했다.

"이 교감. 인사드려."

이상엽 교감이 머뭇거리며 서 있었다. 직속상관이라 어쩔 수 없이 승낙하고 오기는 했지만 무서운 연쇄살인마에게 인사를 하려니 긴장이 되었다.

"저 반갑습니다. 도움을 얻고자 오게 되었습니다."

독방 안에서 건조한 음성이 들렸다.

"가슴이 따뜻하시고 좋은 기운을 가지고 계신 분이군요. 가까이 오십시오."

목소리에서 거역할 수 없는 힘이 느껴졌다. 그리고 몸이 자석에 끌려가듯이 문 앞으로 움직였다. 이상엽은 이 기이한 현상에 몸을 부르르 떨었다. 자신의 몸을 스스로 통제할 수 없다니 놀라울 수밖에.

이상엽은 작은 창틀을 사이로 박정민을 바라보았다. 바른 자세로 앉아 있는 그의 모습이 보였다. 그는 손에 작은 펜던트 목걸이를 쥐고 명상하는 듯 보였다.

박정민은 정신을 집중하여 염력을 구사했다. 이상엽의 발을 옮기고 또 다른 발을 겨우 움직이자 심력 소모가 대단했다. 이를 숨기기 위해 잠시 말을 하지 않고 심호흡만 반복적으로 했다. 이마와 등에서는 땀이 흘러내렸다. 박정민은 말할 수 있을 만큼의 체력을 회복하자 손에 쥐고 있던 펜던트를 흔들며 말했다.

"믿을지 모르겠지만 당신의 몸에서 우주의 기운이 느껴집니다. 가까이서 보니 김정길 교감님처럼 당신도 선택받은 사람이라는 것을 확신하게 되었습니다."

이상엽은 얼마 전 폐암 2기 판정을 받았다. 그는 이것도 선택받았기 때문인가? 하는 생각이 순간 들었다.

"선택받았다니 무슨 말인지요?"

"우주에서 보면 우리는 작은 먼지 같은 지구에서 살고 있습니다. 우주에 이런 먼지 같은 지구가 하나일까요? 아닙니다. 또 다른 지구가 우주에는 수없이 존재합니다. 그리고 우주에는 지구에서 신이라고 믿는 존재들 또한 수없이 존재합니다. 그중 한 분이 이곳으로 오고 계십니다. 우리는 그분을 영접하고 그분의 뜻을 따라야 합니다."

그의 말에 금방 현혹되어 이상엽이 물었다.

"아. 정말로 오고 계십니까?"

"믿으세요. 오고 계십니다. 저를 통해 그분과 교감하고 느끼세요. 제가 우주의 기운을 느낄 수 있도록 도와드리죠. 당신의 몸속에 들어있는 바이러스도 사라질 것입니다. 그리고 그분을 따라 영생을 얻으세요. 우주의 기운을 느끼도록 해드리죠. 자! 제 말을 들으면서 편안하게 심호흡을 하십시오."

이상엽이 철문 밖에서 크게 숨을 들이마시고 내뱉었다.

"이 교감님은 마음의 문을 열고 제 말에 귀를 기울입니다. 제 말에 귀를 기울입니다. 눈을 감고 천천히 제 말에 귀를 기울입니다. 당신은 이제부터 강철처럼 몸이 강해져 몸이 굳세어집니다. 하나, 둘, 셋."

이상엽은 그의 말처럼 몸이 전봇대처럼 단단하고 강직해지는 것을 느껐다. 아니 몸을 움직일 수가 없었다.

"당신의 몸은 바위입니다. 당신의 몸이 바위이기 때문에 움직일 수가 없습니다."

이상엽의 몸이 굳어버렸다. 그는 눈만 깜빡거리고 움직이지 않았다. 그가 바위처럼 굳어버린 모습을 보고 박정민이 자리에서 일어나 철문에 가까이 다가와 말했다.

"오늘 밤 교대하기 전에 당신의 근무복과 출입증을 가지고 아무도 모르게 다시 오세요. 그리고 그 옷과 출입증을 제 방에 넣어주세요. 이 일은 은밀하게 해주세요."

이상엽이 눈을 깜빡이며 알았다는 표시를 하였다.

"우주의 기운이 당신 몸 안으로 스며들고 있습니다. 몸이 움직이는 순간 활력이 넘치는 것을 느낄 것입니다. 자 이제 움직입니다. 활력이 넘치는 게 느껴집니다. 움직이세요."

김정길은 옆에서 흐뭇한 미소를 지으면서 이 모습을 바라보았다. 그런 그를 보며 박정민이 말했다.

"이제 당신은 때가 되었습니다. 영원한 쾌락의 나라로 갈 때가 되었습니다. 퇴근 후에 당신의 피를 제물로 바치세요. 제물을 많이 바치면 바칠수록 더 빨리 그곳으로 갈 수가 있습니다."

"아, 드디어 제가. 오! 감사합니다."

*

자정이 넘은 시간이라 거리에는 사람들이 없었다. PC방을 나온 20세 대학생 김준오는 새벽 추위 때문에 몸을 움츠리며 걸었다. 몸에서 열기가 나도록 점점 빠르게 걸었다. 그런 그를 누군가가 불러 세웠다.

"저기요."

김준오가 고개를 돌렸다. 그의 눈에 아담한 긴 생머리 소녀가 보였다. 흰색 블라우스에 옅은 분홍색 롱 스커트차림의 매우 여성스러운 소녀가 그를 부른 것이다. 이 시간에 소녀 혼자 무섭지도 않은가! 이런 생각이 순간 들었다.

"저 죄송한데, 누가 자꾸 뒤쫓아 오는 것 같아 무서워서 그러는데 택시 타는 곳까지 동행해주실 수 있나요?"

김준오는 그녀의 뒤에 누가 쫓아오는지 살펴보고는 말했다.

"아 네. 그렇게 하죠."

그는 기사도 정신을 발휘하고 싶었다.

'아무도 없는데 누가 쫓아온다는 말인가? 그래도 소녀를 도와주자. 아! 존나 멋있어.'

김준오는 스스로 칭찬하며 그녀 곁으로 다가갔다. 가까이에서 보니 화장도 하지 않은 그녀의 얼굴이 괜찮아 보였다. 화장하고 꾸미면 상당히 예쁠 것 같다.

그가 다가오자 박정민이 고개를 숙이고 그의 손을 재빨리 붙잡았다.

"고맙습니다. 무서웠는데 도와주셔서 감사합니다."

박정민은 혼자 도망 다니면 분명 검거될 것을 알았다. 분명 경찰들이 CCTV를 확인하여 자신의 동선을 파악할 것이다. 안전한 곳까지 두 사람이 움직인다. 그리고 당분간은 여자로 지낼 생각이다. 아니, 어쩌면 영원히 여자로 지낼지도. 어쩌면.

공개수배 2

김홍철 지음

발 행 처 · 도서출판 **청어**
발 행 인 · 이영철
영　　업 · 이동호
홍　　보 · 천성래
기　　획 · 남기환
편　　집 · 방세화
디 자 인 · 이수빈 | 김영은
제작이사 · 공병한
인　　쇄 · 두리터

등　　록 · 1999년 5월 3일
(제321-3210000251001999000063호)

1판 1쇄 발행 · 2021년 6월 30일

주　　소 · 서울특별시 서초구 남부순환로 364길 8-15 동일빌딩 2층
대표전화 · 02-586-0477
팩시밀리 · 0303-0942-0478

홈페이지 · www.chungeobook.com
E-mail · ppi20@hanmail.net
I S B N · 979-11-5860-707-4(03810)